HEYNE <

Das Buch

»Jeremy mag den Morgen. Er trinkt dann einen starken Kaffee und achtet stets darauf zu frühstücken.
Jeremy macht sich ein Rührei und isst dazu ein Truthahnwürstchen. Er hat schon mit dem Gedanken gespielt, Vegetarier zu werden, doch vom Gesundheitsaspekt abgesehen findet er keinen wirklich überzeugenden Grund dafür. Zwar hat er vor Tieren mehr Respekt als vor den meisten Angehörigen seiner eigenen Spezies – vor allem aufgrund ihrer Fähigkeit, von Geburt an zu überleben. Nachdem er den Teller gesäubert hat, geht er hinunter in den Keller, um nach seinen Gästen zu sehen.

Katie ist auffällig still.«

Ein hochintelligenter Serienmörder und eine herausragende Forensikerin. Die Jagd beginnt. Doch wer jagt wen?

Die Autorin

Die wissenschaftsbegeisterte Alaina Urquhart ist Co-Moderatorin des bekannten Podcast Morbid: A True Crime Podcast. Ihre Tage verbringt sie mit Aufnehmen oder Ausweiden. Und als Autopsietechnikerin bietet sie eine einzigartige Perspektive aus den Tiefen des Leichenschauhauses: Wenn sie ihr Mikrofon an den Nagel hängt, ist es ihrer Meinung nach an der Zeit, die Toten sprechen zu lassen. Bevor sie ihren ersten Thriller schrieb, erwarb sie Abschlüsse in Psychologie, Biologie und Strafjustiz. Alaina Urquhart lebt mit ihrer Familie und Mops Bailey in Boston.

ALAINA
URQUHART

DIE JAGD

Aus dem Englischen
von Frank Dabrock

WILHELM HEYNE VERLAG
MÜNCHEN

Die Originalausgabe *The Butcher and the Wren* erschien erstmals 2022 bei Zando, New York.

FSC www.fsc.org MIX Papier | Fördert gute Waldnutzung FSC® C014496

Penguin Random House Verlagsgruppe FSC® N001967

Deutsche Erstausgabe 01/2024

Redaktion: Thomas Brill
Umschlaggestaltung: t.mutzenbach design unter Verwendung
von Shutterstock.com (JIRISH, Massimiliano Paolino)
Satz: Uhl + Massopust, Aalen
Druck und Bindung: GGP Media GmbH, Pößneck
Printed in Germany
ISBN 978-3-453-44184-2

www.heyne.de

*Für Mom und Dad, die dieses Buch nicht lesen müssen.
Ihr habt die Ereignisse darin zwar nicht inspiriert
(ist es denn die Möglichkeit?), aber ihr habt mich zum
Schreiben animiert. Ihr habt ein seltsames Kind,
und irgendwie wusstet ihr, was zu tun ist.
Dafür verdient ihr meinen ewigen Respekt.*

*Für John, der mir das Selbstvertrauen gibt,
kreativ zu sein.
Ich liebe dich von Jahr zu Jahr mehr.
Hör nicht auf, in den unpassendsten Momenten
R&B-Balladen aus den Neunzigern anzustimmen.*

*Für meine drei wunderbaren Kinder,
die bessere Bücher schreiben als ich
und schönere Haare haben,
als ich je haben werde.
Ihr dürft dieses Buch nicht lesen.
Legt es sofort wieder hin.*

TEIL EINS

1

Jeremy kann durch die Lüftungsschlitze die Schreie hören. Aber er reagiert nicht darauf. Seine abendliche Routine geht ihm über alles. Wenn er diese banalen, alltäglichen Tätigkeiten verrichtet, hat er das Gefühl, mehr er selbst zu sein. Wenn er im Badezimmer den alten Hahn des sauberen Waschbeckens aufdreht, beruhigt ihn das und bringt ihn wieder ins Gleichgewicht. Meistens endet sein Abend hier vor dem Spiegel. Nachdem er geduscht hat, rasiert er sich anschließend in aller Ruhe gründlich. Er geht gerne körperlich und geistig gereinigt zu Bett. Er nimmt sich jeden Abend Zeit für dieses Ritual und lässt sich dabei durch nichts stören.

Doch an diesem Abend reißt ihn ein besonders lauter Schrei aus seinem gewohnten Ablauf. Er starrt in den Spiegel und spürt, dass ein Gefühl der Wut seine Sinne vernebelt. Wie ein penetranter Verwesungsgeruch steigt es in ihm auf. Er kann nicht klar denken, während die beinahe rhythmischen Schreie aus dem Keller zu ihm empordringen. Soweit er sich erinnern kann, hat er Lärm schon immer gehasst. Als Kind hatte er an einem lauten, belebten Ort stets das Gefühl, dass alles um ihn herum auf ihn einstürzte. Inzwischen sind die einzigen Geräusche, die er mag, die Geräusche des Sumpfes. Diese Symphonie aus Tierlauten besänftigt ihn, hüllt ihn ein wie eine warme Decke. Die Natur liefert immer noch den besten Soundtrack.

Er versucht, die Schreie zu ignorieren. Seine Routine ist ihm heilig. Seufzend streicht er sich eine blonde Haarsträhne aus der Stirn und schaltet das Radio neben dem Waschbecken ein. Das einzige andere Geräusch, das ihm Trost spendet, ist Musik. Doch gerade als er sich entspannen will, dröhnt »Hotline Bling« von Drake aus den Lautsprechern, und er schaltet das Gerät sofort wieder aus. Manchmal hat er das Gefühl, in der falschen Zeit geboren zu sein.

Sorgfältig wäscht er Blut und Dreck von seinen Händen, während er versucht, dem gedämpften, schmerzerfüllten Stöhnen, das deutlich hörbar aus den Lüftungsschlitzen dringt, keine Beachtung zu schenken. Er mustert im Spiegel sein Gesicht. Es scheint, als würden seine Wangenknochen jedes Jahr etwas mehr hervortreten und sich immer deutlicher abzeichnen. Das ist einer der merkwürdigen Vorzüge des Alterns, und er schätzt sich glücklich deswegen. Viele Menschen bewundern einen markanten Schädel. Dabei ist den meisten nicht einmal bewusst, wie urzeitlich und verhängnisvoll diese Vorliebe ist. Die meisten Menschen wollen die grausame Seite der Psyche nicht wahrhaben, die sich im oft brutalen Überlebenskampf ihrer Vorfahren entwickelt hat.

Jene Wesensmerkmale, die sich im Laufe der Evolution als nützlich erwiesen haben. Die Menschen sind einfach zu dumm, um zu begreifen, dass ihre eigenen Vorlieben auf einen Genpool zurückgehen, der seinen Ursprung in Gewalt hat.

Er sieht nicht unbedingt wie jemand aus, der schreckliche Dinge tut. Im Gegenteil, er wirkt harmlos und manchmal geradezu vorbildlich. Deshalb läuft auch alles so reibungslos. Es gibt eine Pflanze namens *Amorphophallus titanum*, die umgangssprachlich als Titanenwurz bezeichnet wird. Es handelt sich um eine große, wunderschöne Pflanze, der man nicht ansieht, dass sie gefährlich ist. Doch wenn sie etwa alle zehn Jahre erblüht, verströmt sie einen Geruch, der an verfaultes Fleisch erinnert. Dennoch überlebt sie. Und gedeiht. Er unterscheidet sich nicht allzu sehr von ihr. Zur Blütezeit strömen die Menschen in Scharen um diese seltsame Pflanze zusammen, und sie hat trotz ihrer Eigenarten eine Menge Bewunderer.

Morgen ist Donnerstag. Der Donnerstag ist sein Freitag. Er hasst es zwar, wenn die Leute auf der Arbeit so etwas sagen, dennoch gönnt er sich den Luxus, die Freitage freizunehmen, seit er sich an der Tulane University of Medicine fürs zweite Studienjahr eingeschrieben hat. Obwohl er sich dort durch ein paar Kurse quälen muss, beginnt für ihn am Freitag bereits das Wochenende. Diese Tage sind stets von großer Betriebsamkeit erfüllt. Er ist diesmal besonders aufgeregt, weil er mit seinen aktuellen Hausgästen am kommenden Wochenende Großes vorhat. Aber um seine Pläne vollständig in die Tat umzusetzen, braucht er noch eine weitere Person.

Emily wird ihnen Gesellschaft leisten. Er hat sie wochenlang beobachtet, seit er im Biologielabor mit ihr ein Team gebildet hat, und er ist sich sicher, dass sie jene Herausforderung darstellt, die er sich erhofft. Emily geht mehrmals die Woche joggen und stopft offenbar kein Junkfood in sich hinein. Sie verfügt also bestimmt über Ausdauer. Sie lebt zusammen mit zwei Mitbewohnern in Ponchatoula, wo sie außerhalb des Campus ein großes altes Haus gemietet haben. Abgesehen davon, dass sie ihrem neuen Laborpartner zu viel über sich erzählt hat, ist sie kompetent, selbstständig und intelligent, was für sie bei seinem Spiel von Vorteil sein wird. Zwar haben ihre Mitstreiter auch ihre Vorzüge, aber da sie schon länger hier sind, werden sie die für das Wochenende geplanten Aktivitäten wohl nicht bis zum Ende durchstehen.

Seine beiden anderen Gäste mussten seit ihrer Ankunft letzten Samstag ein paar Misshandlungen über sich ergehen lassen. Er war mit ihnen bei Buchanan's spontan ins Gespräch gekommen. Normalerweise nimmt er sich Zeit, seine potenziellen Gäste erst kennenzulernen, so wie Emily, aber diese beiden sind ihm einfach in die Arme gelaufen. Als hätte ihn das Universum gebeten, den Müll rauszubringen. Natürlich war er der Bitte nachgekommen.

Katie und Matt sind furchtbar durchschnittlich. Ihnen

mangelt es an der Fähigkeit zum eigenständigen Denken, und sie waren nur allzu bereit, einem Menschen mit scharf geschnittenen Gesichtszügen in der Aussicht auf Drogen nach Hause zu folgen. Inzwischen wissen Katie und Matt, dass sie einen Fehler gemacht haben. Er kann jetzt aus dem Lüftungsschacht erneut ein schmerzerfülltes Stöhnen hören und verliert langsam die Geduld.

Er beendet sein Schlafritual und eilt die Treppe zum Keller hinunter, wo seine Gäste untergebracht sind. Im selben Moment hört er, wie sich Katies leises Stöhnen in angsterfüllte Schreie verwandelt, und als er auf sie zugeht, zuckt ihr zierlicher Körper zurück.

»Du solltest nicht vergessen, dass du hier nur zu Gast bist«, sagt er und blickt ihr in die trüben braunen Augen.

Sie ist völlig unscheinbar. Ihr braunes glanzloses Haar klebt mit getrocknetem Blut an ihrem Hals. Sie sieht aus wie die typische Bewohnerin eines Trailerparks, obwohl sie sich größte Mühe gegeben hat, das zu verbergen. Ihre leicht vorstehenden Zähne hätten ja einen gewissen Charme, wenn sie nicht so ein unfassbarer Schwachkopf wäre. Als er sie in der Bar ansprach, erzählte sie Matt gerade von einem Erlebnis aus ihrer Cheerleader-Zeit an der Highschool – irgendeine armselige Geschichte, die angesichts ihres momentanen Zustands völlig abwegig klang. Jeremy zieht die Seile fest, mit denen sie an ihren Stuhl gefesselt ist, und überprüft, ob der Infusionsbeutel sie mit ausreichend Flüssigkeit versorgt. Im Schlauch sind keine Knicke, und der Beutel ist noch fast voll.

»Matt zeigt mehr Respekt. Nimm dir ein Beispiel an ihm, Katie.« Mit einem breiten Grinsen deutet er auf Matts stummen, reglosen Körper, der zusammengesackt auf dem Stuhl neben ihr sitzt.

Er hat das Bewusstsein verloren, wahrscheinlich durch den Schock, den er bei Jeremys letztem Besuch hier unten erlitten hatte. Katie beginnt, laut zu weinen, worauf Jeremy die Augen verdreht. Sie stellt seine Manieren auf eine Probe, und ihre Verzweiflung widert ihn maßlos an. Schweigend bleibt er neben ihr in der Dunkelheit stehen und drückt auf den Play-Knopf des tragbaren Lautsprechers zwischen den beiden Stühlen. »A Girl Like You« von Edwyn Collins erfüllt den Raum, und Jeremy grinst in sich hinein. Endlich ein angenehmes Geräusch.

»Ah, schon besser.« Er wiegt sich im Takt der Musik und gibt Katie Gelegenheit, sich zu beruhigen.

Doch nach dem ersten Refrain fängt sie an zu wimmern. Ohne zu zögern, greift er nach der Zange hinter ihrem Stuhl und reißt ihr mit einer zügigen Bewegung den quietschrosa lackierten Nagel vom linken Daumen. Dann zieht er ihr schreiendes Gesicht dicht an seines heran.

»Noch ein Laut von dir, und ich nehm mir deine Zähne vor. Verstanden?«

Sie bringt nur ein Nicken zustande, und er wirft die Zange in die Ecke und geht mit einem Augenzwinkern wieder nach oben.

In seiner Kindheit hat man Jeremy nur wenig Mitgefühl entgegengebracht. Er wurde stark vernachlässigt. Sein Vater war sehr streng, wenn auch gerecht, und erwartete von seiner Frau und seinem Sohn ein gewisses Maß an Gehorsam. Wenn Jeremy ihn in einem günstigen Moment erwischte, lernte er unter der gewissenhaften Anleitung seines Vaters die eine oder andere Fähigkeit und Lektion fürs Leben. Als Flugzeugmechaniker war sein Vater dafür verantwortlich, verschiedene Teile der Flugausrüstung instand zu halten. Obwohl dafür kein Berufsabschluss nötig war, erfüllte es Jeremy mit Stolz, dass sein Vater etwas mit Flugzeugen zu tun hatte, und er war ganz versessen darauf, etwas über eine der wichtigsten Erfindungen der Menschheit zu erfahren. Wenn er seinen Vater jedoch im falschen Moment erwischte, schlug ihm nichts als kalte Verachtung entgegen.

Trotz dessen Launen freute sich Jeremy jeden Tag darauf, wenn sein Vater von der Arbeit nach Hause kam. Zwar unternahmen sie kaum etwas zusammen, aber genau das schätzte er. Nachdem er den ganzen Tag mit seiner Mutter verbracht hatte, genoss er das vertraute Schweigen, während er mit seinem Vater vor dem Schlafengehen gemeinsam fernsah. Tagsüber war Jeremy die meiste Zeit sich selbst überlassen, und nur hin und wieder wurde dieser Zustand von einer der übertriebenen Aufmerksamkeitsbekundungen seiner Mutter unterbrochen, als könnte sie ihre Zuneigung plötzlich nicht mehr zurückhalten. Sie wechselte stets von einem Extrem ins andere.

Jeremys Interesse für Bücher verschaffte ihm stets eine Auszeit von den unberechenbaren Stimmungen seiner Eltern, und nichts konnte ihn vom Lesen abhalten. Obwohl seine Mutter ihn so sehr vernachlässigte, ging sie mit ihm alle paar Tage zur Bücherei in der Nähe der St. Charles Avenue. Er war damals sechs Jahre alt und besuchte noch nicht die Schule. Sie gingen immer wochentags dorthin, wenn sein Vater auf der Arbeit war. Jeremy begriff damals noch nicht, dass seine Mutter ihr einziges Kind nur deshalb zur Bücherei schleppte, weil sie mit einem der Bibliothekare eine Affäre hatte. Doch er verinnerlichte die Lektionen der Täuschung, die ihm diese Besuche erteilten. Schon früh lernte er, seinem Vater nicht zu erzählen, dass seine Mutter ihn allein zwischen den Regalen zurückließ, während sie mit Mr. Carraway in einem Hinterzimmer verschwand. Aber vor allem brachte er sich selbst das Stehlen bei. Er nahm unter der Jacke oder im Rucksack Bücher mit nach Hause, die seine Mutter nicht ausgeliehen hatte. Inzwischen ist Jeremy davon überzeugt, dass die Mitarbeiter aus Mitleid einfach wegschauten, aber damals hatte er das Gefühl, er würde jede Woche einen Raubzug durchführen.

Hin und wieder versuchte Miss Knox, eine der Bibliothekarinnen, mit ihm ins Gespräch zu kommen. Eines Tages fragte sie mit sorgenvoll zitternder Stimme, ob bei ihm zu Hause alles in Ordnung sei. Aber statt darauf zu antworten, erkundigte Jeremy sich bei ihr nach einem Buch über Lobotomie. Ihn faszinierten diese altmodische Behandlungsmethode und ihr leidenschaftlichster Verfechter Dr. Walter Freeman. Am Wochenende zuvor hatte sein Vater die Wiederholung einer *Frontline*-Folge mit dem Titel »Broken Mind« geschaut. Die Sendung warf einen schonungslosen Blick auf die psychiatrische Praxis und beleuchtete die Anwendung der Lobotomie an Patienten, bei denen man Schizophrenie und alle möglichen anderen Krankheiten diagnostiziert hatte; dabei wurden die Verbindungen oder Netzwerke durchtrennt, die man für das atypische Verhalten der Patienten verantwortlich machte.

Besonders Dr. Freemans präfrontale Lobotomie hatte es Jeremy angetan. Diese Methode war unter dem ziemlich reißerischen Begriff »Eispickel-Lobotomie« bekannt. Sie beschwor in seiner Vorstellung das Bild eines tadellosen Chirurgen herauf, der von dem perversen Verlangen getrieben war, den kranken Verstand zu erforschen. Als Jeremy 1992 mitbekam, wie die Presse mit diesem Begriff gedankenlos um sich warf, um die Methode zu beschreiben, mit der der Serienmörder Jeffrey Dahmer seine Opfer außer Gefecht gesetzt hatte, war er empört. Dahmer war derart geistesgestört, dass er glaubte, er könne seine eigenen Zombies erschaffen, indem er seinen Opfern Reinigungsmittel und Säure ins Gehirn injizierte. Er war ein Idiot. Sein Vorgehen als »Lobotomie« zu bezeichnen, ist so, als würde man Ted Bundys Handlungen als »Partnersuche« beschreiben. Jeremy konnte förmlich hören, wie Dr. Freeman sich im Grabe umdrehte.

Jeremy war ein wissbegieriges Kind. Und da er chronisch unterfordert war, befriedigte er seinen Wissensdurst mit Experimenten. Immer wieder geisterte ihm im Laufe der Jahre der frühe Ratschlag seines Vaters durch den Kopf.

»Wenn du etwas über eine Sache herausfinden willst, mein Sohn, dann musst du sie öffnen.«

2

Trotz der frühen Morgenstunde ist die Luft in Louisiana bereits stickig. Dr. Wren Muller blinzelt sich immer noch den Schlaf aus den Augen, als sie aus ihrem Wagen in die schwüle Nacht hinaustritt. Die Rechtsmedizinerin wirft einen Blick auf die Uhr und zuckt innerlich zusammen. Wie schön es doch wäre, wenn die Verbrecher ihrem ruchlosen Treiben nur für ein paar Monate nicht um zwei Uhr morgens nachgehen würden.

Sie steigt über dichtes, feuchtes Gestrüpp hinweg und findet Halt auf den freiliegenden Wurzeln einer kahlen Zypresse. Die Furchen im Stamm fühlen sich an, als könnte Wren wie in den verschrumpelten Händen einer urzeitlichen, mythischen Sumpfkreatur jeden Moment darin verschwinden. Sie bleibt stehen und wartet, bis ihre Augen sich an das Licht gewöhnt haben. Die Taschenlampen dreier Polizeibeamter sind auf etwas weiter unten am Ufer gerichtet. Ihre Strahlen zerschneiden die Dunkelheit und tauchen alles ringsum in noch tieferes Schwarz. Durch den Kontrast hebt sich der Tatort von der Umgebung deutlich ab.

Der halb nackte, verschrumpelte Körper der Toten liegt

inmitten des hohen Grases entlang des Ufers. Kopf und Schultern sind vollständig vom trüben, schwarzen Wasser bedeckt. Der Rest des Körpers liegt mit dem Gesicht nach oben gekrümmt im Gras. Die Frau ist recht groß und nicht übergewichtig. Als Wren über die Schulter blickt, sieht sie, dass ihre beiden Assistenten ihr mit einer Trage folgen. Aber selbst zu dritt wird es nicht leicht, die Leiche aus diesem unheilvollen Sumpf fortzuschaffen.

Erst vor zwei Wochen haben die Ermittler hinter der Twelve Mile Limit Bar die verweste Leiche einer anderen jungen Frau gefunden. Sie lag von modrigem Sumpfwasser durchnässt mit dem Gesicht nach unten in einer Pfütze. Wren fallen die Gemeinsamkeiten der beiden Fälle auf, während sie die Gegend inspiziert, und obwohl bei ihr sofort sämtliche Alarmglocken schrillen, unterdrückt sie dieses Gefühl. Sie begegnet jeder Leiche stets völlig unvoreingenommen. Doch während sie ihre ganze Aufmerksamkeit auf die Leiche richtet, nimmt sie sich vor, nach versteckten Gegenständen zu suchen, die der Mörder zurückgelassen haben könnte. Als man vor zwei Wochen die andere Frau gefunden hat, entdeckte man in ihrem Mund mehrere zerknüllte Buchseiten. Sie waren durchweicht und unleserlich, aber eine Seite war größtenteils unversehrt.

Wren nähert sich vorsichtig dem aktuellen Fundort. Die Leiche trägt kein Hemd und ist bloß mit einer dreckigen abgeschnittenen Jeans und einem blauen BH bekleidet. Auf ihrem Bauch klafft eine große, horizontale

Schnittwunde. Man hat sie mit einem primitiven Gegenstand regelrecht ausgeweidet. Unweigerlich muss Wren an den ohrenbetäubenden Lärm denken, den die Zikaden hier draußen bestimmt gemacht haben. Jedenfalls ist das der Fall, während das übernächtigte Team versucht, die letzten Momente dieser Frau zu rekonstruieren. Genoss der Mörder ihre letzten Atemzüge, als er ihren leblosen Leichnam hier herausschleppte, um ihn verwesen zu lassen? Die Gedanken moralisch verdorbener Individuen haben Wren stets fasziniert. Aber die letzten Gedanken der Toten umso mehr.

Sie wendet sich wieder dem Fundort zu und bemerkt ein geflochtenes Armband am linken Handgelenk des Opfers. Es war wahrscheinlich mal strahlend weiß, doch inzwischen hat es sich vom vielen Tragen dunkel verfärbt. Wren stellt sich vor, wie die Frau irgendwann mal dieses harmlose Accessoire gekauft hat. Wie sie es in die Hände nahm, herumdrehte und schließlich bezahlte. Ein Spontankauf, ein Gegenstand aus einem Aufsteller, der sie bis zu ihrem Tod begleitet hat.

Zusammen mit ihren Kollegen zieht Wren den Körper aufs abschüssige Ufer, und der Kopf gleitet langsam aus dem Wasser, sodass sie ihn genauer in Augenschein nehmen können. Auf dem Gesicht zeichnen sich deutlich die Totenflecken ab. Das Blut, das aufgehört hat zu pulsieren, als ihr Herz stehen blieb, hat sich infolge der Schwerkraft über ihr Gesicht ausgebreitet und auf Wangen und Stirn leuchtende Flecken gebildet. Im trüben

Schein der Lampen kann man nicht besonders viel erkennen, aber Wren vermutet, dass die Totenflecken dunkelrosa verfärbt sind – was darauf hindeutet, dass das Opfer vor ungefähr zehn Stunden seinen letzten Atemzug getan hat. Totenflecken entstehen etwa eine halbe Stunde nach Eintritt des Todes, doch sie werden erst zwei oder drei Stunden später sichtbar. Nach etwa sechs Stunden nehmen die Flecken dann jene dunkle Rosafärbung an, die man mit bloßem Auge erkennen kann. Zwölf Stunden nach dem Tod sind sie am dunkelsten.

Als Wren ihren Blick auf das vor Entsetzen erstarrte Gesicht der Leiche herunterwandern lässt, bemerkt sie am Hals einen starken Bluterguss. Ein deutliches Anzeichen für eine Strangulation. Wren wird die Verletzungen in der Leichenhalle genauer untersuchen. Sie streift sich ein Paar violetter Latexhandschuhe über und lässt einen Finger über die Abdrücke am Hals gleiten.

Sie klopft die Taschen der Frau ab und tastet vorsichtig nach einem klobigen oder spitzen Gegenstand. Dieser zusätzliche Arbeitsschritt ist durchaus sinnvoll, denn schon oft hat sie von außen eine Spritze gespürt und sich auf diese Weise einen Besuch im Krankenhaus erspart. Sie kann jedoch keinen gefährlichen Gegenstand ertasten und greift in die Taschen. Sie sind leer – die Frau trägt keinen Ausweis bei sich.

»Habt ihr in der Nähe der Leiche irgendwas gefunden? Eine Brieftasche?«, fragt Wren, obwohl sie die Antwort bereits kennt.

Sie schaut zu den drei Polizeibeamten hoch, die daraufhin ihre Taschenlampen auf sie richten. Alle drei schütteln den Kopf.

Der junge Beamte zur Rechten lässt seinen Strahl flüchtig über den Bereich rings um die Leiche wandern. »Wir sehen dasselbe wie Sie. Keine Brieftasche, keine Ausweise und auch keine Waffe.«

Obwohl Wren sein Verhalten missbilligt, nickt sie bloß und bewegt die Gliedmaßen der Leiche, worauf eine alte, verblasste Tätowierung auf der Rückseite ihres Oberarms zum Vorschein kommt. Sie zeigt zwei betende Hände, durch die sich ein Rosenkranz schlängelt.

»Geben Sie mir die Kamera«, sagt Wren und streckt ihre Hand aus, den Blick weiter auf die Tätowierung gerichtet.

Einer ihrer Assistenten, der erst seit Kurzem für sie arbeitet, holt eilig die Kamera aus seiner Tasche und lässt sie beinahe fallen, bevor er sie ihr in die geöffnete Hand drückt. Wren fotografiert die Tätowierung und sucht dann nach weiteren.

»Wir werden in der Rechtsmedizin bessere Aufnahmen machen, aber es ist ratsam, auf Nummer sicher zu gehen und zusätzliche Fotos zu machen. Man weiß nie, was beim Transport so alles passiert. Da wir keinen Ausweis haben, müssen wir alle vorhandenen Erkennungsmerkmale registrieren, sonst liegt sie monatelang bei uns in der Leichenhalle«, erklärt sie, gibt dem Assistenten die Kamera zurück und knackt mit den Fingerknöcheln. Sie weiß, dass das eine schreckliche Angewohnheit ist, doch sie kann es nicht lassen. »Na schön, wie können wir den Todeszeitpunkt bestimmen?«

Wren schaut zu ihren beiden jungen Schützlingen, und augenblicklich weicht die Farbe aus ihren Gesichtern.

Einer von ihnen stammelt: »Äh, also, da sind die Totenflecken …«

Er beugt sich vor und deutet auf das rote Gesicht der Leiche.

Wren grinst und nickt. »Ja, das sehen wir. Wie wäre es mit einer weniger offensichtlichen Methode?«

Sie weiß zwar, dass er intelligent ist und die Abläufe kennt, aber ihm fehlt es noch an Routine. Im Laufe der Zeit wird das alles schneller gehen. Bald wird er ohne nachzudenken am Tatort oder im Büro seinen Job verrichten.

Er fährt sich mit der Hand leicht nervös durch das schwarze Haar und erwidert: »Die Rektaltemperatur?«

Wren richtet den Zeigefinger wie eine Pistole auf ihn, doch dann verzieht sie das Gesicht und schüttelt den Kopf. »Sie haben einen guten Instinkt. Wenn wir uns in einer Umgebung mit gleichbleibender Temperatur befinden würden, wäre das eine korrekte Antwort. Leider können wir uns nicht darauf verlassen oder hoffen, dass diese Frau die ganze Zeit bei milden achtundzwanzig Grad hier draußen gelegen hat.« Sie deutet auf die Trage. »Öffnet den Sack, damit wir sie von hier wegbringen können.«

Während die Assistenten den weißen Plastiksack auseinanderfalten, fährt Wren fort. »Hinsichtlich der Totenflecken lagen Sie richtig. Sie haben die dunkelste Färbung angenommen, was bedeutet, dass die Frau wahrscheinlich seit mindestens zwölf Stunden tot ist. Nehmt ihre Arme.«

Ihre Begleiter treten hervor, und Wren fordert sie mit einem Nicken auf, jeweils einen der Arme zu packen. »Versucht, sie anzuheben«, sagt Wren, während sie dabei zusieht, wie sich die beiden abmühen, die Leiche auch nur ein paar Zentimeter zu bewegen.

»Wow, die ist völlig steif«, bemerkt einer ihrer Schützlinge.

Wren zieht ihre Handschuhe weiter über die Handgelenke. »Genau. Die Totenstarre ist voll ausgeprägt und hat noch nicht nachgelassen. Was bedeutet das?«

Die Polizeibeamten am Tatort sind sichtlich genervt und blicken unter Stöhnen theatralisch gen Himmel, als hätten sie mitten in der Nacht etwas Besseres zu tun. Aber Wren lässt sich durch ihre offen zur Schau getragene Ungeduld nicht aus der Ruhe bringen. Wenn sie schon um drei Uhr morgens ihre Zeit bei einer toten Frau im Sumpf verbringen muss, dann will sie wenigstens ein paar Berufsanfängern die verschiedenen Arbeitsschritte zeigen.

Der Assistent, der am nächsten zu ihr steht, streicht seine Hose glatt. »Nun, das stimmt mit dem Zeitfenster von zwölf Stunden überein. Sie könnte aber auch schon länger tot sein, bei dem Stadium der Totenstarre bis zu dreißig Stunden.«

Na bitte.

Sein wachsendes Selbstvertrauen ist vielversprechend. Bei ihrer Arbeitsbelastung kann Wren jede fachkundige Unterstützung brauchen.

»Bingo. Und sehen Sie, was wir hier haben«, sagt sie und zeigt auf die Schwärme schwarzer Fliegen, die die Beamten aus ihren Gesichtern verscheuchen. »Ich weiß, es gibt hier draußen unzählige Insekten, aber diese kleinen Viecher sind Schmeißfliegen. Sie sind als Erstes bei einer Leiche und legen darauf ihre Eier ab, aus denen dann die Larven schlüpfen. Da sind zwar noch keine Larven, aber sie könnten bereits Eier gelegt haben. Das stimmt alles mit unserem geschätzten Zeitraum überein. Es sieht so aus, als könnte der Mörder seine Tat sogar am helllichten Tag begangen haben. Wer auch immer das war, ist ein dreister Mistkerl.«

Die Neulinge spielen ihre Rolle als faszinierte Schüler, doch als sie schwankend ihr Gewicht von einem Fuß auf den anderen verlagern, um wach zu bleiben, wird Wren klar, dass sie ihr nicht mehr richtig zuhören. Sie wollen gerade aufbrechen, da ruft ihnen ein junger Polizeibeamter von den Bäumen etwas zu.

Er hält eine Taschenlampe in der Hand und hat sie auf den Boden gerichtet. »Hey! Hier ist ein Kleidungsstück!«

Wren kann sich ein Kichern nicht verkneifen und bemerkt spöttisch: »Und ihr dachtet schon, ihr könntet den Fundort wieder freigeben.«

Einer der Beamten wirft ihr einen verärgerten Blick zu, bevor er Richtung Bäume läuft. Wren folgt ihm und gibt den Forensikern ein Zeichen, bei der Leiche zu bleiben. Als sie sich dem von der Taschenlampe erleuchteten Bereich nähern, erscheinen zwei Gegenstände in ihrem Sichtfeld, die hier nicht hergehören. Unter einem Strauch liegt ein ordentlich gefaltetes T-Shirt, und darauf steht ein Paar schwarzer Flipflops. Es wird ein Foto gemacht, bevor einer der Beamten die Gegenstände aufhebt und in eine Beweismitteltüte steckt. Dabei entfaltet sich das T-Shirt, und ein Gegenstand fällt mit einem leisen Schlag zu Boden.

»Ist das ein Buch?«, fragt Wren, während sie in die Hocke geht und ihre kleine Taschenlampe einschaltet.

Vor ihr liegt ein kleinformatiges Taschenbuch mit dem Titel *Die Leichenfledderer*. Bei genauerem Hinsehen stellt sich heraus, dass es sich um eine Sammlung von Horrorgeschichten handelt. Jemand hinter ihr macht ein weiteres Foto, und Wren richtet sich mit dem Buch in der Hand wieder auf. Sie betrachtet es von beiden Seiten und hält es den Beamten entgegen.

»Sagt Ihnen der Titel irgendwas?«

Sie schütteln die Köpfe. Einer von ihnen streckt die behandschuhte Hand aus, um es an sich zu nehmen.

»Glauben Sie, dass es dem Opfer gehörte?«, fragt er und schlägt das Buch geistesabwesend auf.

»Ich schätze, das werden wir herausfinden«, erwidert Wren und sieht dabei zu, wie er das Buch zusammen mit den Kleidungsstücken für die Analyse in der Tüte verstaut.

Als sie auf dem Absatz kehrtmacht, versinkt sie im feuchten Erdreich. Mit einem hörbaren Glucksen zieht sie ihren Fuß wieder heraus und läuft zum Opfer zurück. Dort hilft sie den anderen, die Leiche in den Sack und dann auf die Trage zu verfrachten. Erneut begutachtet sie die Totenflecken und streift ihre Handschuhe ab. In dem veränderten Licht wirkt das Rosa noch kräftiger. Mit der Leiche und ihren zwei Assistenten im Schlepptau geht sie langsam zum Transporter der Rechtsmedizin zurück. Sie öffnet die Hecktür, und während sie wartet, bis ihr Team sich seinen Weg durch das unebene Gelände gebahnt hat, denkt sie mit Grauen daran, dass jetzt noch eine weitere unidentifizierte Tote in ihrer Leichenhalle liegt.

»Wer vermisst dich heute Abend?«, fragt sie leise, als die Leiche an ihr vorbeigetragen wird.

Ein Polizeibeamter in der Nähe fängt an zu kichern.

»Hat eine der Leichen je darauf geantwortet?«, sagt er.

Wren wirft ihm einen kurzen Blick zu, bevor sie die Tür zuschlägt und zur Fahrertür geht.

»Sie wären überrascht, wie viele Geheimnisse die Toten mir schon anvertraut haben.«

3

Jeremy mag den Morgen. Er trinkt dann einen starken Kaffee und achtet stets darauf zu frühstücken. Der Rest des Tages verläuft oft unvorhersehbar und chaotisch, und da er seine Mittagspause zur Recherche nutzt, kommt er nicht immer dazu, eine richtige Mahlzeit zu sich zu nehmen. Er schaut zu dem kleinen Fernseher über der Küchenanrichte hinauf. Die Sender berichten jetzt in der zweiten Woche über die Flucht zweier Sträflinge aus der Clinton Correctional Facility in Dannemora, New York. Selbst in Louisiana sind die Menschen fasziniert von der Geschichte einer verliebten Gefängnismitarbeiterin, die den beiden verurteilten Mördern wie in dem Film *Die Verurteilen* bei der Flucht geholfen hat.

Den Blick auf den Bildschirm gerichtet, macht Jeremy sich ein Rührei und isst dazu ein Truthahnwürstchen. Er hat schon mit dem Gedanken gespielt, Vegetarier zu werden, doch vom Gesundheitsaspekt abgesehen findet er keinen wirklich überzeugenden Grund dafür. Zwar hat er vor Tieren mehr Respekt als vor den meisten Angehörigen seiner eigenen Spezies – vor allem aufgrund ihrer Fähigkeit, von Geburt an zu überleben. Aber

Mitgefühl empfindet er nicht, weshalb er kein Bedürfnis verspürt, sich eine leicht verfügbare Proteinquelle vorzuenthalten. Nachdem er den Teller gesäubert hat, geht er hinunter in den Keller, um nach seinen Gästen zu sehen.

Katie ist auffällig still.

Offensichtlich hängt sie doch noch an ihren Hasenzähnchen, denkt er.

Ihre linke Hand ist mit Blut verkrustet, das daran heruntergetropft und am Stuhlbein und Boden getrocknet ist. Sie hockt zusammengekauert da, um sich zu beruhigen, was in Jeremy das starke Verlangen weckt, sie ein wenig aufzuschrecken. Leider ist er spät dran und hat an diesem Morgen keine Zeit für derlei nebensächliche Vergnügungen. Stattdessen zwinkert er ihr zu. Als Matt ihn sieht, bekommt er einen heftigen Wutanfall und spuckt fluchend in Jeremys Richtung, während er mit dem Arm an den Ketten zerrt, mit denen er gefesselt ist. Jeremy bemerkt, dass Matt in der Nacht versucht hat, den Stuhl aus der Verankerung im Kellerboden zu reißen. Dabei ist lediglich ein Teil des Stuhlbeins gesplittert. Diese Stühle wurden vor langer Zeit im Fundament einzementiert, sie lassen sich nicht bewegen. Dennoch fragt er sich, was Matt vorhat, falls es ihm auf wundersame Weise gelingen sollte, den Stuhl umzuwerfen. Aber er kommt rasch zu dem Schluss, dass es sich nicht lohnt, darüber nachzudenken. Matt ist zu dumm und inzwischen zu schwach, um ihn zu überrumpeln. Jeremy überprüft ihre Infusionsbeutel und beginnt, sie nachzufüllen, während Matt sein Bestes gibt, den harten Mann zu markieren.

»Ich schwöre, ich werde dich verdammt noch mal in Stücke reißen, du Weichei!«, brüllt er und benetzt Jeremys Wange mit übel riechender Spucke.

Jeremy überlegt, mit einer Zange Matts Vorderzähne zu bearbeiten, aber er hat kein weiteres sauberes, gebügeltes Anzughemd zum Wechseln da. Außerdem kann man für einen Mann, der einen in seiner eigenen Pisse sitzend als *Weichei* beschimpft, eigentlich nur Verachtung empfinden. Er packt Matts Gesicht und gibt ihm einen kräftigen Kuss, wobei er ihm so fest auf die Unterlippe beißt, dass er ein befriedigendes Knacken hört. Manchmal erlaubt er es sich, seinen hedonistischen Trieben nachzugeben, und er hat das bisher nur selten bereut.

»Du bist freiwillig hergekommen. Vergiss das nicht«, knurrt er, während sich Matts Mund mit Blut füllt.

Matt brüllt und stammelt irgendwelches wirres Zeug, während Katie neben ihm leise wimmert. Jeremy wirft den beiden ein Lächeln zu und geht wieder nach oben. Mit einem Papiertaschentuch wischt er sich Matts Blut vom Mund und mustert sich kurz im Flurspiegel, streicht eine widerspenstige Strähne seines blonden Haars glatt und verlässt das Haus.

Jeremy arbeitet in einer Lager- und Logistikfirma, wo er für die Datenerfassung und Abrechnungen zuständig ist. Der Job ist genauso langweilig und stumpfsinnig, wie es sich anhört, und er hasst es, dass er den Großteil der Woche damit verbringt, ein Computerprogramm mit Zahlen zu füttern.

Er betritt die Eingangshalle von Lovett Logistics und lässt die stickige Luft draußen hinter sich. Wenn man in Louisiana im Sommer einen Parkplatz überquert, hat man das Gefühl, als würde man durch warme Butter stapfen. Die Luft ist drückend, feucht und schwül. Im Innern des Gebäudes hat sein Körper Mühe, sich an die kalte Luft zu gewöhnen, die aus sämtlichen Richtungen in den Raum gepumpt wird. Die auf Hochtouren laufende Klimaanlage, die schwachsinnigen Angestellten und das Wissen, dass er für die nächsten paar Stunden in dieser Petrischale eingezwängt sein wird, machen das hier zu einem absoluten Albtraum für ihn. Er greift in seine Tasche und stellt fest, dass er die Schlüsselkarte für das Büro vergessen hat, weil Katie ihn gestern Abend abgelenkt hat. Mit einem Seufzen geht er auf die Frau hinterm Empfangstresen zu. Sie ist leicht übergewichtig, und ihre Arme, die sie mit ärmellosen Kleidern und Blusen regelmäßig zur Schau stellt, lassen ihn an eingeölte, knusprige Hühnchenhaut denken. Ihr rundes Gesicht wird von ihrem totfrisierten blonden Haar umrahmt, das eigentlich dunkel ist. Er hat nie darauf geachtet, welche Augenfarbe sie hat, denn von den Unmengen Make-up in ihrem Gesicht wird ihm schlecht. Heute bemerkt er darin einen Grünton, als hätte sich in ihren Augenhöhlen ein Pilz eingenistet und ihre Lider durchbrochen, um auch den Rest ihres runden Gesichts zu besiedeln. Wie üblich wischt sie über ihr Smartphone und sieht sich die zweideutigen Offerten an, mit denen unzählige Trottel den Posteingang der Dating-App fluten, über die sie ihren Seelenverwandten zu finden hofft.

»Kann ich etwas für Sie tun, Jeremy?«, fragt sie, als er näher tritt.

Er zuckt zusammen, als sie ihn mit seinem Namen anspricht, denn er hat sich ihren absichtlich nicht gemerkt. Er setzt ein freundliches Lächeln auf und stützt sich vor ihr mit dem Ellbogen auf den Tresen.

»Seien Sie so lieb und öffnen Sie die Türverriegelung für mich«, sagt er charmant und deutet auf seine Tasche. »Ich habe meine Keycard vergessen und kann es gar nicht abwarten, da reinzukommen, um mich an die Arbeit zu machen.«

Sie lacht laut auf und bedeckt ihren Mund, als würde sie auf diese Weise wie eine Dame aussehen. Er unterdrückt einen Brechreiz und stimmt in ihr Lachen ein. Sie lächelt und betätigt mit einem ihrer Acrylnägel die Entriegelungstaste.

»Dafür schulden Sie mir was«, sagt sie mit einem Augenzwinkern.

»Ich schulde Ihnen einen Scheiß«, erwidert er kühl, während er die Eingangshalle verlässt. Wahrscheinlich hält sie seine Bemerkung für einen Witz. Aber was auch immer sie denkt, es ist ihm egal.

4

Wren befestigt ihren Gesichtsschutz und betrachtet wortlos den Körper, der in der Leichenhalle vor ihr auf der kalten Bahre liegt. Die Frau starrt sie aus einem halb geöffneten Auge an. Selbst der schmale Schlitz ihres rechten Auges zeugt eindringlich von dem Grauen, das sie durchmachen musste.

Ihre durchnässte Kleidung wurde inzwischen fotografiert und entfernt. Die Forensiker überprüfen sie jetzt auf Fasern, Haare oder sonst irgendetwas, was sich zu der Bestie zurückverfolgen lässt, die das getan hat. Wren tastet nach Anzeichen für Knochenbrüche und begutachtet eingehend die stecknadelkopfgroßen Einblutungen, die immer noch im Gesicht zu sehen sind, obwohl der Verwesungsprozess bereits begonnen hat. In Louisiana setzt die Sonne den Lebenden unerbittlich zu, aber zu den Toten ist sie besonders grausam. Aufgrund des leicht aufgedunsenen Zustands und der deutlichen Verwesungsspuren schätzt Wren, dass die Leiche etwa einen Tag lang der Witterung ausgesetzt war.

Sie mustert die Quetschung am Hals, wo sich rings um den Kehlkopf mehrere überkreuzende Vertiefungen ins Fleisch schneiden. Aber das war nicht die Todesursache. Wren ist sich ziemlich sicher, dass die Bauchwunde zum Tod geführt hat; außerdem deutet der Bluterguss am Hals darauf hin, dass die Stelle noch durchblutet war, als man ihn ihr zugefügt hat. Das Herz muss zu diesem Zeitpunkt also noch geschlagen haben. Die arme Frau wurde ohne Tötungsabsicht gewürgt. Der Mörder hat sie nur zum Vergnügen brutal stranguliert, bevor er sie auf qualvollste Weise erlöste.

Die Bauchverletzung, die längs über den Unterleib verläuft, ist gezackt und tief. Das Blut in der Wunde ist geronnen, was darauf hinweist, dass der Mörder sie ihr zugefügt hat, als sie noch am Leben war. Aufgrund der Totenstarre, die in einigen Muskeln noch andauert, und der Lebertemperatur lässt sich sagen, dass der Todeszeitpunkt etwa sechsunddreißig Stunden zurückliegt. Allerdings deuten die Totenflecken, die Wren am Fundort bemerkt hat, auf einen etwas früheren Zeitpunkt hin. Sie hatte damit gerechnet, dass die Flecken dunkelrot, blau oder violett sind, aber das gestaute Blut unter der Haut ist hellrosa.

Wren ist verwundert über diese Diskrepanz und beschließt, die Untersuchung fortzusetzen. Mithilfe der Totenflecken lässt sich auch bestimmen, ob die Leiche nach dem Tod bewegt wurde – was bei dem Opfer, das jetzt auf Wrens Tisch liegt, der Fall war. Das Blut, das aufhörte zu pulsieren, nachdem man dem Opfer den Bauch aufgeschlitzt hatte, hat sich an der rechten Hüfte, im Gesicht und einem kleinen Bereich des rechten Arms gesammelt. Das Opfer lag nach dem Tod auf der rechten Seite. Außerdem hat sich unten am Rücken und an den Schultern etwas Blut gesammelt, was bedeutet, dass die Leiche zu irgendeinem Zeitpunkt auch auf dem Rücken gelegen haben muss. Da die Totenflecken auf der rechten Seite dunkler sind, lässt sich jedoch mit Sicherheit sagen, dass die Frau bei Todeseintritt auf der rechten Seite gelegen hat und später auf den Rücken gedreht wurde. Diese Einzelheiten fügen sich wie ein Puzzle nahtlos zusammen, nur die Farbe der Totenflecken macht Wren immer noch stutzig.

In diesem Moment betritt Detective John Leroux den Raum, setzt sich eine Maske auf und lässt seine rechte Hand in einen Latexhandschuh gleiten. Sein knochiger Kiefer ist merklich angespannt, und seine tiefblauen Augen – das Einzige, was über der Maske zu sehen ist – scheinen eine Million Fragen gleichzeitig zu stellen.

Wren hebt kurz den Blick, als er den Sektionsraum betritt. Sie arbeiten bereits seit Jahren zusammen, und sie sieht ihm sofort an, wie es ihm geht. Er ist überarbeitet und hofft auf Antworten.

»Sag mir, dass du irgendwas für mich hast, Muller«, sagt er, während er seinen Hosenbund zurechtrückt und seine Hände in die Hüften stemmt.

Wren zögert einen Moment, bevor sie schließlich aufschaut.

»Er hat sie tiefgekühlt.«

5

Nachdem Jeremy in seiner Arbeitsnische Platz genommen hat, schaltet er seinen Computermonitor ein und positioniert Kaffee und Handy in Reichweite. Er lässt den Tag gerne ruhig angehen, indem er sich durch ein paar Nachrichten- und Social-Media-Seiten klickt. Heute weckt der Aufmacher der *Times-Picayune* seine Aufmerksamkeit. »Suche nach vermisstem Paar aus dem Orleans Parish wurde verstärkt, während Freunde ihre Mahnwache fortsetzen.« Jeremy kann sein Lachen kaum unterdrücken. Mahnwachen haben ihn schon immer fasziniert.

Was nutzen eure Kerzen und Fotos, während Katie und Matt in meinem Keller leiden müssen?

Er schätzt, dass die »Freunde« auf den dazugehörigen Fotos – mit Tränen in den Augen und ernsten Gesichtern – vor allem daran interessiert sind, in die Medien zu kommen. Jeder hat seine Gründe. Sie gehen mit ihrem Verlust an die Öffentlichkeit, weil sie die Aufmerksamkeit genießen, weil sie auf diese Weise ihr abstoßendes Bedürfnis nach Beachtung befriedigen. Er überfliegt den Rest des Artikels, in dem steht, dass diese beiden

Schandflecken für den menschlichen Genpool schnellstmöglich gefunden werden müssen.

»Verdammt gruselig, was?«, unterbricht ihn sein Kollege Corey und nippt, mit dem Ellbogen auf die Wand von Jeremys Arbeitsnische gestützt, an seinem Kaffee. »Die beiden werden genauso wie die anderen enden. Die Gemeinsamkeiten sind offensichtlich und lassen sich nicht ignorieren, weißt du. Nachdem er eines seiner Opfer entsorgt hat, schnappt er sich ein paar Tage später das nächste. Bestimmt hast du mitbekommen, dass sie inzwischen wahrscheinlich dieses andere Mädchen gefunden haben, oder?« Corey schüttelt den Kopf und nippt erneut an seinem Kaffee. Dabei liegt er mit seiner Vermutung teilweise richtig. Jeremy macht das jetzt schon seit einer Weile und hat es inzwischen auf sechs Opfer gebracht. In den meisten Fällen hat er getan, was Corey vermutet. Wenn er von einem Opfer genug hatte, suchte er sich ein neues. Dies war das einzige Mal, dass es eine Überschneidung gab. Katie und Matt trafen bei ihm ein, als Meghan mehr oder weniger noch am Leben war. Er hatte das nicht geplant, und es war riskant. Aber manchmal muss man improvisieren, wenn einem die richtigen Leute über den Weg laufen.

Meghan war ein trauriges, verzweifeltes Geschöpf, das Jeremy dazu überredet hatte, letzten Donnerstag mit ihm gemeinsam eine Bar zu verlassen. Sie war laut, ausgelassen und arrogant, und sie ging ihm auf die Nerven, sobald sie nur den Mund aufmachte. Einmal fing sie im Keller an zu schreien, nannte ihn ein »Muttersöhnchen«, was bei ihm einen Wutanfall auslöste, der jeden vernünftigen Gedanken zu ersticken drohte. Hätte er seiner Wut nachgegeben, hätte er womöglich einen schweren Fehler gemacht, und er nahm es Meghan ziemlich übel, dass er beinahe die Fassung und damit seine Freiheit verloren hätte.

Ein paar Tage lang hatte er versucht, ihren Willen zu brechen, und dabei ihren Gemütszustand überwacht, während sie sich fragte, an welchem Tag, zu welcher Stunde und zu welcher Minute sie wohl sterben würde. Und nachdem er ein paar Tage seine Spielchen gespielt hatte, ging er wortlos in den Keller hinunter. Seine plötzliche Zurückhaltung hätte ihr eigentlich eine Warnung sein müssen, aber sie war völlig überrascht, als er ihr ein Messer direkt in den Bauch rammte. Er zog es mit aller Kraft quer über ihren Unterkörper und sah dabei zu, wie sie sich auf dem Betonboden des Kellers vor Schmerzen krümmte. Er hatte sich bewusst für diese Methode entschieden. Bauchverletzungen sind wirklich schrecklich. Gallensaft und Säure ergießen sich in die Wunde und vergiften das Opfer langsam mit seinen eigenen Körperflüssigkeiten.

Das ist Sonntagabend gewesen, einen Tag nachdem Katie und Matt angekommen waren. Heute Morgen wurde Meghans Leiche gefunden. Er hat es kurz im Radio gehört, allerdings gab es noch keine Einzelheiten. Er ist deswegen keineswegs nervös. Er achtet stets gewissenhaft darauf, an der Leiche keine Spuren zu hinterlassen. Er hat sogar sicherheitshalber die Angelschnur und das Stromkabel entsorgt, mit denen er Meghan bei ihren Spielchen gewürgt hat.

Obwohl Jeremy es nicht von Anfang an auf einen Modus Operandi angelegt hatte, nimmt er in der Regel Personen in den Zwanzigern und Dreißigern vor Bars und Nachtclubs ins Visier. Wobei er sie bisher immer auf unterschiedliche Weise umgebracht hat – je nachdem, wonach ihm gerade war. Und natürlich gibt es da den Sumpf. Nachdem man Opfer Nummer vier gefunden hatte, verpasste ihm die Presse einen Spitznamen, weil er die Leichen stets für jedermann sichtbar im schmutzigen Sumpfwasser entsorgte. Sie nannten ihn den »Bayou Butcher«, was ihm zunächst nichts ausmachte, aber inzwischen findet er es lästig. In letzter Zeit hat diese öde Routine angefangen, ihn zu langweilen. Außerdem läuft er Gefahr, geschnappt zu werden, wenn er berechenbar wird. Deshalb wird er mit etwas Neuem aufwarten.

Jeremy reißt sich aus seinem Tagtraum, dreht sich auf seinem Stuhl herum und schaut zu Corey hoch.

»Meinst du?«, fragt er.

Corey fängt an zu kichern und streckt die Hand aus, um auf die Passage des Artikels zu deuten, in dem es um die Dauer von Katies und Matts Verschwinden geht.

»Sicher. Diese beiden Idioten werden seit fast einer Woche vermisst. Die sind erledigt. Ab mit ihnen in den dreckigen Sumpf, dann haben wir endlich Gewissheit.«

Jeremy kann sich angesichts seiner Aufrichtigkeit ein

Grinsen nicht verkneifen. Es ist erfrischend, dass Corey genauso viel Verachtung für seine Hausgäste empfindet wie er.

»Vielleicht hast du recht, Mann. Und hey, wenn man sie findet, ist endlich Schluss mit den Kerzen und Gebeten. Ich kann diese mediengeilen Typen nicht mehr ertragen, die sich vor jede Kamera drängen«, sagt Jeremy, um die Grenzen von Coreys Teilnahmslosigkeit auf die Probe zu stellen.

Corey stößt ein Lachen hervor, wankt leicht vorwärts und schüttelt den Kopf. »Du hast recht!«, ruft er. »Ganz meine Rede. Am Wochenende sind sie Fischfutter.«

Damit liegt er nur fast richtig, was Jeremy ein wenig enttäuscht.

»Wie auch immer, man beobachtet mich schon. Ich sollte wohl besser anfangen, für mein Geld zu arbeiten«, sagt Corey und verdreht die Augen. Jeremy bemerkt, dass der Geschäftsführer zu ihnen herüberschaut und das bisschen Macht genießt, das er über sein Königreich aus Arbeitsnischen hat. Corey schlägt mit der Faust leicht gegen die Kabinenwand und fügt hinzu: »Das hätte ich fast vergessen … ich trete am Samstagabend beim Open Mic in The Tap auf. Komm vorbei, wenn du Zeit hast. Ich kann jeden Zuhörer brauchen.«

Jeremy nickt. »Ja, Mann, ich werd's versuchen. Viel Glück.«

Daraufhin eilt Corey zu seiner Nische, und Jeremy macht sich an die Arbeit.

6

Wren ist frustriert. Es macht sie wahnsinnig, wenn unidentifizierte Opfer ihre Leichenhalle bevölkern. Das liegt hauptsächlich an ihrem neurotischen Bedürfnis, zu beenden, was sie begonnen hat, und ihre To-do-Liste abzuarbeiten. Sie mag keine unerledigten Aufgaben, schon gar nicht, wenn sie jedes Mal daran erinnert wird, sobald sie die Kühlschranktür öffnet. Außerdem verbreiten diese anonymen Körper zusätzlich zu dem lästigen Papierkram, den sie bedeuten, eine tiefe Traurigkeit. Wren sieht sie nachts vor sich, wenn sie die Augen schließt. Hört, wie die Toten sie auffordern, ihnen einen Namen zu geben, ihre Geschichte mit einem Epilog zu versehen. Sie kann das Grauen nicht abschütteln, das das Wissen mit sich bringt, dass ein geliebter Mensch in einem kalten Leichensack liegt. Die Einsamkeit dieser Toten verfolgt sie. Es gibt nichts Schlimmeres, als vergessen zu werden. Deshalb hat sie es sich zur Aufgabe gemacht, diesen Umstand möglichst schnell zu ändern.

Leroux lässt seine behandschuhte Hand über die rosafarbenen Totenflecken am rechten Arm der Leiche wandern und blickt zu Wren auf.

»Er versucht also, dich hinsichtlich des mutmaßlichen Todeszeitpunkts in die Irre zu führen.« Es ist mehr eine Feststellung als eine Frage.

Wren hat die Augen weiter auf die Frau gerichtet.

»Er versucht es … mit Erfolg«, erwidert sie und schüttelt geistesabwesend den Kopf, dreht sich um und steckt eine neue Klinge in ihren Skalpellgriff.

»Das ist schon ziemlich schräg und speziell. Wie viele von diesen Idioten da draußen wissen überhaupt, dass so etwas möglich ist?«

Statt zu antworten, macht Wren einen Schnitt, um mit der Organentnahme zu beginnen. Sie schüttelt wütend den Kopf. Leroux fängt an zu kichern, tritt zurück und rückt die Maske in seinem Gesicht zurecht.

»Ich wette, er hat das nur getan, um die Rechtsmedizinerin des Countys zur Weißglut zu treiben«, witzelt er und neigt den Kopf zur Seite. »Du traust diesem Typen eine Menge zu. Meiner Erfahrung nach sind das Idioten im Wolfspelz.«

Wren hört auf zu schneiden und wirft ihm einen genervten Blick zu.

»Ich habe nie gesagt, dass das seine einzige Absicht war. Ich mag es nur nicht, wenn meine Fähigkeiten von einem feigen Arschloch auf die Probe gestellt werden, das sich für Hannibal Lecter oder wer weiß wen hält.«

Sie holt ein Instrument hervor, das aussieht wie eine Heckenschere, und beginnt damit, die Rippen von unten Richtung Schlüsselbein zu durchtrennen. Die Kraftanstrengung und das Geräusch der brechenden Rippen haben stets eine kathartische Wirkung auf sie, wenn sie frustriert ist. Um das massive Schlüsselbein zu durchtrennen, ist zusätzliche Muskelkraft erforderlich – eine Tätigkeit, die sie jetzt voller Eifer verrichtet.

»Nun, dann wird dir das, was ich dir jetzt mitzuteilen habe, nicht gefallen.« Leroux macht Platz, damit sie zur rechten Seite des Brustkorbs gehen kann.

Ohne die Arbeit zu unterbrechen, stößt Wren einen Seufzer hervor.

»Spuck's schon aus«, zischt sie, während das laute Knacken der Knochen zu hören ist.

Leroux schaltet einen Anruf auf stumm, der auf seinem Handy eingeht, und lehnt sich auf den Tresen. »Wir sind uns ziemlich sicher, dass wir es mit einem Serienmörder zu tun haben.«

»Tatsächlich?!«, sagt sie mit gespielter Ungläubigkeit.

Leroux wirft ihr wortlos einen eisigen Blick zu.

»Das hätte ich dir auch sagen können, John. Wann bekomme ich mein Detective-Abzeichen?«, fügt sie hinzu und verdreht grinsend die Augen.

Leroux blinzelt genervt. »Also, das ist eigentlich nicht der Punkt, Muller.« Er geht zur anderen Seite des Tisches und beugt sich auf die Hände gestützt nach vorne. »Dieser potenzielle Serienmörder hinterlässt Hinweise auf seinen nächsten Ablageort. Wir glauben, dass wir einen Hinweis auf einen weiteren Fundort haben, aber wir konnten ihn bisher nicht entschlüsseln.«

»Das musst du mir erklären.« Wren dreht sich zu ihm um und neigt den Kopf zur Seite.

»Immer schön langsam, Muller. Wir sind uns noch nicht hundertprozentig sicher. Möglicherweise will er uns mit den Gegenständen, die er bei den Leichen hinterlässt, etwas mitteilen. Das Opfer hinter dem Twelve Mile Limit? Du erinnerst dich bestimmt noch an die Buchseite, die in ihrem Rachen steckte.«

Wren unterbricht ihre Arbeit und fordert ihn mit einem Nicken auf fortzufahren. An den Fundorten der beiden letzten Leichen wurden merkwürdige Gegenstände entdeckt. Bei dem Gedanken, dass der Mörder einen Sinn fürs Theatralische hat, kann Wren sich ein spöttisches Grinsen nicht verkneifen. Ist es nicht schon dramatisch genug, anderen Menschen das Leben zu nehmen? Sehnt er sich so sehr nach Bestätigung, dass er die Überreste seiner Bluttat wie einen Springteufel präsentieren muss? Es geht dabei stets um Kontrolle. Dieses Monster verspürt ein Gefühl der Macht, solange es allen anderen zeigt, wer das Sagen hat. Aber Wren weiß, dass diese Visitenkarten eher auf Unsicherheit als auf Selbstvertrauen hindeuten, als würde jemand einen Witz erzählen und anschließend eine halbe Stunde lang die Pointe erklären. Sie lassen die Sache nicht für sich selbst sprechen. Dieses Verhalten zeugt von Verzweiflung und Minderwertigkeitsgefühlen. So etwas haben nur die armseligsten unter den berühmten Serienmördern getan – zwanghaft narzisstische Scheusale, die auf eine Standing Ovation aus sind.

Dennis Rader, auch bekannt als »BTK-Killer«, reichte es nicht, in den 1970ern unschuldige Frauen zu verfolgen, zu misshandeln und zu ermorden. Er war so sehr von dem Verlangen getrieben, es zu zweifelhaftem Ruhm zu bringen, dass er die Polizei anrief, um sie zu seinen Tatorten zu lotsen. Als er jedoch genug davon hatte, einfach nur seine eigenen Taten zu melden, begann er, Briefe und Gedichte an die Presse zu schreiben und in der Stadt für die Polizei merkwürdige kleine Kunstwerke zu den Morden zu deponieren. Sein Bedürfnis nach Aufmerksamkeit wurde ihm schließlich zum Verhängnis. In seinem verzweifelten Bemühen, die nächste große Nummer zu werden, wurde er so leichtsinnig, dass er die Ermittler in einem Brief allen Ernstes fragte, ob sie eine Floppy Disk zu ihm zurückverfolgen könnten. Als sie ihm daraufhin erklärten, dass sie dazu nicht in der Lage seien, glaubte er ihnen. Er hielt sich für so mächtig und unantastbar, dass er dachte, selbst die Polizei würde vor seinen publikumswirksamen Spielchen kapitulieren. Doch er irrte sich.

»Das Labor konnte inzwischen entziffern, was auf der Seite stand, jedenfalls teilweise. Es handelt sich um das siebte Kapitel eines Groschenromans. Und jetzt die Preisfrage: In welchem Sumpf lag der zweite Fundort?«

»Im Seven Sisters Swamp«, sagt Wren nachdenklich. »Ist das nicht eine etwas dürftige Verbindung? Zugegeben, das ist seltsam, aber …«

Leroux hebt einen Finger, um sie zu unterbrechen, bevor sie den Gedanken zu Ende bringen kann. »Aus dem Buch, das wir im Seven Sisters Swamp gefunden haben, wurde ein Kapitel herausgerissen. Kapitel sieben. Und wir konnten beweisen, dass die Seiten vom anderen Fundort aus demselben Buch stammen.«

Er wirkt zufrieden mit sich und deutet auf das, was früher einmal ein Mensch war.

»Doch das ist noch nicht alles. In ihrer Kleidung steckte ein Zettel. Wir untersuchen ihn gerade nach Hinweisen auf den nächsten Fundort. Alle meine Leute arbeiten daran, aber ich habe für dich auch eine Fotokopie gemacht. Es könnte hilfreich sein, wenn mal jemand anders einen Blick darauf wirft.«

Er zieht ein Blatt Papier aus seiner Gesäßtasche, faltet es auseinander und legt es vor Wren auf den Tresen. Sie streift den Handschuh ab und betrachtet die Kopie.

»Die heraldische Lilie darauf …« Wren beugt sich über die Bahre mit der Leiche und deutet auf das Symbol am Rand des Zettels. »Ist sie matt oder glänzend?«

»Sie hat irgendwie geschimmert. Wie heißt das Wort noch gleich?« Leroux schließt die Augen und macht eine Faust, dann hebt er den Zeigefinger in die Höhe. »Irisierend. Außerdem war sie eingeprägt.«

Wren nickt und mustert weiter die Kopie. »Was ist das andere darauf?«

Er beugt sich leicht vor, während sie das Blatt in seine Richtung hält.

»Das ist eine Kopie von dem Bibliotheksausweis aus dem Buch.«

»Philip Trudeau. Der Name kommt mir bekannt vor«, sagt Wren, den Blick auf den Nachnamen im Ausweis gerichtet.

»Tja, leider hat sich das als Sackgasse erwiesen.« Leroux gibt ein Stöhnen von sich und wedelt mit der Hand.

»Ich bin zwar kein Mordermittler, aber meine Intuition als Zivilistin sagt mir, dass es wahrscheinlich zu schön ist, um wahr zu sein, wenn der Täter seinen Namen am Tatort hinterlässt.«

»Stimmt genau. Wir haben diesen Philip Trudeau inzwischen ausfindig gemacht. Er lebt oben in Massachusetts. Er war seit der Mittelstufe nicht mehr in Louisiana, seit über zwanzig Jahren. Und dieses Buch gehörte bis vor zehn Tagen zum Bestand der Lafayette Public Library«, erklärt Leroux. Er blickt erneut auf sein Handy und seufzt. »Ich muss da jetzt zurückrufen. Aber denk ruhig weiter drüber nach.«

Während er hinauseilt, legt Wren die Fotokopie auf den Tresen hinter sich und streift einen sauberen Handschuh über. Dann hebt sie den oberen Teil des Brustkorbs von der Leiche und wirft einen Blick auf die Uhr über der Tür.

»Wir haben eine lange Nacht vor uns, Schätzchen.«

7

Um Punkt 17:08 Uhr macht Jeremy Feierabend. Er packt seine Sachen zusammen und läuft Richtung Tür.

»Samstag!«, ruft Corey über das Meer aus Arbeitsnischen hinweg.

Jeremy hebt zur Bestätigung die Hand, tritt durch die Tür und eilt am Empfangstresen vorbei zum Parkplatz. Er stößt einen lauten Seufzer aus und spürt, wie die Anspannung fast augenblicklich aus seinem Körper entweicht. Diese Arbeitsnischen sind einfach grauenvoll.

Als er sich in seinen Wagen setzt, schlägt ihm die geballte Hitze des Tages schwer entgegen. Er schaltet die Klimaanlage ein, aber das sorgt keineswegs für Erleichterung. Stattdessen bläst ihm aus allen Richtungen heiße, abgestandene Luft entgegen. Er öffnet das Fenster, was das Gefühl zu ersticken allerdings nur ein wenig lindert. Während sich Jeremys flacher Atem dank des Schwalls kühler Luft, der schließlich aus den Schlitzen strömt, allmählich normalisiert, fragt er sich, ob es sich so anfühlt, wenn man erdrosselt wird; ein kurzer Moment ohnmächtiger, Übelkeit erregender Panik, gefolgt von einem plötzlichen Gefühl der Erleichterung.

Doch Jeremy hat kein Interesse daran, den Menschen Erleichterung zu verschaffen. Nein, er will ihnen Schmerz zufügen. Der Prozess des Schmerzes ist komplex und einfach zugleich, dieser Gegensatz zeichnet ihn aus. Auf der körperlichen Ebene erfordert Schmerz ein perfektes Zusammenspiel chemischer Reaktionen. Jede Reaktion muss zum richtigen Zeitpunkt stattfinden, um diese Empfindung auszulösen. Ein äußerer Reiz sendet einen Impuls durch die peripheren Nervenbahnen, der wiederum vom somatosensorischen Cortex wahrgenommen und identifiziert wird. Ist die Übertragung des Reizes zu irgendeinem Zeitpunkt gestört, wird das Gefühl abgeschwächt. Andererseits ist selbst ein Höhlenmensch in der Lage, diesen elektrischen Impuls auf seine Reise zum Wahrnehmungszentrum zu schicken. Man braucht dafür lediglich einen spitzen oder stumpfen Gegenstand, gepaart mit Gewaltanwendung. Es ist wirklich faszinierend.

Er weiß noch, wie ihm das Wesen des Schmerzes zum ersten Mal wirklich bewusst wurde. Er muss damals sieben Jahre alt gewesen sein. Er las gerade im Wohnzimmer des Hauses, in dem er immer noch wohnt, ein Buch. Als er eine Seite umblätterte, hörte er es dann. Draußen fuhr der Truck seines Vaters in die kiesbedeckte Einfahrt. Die Tür wurde geöffnet und laut zugeschlagen. Offensichtlich war sein Vater wegen irgendetwas aufgebracht. Jeremy konnte ihn knurren, fluchen und zetern hören, während er zu seinem Schuppen schlurfte.

Jeremy sprang sofort auf und rannte nach draußen, um

zu sehen, was los war, und dann hörte er noch ein anderes Geräusch. Es kam von der Ladefläche des Pick-ups, der vor ihm stand, ein unerträgliches Geräusch. Zunächst glaubte er, dass auf der Fläche ein verletztes Kind lag. Die Schreie waren so menschlich und qualvoll – mehrere Klagelaute, gefolgt von einem tiefen, schmerzerfüllten Stöhnen. Gleichermaßen fasziniert und abgestoßen, spürte er, wie jede Zelle seines Körpers vor Erwartung zu vibrieren begann. Die Hitze jenes Spätnachmittags senkte sich schwer auf ihn herab, unheilvoll und schicksalhaft, forderte ihn auf, Schutz zu suchen. Doch da war dieser Zwang, als würde ihn eine unsichtbare Schnur zu dem schreienden Geschöpf auf der Ladefläche ziehen. Er hievte sich daran empor, um hineinzuschauen, und sah vor sich ein verängstigtes Reh liegen. Es hatte ein gebrochenes Bein und eine offene Wunde, die von der linken Seite seines Mauls bis zur Schulter verlief. Die Flanken und der Bauch hoben und senkten sich im Rhythmus seines schwerfälligen, angestrengten Atems. Jeremy bekam keine Luft mehr. Aus der Nase des Rehs tropfte Blut, und es hatte die Augen vor Angst und Schmerz weit aufgerissen. Jeremy kann sie immer noch vor sich sehen, wenn er seine eigenen Augen schließt. Er war damals außerstande, den Blick abzuwenden. Für ein paar Sekunden stand er einfach nur da und teilte diesen albtraumhaften Moment mit dieser wunderschönen Kreatur.

Plötzlich wurde die Luft von Musik erfüllt. Sein Vater hatte im Schuppen das uralte Radiogerät eingeschaltet.

Er hörte bei der Arbeit gerne Musik. »These Boots Are Made For Walkin'« von Nancy Sinatra tönte aus dem Lautsprecher.

»Komm da runter, Junge. Du machst ihm noch Angst. Ich will, dass diese gottverdammten Schreie endlich aufhören«, sagte sein Vater, während er vom Schuppen auf den Hof marschierte.

Er hatte ein Jagdgewehr über der Schulter und forderte Jeremy mit einer Handbewegung auf, von dem schreienden Tier wegzugehen.

»Was ist passiert, Dad?«, fragte Jeremy zögerlich und sprang vom Truck herunter.

Sein Vater fuhr sich mit der Hand durch sein rotblondes Haar und rieb sich nervös das Kinn, worauf das vertraute Kratzgeräusch zu hören war.

»Es ist zu schnell vor den Wagen gerannt. Das verdammte Ding lag mit völlig verdrehtem Körper auf der Straße. Ich konnte es dort nicht schreiend liegen lassen. Aber ich hatte kein Gewehr dabei, darum ist es jetzt hier«, erwiderte er nüchtern, während er zur Rückseite des Trucks lief und die Heckklappe herunterließ.

Jeremy konnte das Reh jetzt besser sehen. Es lag auf einer dreckigen Decke, die früher mal weiß gewesen war und durch den Gebrauch einen schmutzigen Beigeton angenommen hatte. Auf dem Stoff breiteten sich Blutflecken aus. Inzwischen hing dem Reh die Zunge aus dem Maul. Während Jeremy es anstarrte, rollte sein Vater eine große Schubkarre zur Heckklappe und sah ihn an.

»Gut, dass du da bist, Junge«, sagte er und schlug Jeremy auf den Rücken, sodass er leicht nach vorne wankte.

»Was hast du vor?«, fragte er ernst.

»Nun, wir müssen es töten. Es wäre unmenschlich, es zu lange leiden zu lassen.«

Jeremy stockte der Atem.

»Es töten?«, fragte er, während er dem Reh weiter in die Augen blickte.

»So ist das Leben, mein Sohn. Man lässt ein Tier nicht unnötig leiden. Außerdem gibt es eine Hackordnung. Einige Tiere stehen an der Spitze, und andere dienen ihnen als Nahrung. Dieses Reh versorgt uns mit gutem Fleisch«, erklärte er und zerrte an der Decke, worauf das Tier durch die plötzliche Bewegung zu zittern begann. »Komm, hilf mir, es herunterzuheben.«

Jeremy war tief beeindruckt. Wie in Trance half er seinem Vater, die Decke zur Heckklappe zu zerren, und kletterte zum Reh auf die Ladefläche, um es herunterzulassen, während sein Vater daran zog. Die Schreie waren jetzt laut und verzweifelt. Das Reh rief seine Herde um Hilfe, aber es war zu weit von seinem Revier entfernt.

Mit einem grauenvollen Schlag landete es in der Schubkarre. Gefolgt von einem leisen Knacken und weiteren spitzen Schreien. Jeremys Vater schob das Tier rasch zur Rückseite des Hauses, und Jeremy lief ihm wortlos hinterher. Als sie die Bäume erreichten, half er, das Reh ins Gras zu heben.

»Komm her, Junge«, forderte sein Vater ihn auf.

Er hob das Gewehr und legte an, den Fuß auf eines der Hinterbeine des Rehs gestellt und die Waffe auf dessen Kopf gerichtet. Das Reh schrie jetzt noch lauter, als könnte es spüren, welches Schicksal ihm drohte.

»Also, man muss genau zwischen die Augen treffen«, sagte er leise. »Wenn man ein verletztes Tier tötet, sollte das schnell gehen.«

Mit diesen Worten drückte er den Abzug, und Jeremy zuckte bei dem plötzlichen Geräusch zusammen. Als der Kopf des Rehs durch die Wucht der Kugel zurückschnellte, schien für eine Sekunde alles wie in Zeitlupe abzulaufen. Dann prasselte die Stille wie ein heftiger Regenguss auf Jeremy herab, und er begann zu zittern. Einen Moment lang standen sie beide einfach nur da, sein Vater und er. Rückblickend hält Jeremy diesen Tag für entscheidend in seiner Entwicklung. Er sah Leid und Schmerz – und die Erlösung durch den Tod.

Jeremy betritt jetzt sein Haus und wirft seine Schlüssel in die Kupferschüssel neben der Tür. Er stellt sich vor, wie das Geräusch von Metall auf Metall seine Gäste aufschrecken lässt, und die Vorstellung erregt ihn. Er geht zur Spüle in der Küche und fängt an, die Keime von seinen Händen zu schrubben, die im Büro bestimmt daran haften geblieben sind. Während er sein Anzughemd aufknöpft, marschiert er aufgeregt zur Kellertür, bleibt kurz stehen und hängt das Hemd an einen Haken an der Wand. Er streicht sein weißes Unterhemd glatt, öffnet die quietschende Kellertür und steigt die Treppe hinunter.

8

Wren zieht ihre Schlüsselkarte über das Lesegerät, um die riesige Tür der Leichenhalle zu öffnen, und geht die Treppe hinunter, die zum Parkplatz auf der Rückseite führt. Sie rutscht auf den Fahrersitz ihres schlichten schwarzen Wagens und betätigt rasch die Türverriegelung. Sie hat zu oft mitbekommen, welche Folgen es hatte, wenn jemand nichts ahnend in seinem Wagen saß, während in der Nähe ein Triebtäter lauerte.

Bevor sie nach Hause fährt, hält sie einen Moment inne, um sich zu sammeln. Die warme Brise trägt eine gedämpfte Stimme ins Wageninnere. Sie hebt den Kopf und sieht, dass Leroux aus der Hintertür tritt und sich mit der Hand durchs Haar fährt. Sie will ihm schon etwas zurufen, als sie merkt, dass er gerade einen Anruf entgegennimmt. Er tippt auf das Display seines Handys und hält es sich vors Gesicht. Es ist auf Lautsprecher gestellt, die Stimme am anderen Ende klingt gehetzt.

»Hier ist Ben. Das Buch ist sauber.«

Mit einem hörbaren Seufzer rutscht Leroux hinter das Lenkrad seines Wagens und fischt eine Zigarette vom Schminkspiegel.

»Herrgott, nicht mal ein Teilabdruck?«

»Tut mir leid.« Ben klingt enttäuscht. »Ich dachte, dass wir diesmal was finden würden.«

Leroux hält sich die Zigarette für einen Moment an die Lippen.

»Hat dieses Arschloch in der Bücherei etwa Handschuhe getragen? Wie schafft er es, am Fundort keinerlei Spuren zu hinterlassen?«, schnaubt er, steckt die Zigarette an und nimmt einen schnellen, kräftigen Zug. »Erst trickst dieser Typ Muller aus und jetzt dich. Was ist mit meinen ganzen Experten los?«

Seine Bemerkung macht Wren wütend. Leroux stößt eine Rauchwolke aus, die durch das offene Fenster wabert. Er macht diesen Job lange genug, um zu wissen, dass einem die Lösung eines Falls nicht wie im Fernsehen auf dem Silbertablett präsentiert wird. Aber in der Regel hat er irgendeinen Anhaltspunkt, dem er nachgehen kann.

Selbst Israel Keyes, einer der akribischsten und gerissensten Serienmörder, die es je gab, hat schließlich einen Fehler gemacht. Jede seiner Taten war sorgfältig geplant. Er reiste viel umher – mit dem Flugzeug, dem Auto oder dem Zug –, um seine zufälligen Opfer zu entführen und zu töten, und überall in den Vereinigten Staaten versteckte er Mordwerkzeuge, die dann bei seiner Ankunft auf ihn warteten. Nach all diesen Bemühungen, Abstand zu seinen früheren Opfern zu wahren, führte ein Verbrechen, das er in seiner Heimatstadt beging, schließlich zu seiner Verhaftung. Als er in Anchorage in einem kleinen Kaffeestand, den er am Abend überfallen wollte, eine junge Bedienung sah, vergaß er seine über die Jahre erworbene Selbstbeherrschung. Ohne jeden Plan entführte er die Frau und vergewaltigte und ermordete sie in seinem Auto. Seine spontane Entführung wurde von einer Überwachungskamera festgehalten, und als er versuchte zu fliehen, filmte ihn die Kamera einer Bank, nachdem er auf der Fahrt aus der Stadt die Kundenkarte der Frau benutzt hatte. Seine perfekte Schreckensherrschaft wurde durch seine eigene Unbesonnenheit beendet. Wren hofft, dass ihren Serienmörder ein ähnliches Schicksal ereilt.

Es steht Detective Leroux ins Gesicht geschrieben, was er denkt, während er eine weitere Wolke Gift inhaliert, um seine Nerven zu beruhigen. Er fragt sich, ob New Orleans einen Serienmörder hervorgebracht hat, der sogar Israel Keyes' machiavellistische Planung in den Schatten stellt. Aus dem Handylautsprecher dringt Bens Kichern, und im Hintergrund ist das laute Blubbern einer Kaffeemaschine zu hören.

»Na ja, immerhin weiß Muller auch nicht weiter.«

Leroux stößt einen Seufzer aus und stöhnt ins Telefon: »Offenbar müssen wir noch mal ganz von vorne anfangen. Trotzdem danke.«

»Keine Ursache«, sagt Ben und legt auf.

Wren hat eigentlich keinen Grund, beleidigt zu sein. Sie haben alle ihr Bestes gegeben. Leroux sieht völlig fertig aus. Als er die Zigarette auf den Asphalt schnippt und vom Parkplatz fährt, bemerkt Wren die dunklen Ringe um seine Augen. Seufzend dreht sie den Zündschlüssel herum, worauf das Radioprogramm in einer unerträglichen Lautstärke aus den Boxen dröhnt und die Stille der fast menschenleeren Straßen rings um die Leichenhalle zerreißt. Sie schaltet das Radio aus und verbindet ihr Handy mit dem Bluetooth-System des Wagens, um auf der kurzen Heimfahrt einen Podcast zu hören. Doch das sorgt kaum für Ablenkung. Sie muss an den Namen auf dem Bibliotheksausweis denken. Zwar war Philip Trudeau laut Leroux eine falsche Fährte, aber Wren wird das Gefühl nicht los, dass ihr der Name bekannt vorkommt.

Wie viele Philip Trudeaus lernt man in seinem Leben schon kennen?

Sie biegt in ihre Straße ein und fragt sich, ob sie ihren Bedenken nachgeben oder darauf vertrauen soll, dass Leroux und die anderen Detectives mit der gebotenen Sorgfalt vorgegangen sind, als sie den Mann aus Massachusetts von der Liste der Verdächtigen gestrichen haben. Sie fährt mit dem Wagen in die Einfahrt und läuft die Stufen zu ihrer klapprigen Veranda hinauf. Ihrem Haus ist das Alter deutlich anzusehen, aber sie liebt seine Persönlichkeit und seine zahlreichen Eigenarten.

Im Innern hängt sie ihre Schlüssel an den Haken neben der Eingangstür, geht in die Küche und stellt ihre Taschen auf dem Boden ab. Sie ist zwar erschöpft, aber noch nicht müde, und nach einem Blick auf die Herduhr macht sie sich einen Kaffee. Die meisten ihre Freunde gönnen sich nach einem langen Tag ein großes Glas Rotwein, doch Wein hat ihr nie zugesagt. Für sie schmeckt er wie kalkhaltiger Traubensaft, der zu lange in der Sonne gestanden hat. Sie bekommt davon Kopfschmerzen. Der angenehme, einladende Duft eines frisch gebrühten Kaffees hat sofort eine beruhigende Wirkung auf sie. Sie lehnt sich gegen die Anrichte und lauscht dem Zischen und Blubbern der Kaffeemaschine.

Philip Trudeau.

Sie wiederholt in Gedanken den Namen und spricht ihn dann laut aus – in der Hoffnung, irgendeine verschüttete Erinnerung zutage zu fördern. Dabei achtet sie darauf, ihren Mann Richard nicht zu wecken, der oben bereits schläft. Er muss früh zur Arbeit, und Wren, die ein Nachtmensch ist, will ihn nicht stören.

Mit dem Kaffeebecher in den Händen geht sie zu dem kleinen Sofa im Wohnzimmer und lässt sich auf seine abgewetzten Polsterkissen fallen. Richard will es unbedingt durch ein neues ersetzen, aber Wren kann sich nicht davon trennen. Es gefällt ihr, dass das Sofa sie kennt. Bei neuen Möbelstücken gibt es meistens eine längere Eingewöhnungsphase, in der sie einen nicht so willkommen heißen, wie man das braucht. Sie hat einfach nicht die Geduld, sich an ein steifes neues Sofa zu gewöhnen, in letzter Zeit schon gar nicht.

Selbst als sie an ihrem Kaffee nippt, kann sie die Arbeit nicht vergessen. An Schlaf ist nicht zu denken. Ihre Gedanken wandern immer wieder zu dem Opfer in der Leichenhalle. Der aufgedunsene, misshandelte Körper der Frau lässt sie nicht los. Der Mörder ist schlau – jedenfalls intelligent genug, um zu wissen, dass eine tiefgefrorene Leiche die Bestimmung des genauen Todeszeitpunkts unmöglich macht. Bei der aktuellen Leiche hat er es noch geschickter angestellt, sich noch mehr Mühe gegeben, seine Identität zu verbergen, was Wren verrät, dass er lernt und sein Vorgehen ändert. Nicht mal die Tötungsart folgt einem Muster, als würde er ständig herumexperimentieren. Er ist neugierig und geht mit wissenschaftlicher Präzision vor – eine gefährliche Kombination.

»Wren!«

»Was? Hey. Hallo, Liebling«, erwidert sie, als sie von einer vertrauten Stimme plötzlich aus ihren Gedanken gerissen wird.

Gähnend geht Richard zum Sessel gegenüber und lässt sich darauf fallen.

»Kriegst du überhaupt noch was mit?«, sagt er grinsend, und sie stößt ein heiseres Kichern aus.

»Tschuldigung, ich wollte dich nicht wecken. Ich habe nur versucht, etwas runterzukommen, bevor ich ins Bett gehe.«

»Offensichtlich bist du für einen Moment völlig weggedriftet. Ich habe zweimal deinen Namen gesagt, bevor du reagiert hast.«

»Es war ein langer Abend.«

Sie lehnt sich zurück und nimmt einen Schluck von

ihrem Kaffee. Richard beugt sich vor, legt die Hände aneinander und stützt sich mit den Ellbogen auf den Knien ab.

»Ja, ich hatte so eine Ahnung, dass du heute Abend lange zu tun hast.«

Er hat stets Verständnis für sie. Manchmal fragt sie sich, wie er das nur schafft. Denn sie weiß, dass das keine Selbstverständlichkeit ist.

»Dieser Fall ist besonders frustrierend und besonders grausam«, seufzt sie und beißt sich auf die Lippe. »Ich will diesen Typen einfach nur schnappen.«

»Das ist genau der Punkt, Wren. Du musst ihn nicht schnappen. Das ist Aufgabe der Detectives. Konzentrier dich auf das, was du am besten kannst. Geh einfach den Informationen nach, die du bekommst.«

Natürlich hat er recht. Allerdings weiß er nichts von Philip Trudeau und dem quälenden Gefühl, dass es da eine Verbindung gibt, der sie auf die Spur kommen muss. Doch sie behält es für sich und erhebt sich vom Sofa.

»Ich weiß, du hast recht.«

»Lass uns ins Bett gehen.«

Wren nickt und tritt an die Spüle, während Richard Richtung Treppe schlurft. Sie schüttet den lauwarmen Kaffee aus ihrem Becher in den Ausguss und bemerkt im Fenster darüber ihr Spiegelbild. Sie bietet einen bemitleidenswerten Anblick.

Die Basilikumpflanze auf dem Fensterbrett ist kurz davor zu verwelken, und Wren gießt sie mit etwas Wasser aus dem Hahn. In ein paar Stunden wird sich die Pflanze wieder erholt haben.

»Trink was, Kleine.«

Wren schaltet das Licht aus und geht ins Schlafzimmer hinauf, während sie sich fragt, ob dieser Serienmörder je seine Pflanzen gießt.

9

Bei diesem Verkehr kann die Fahrt zur Fakultät Stunden dauern. Meistens macht Jeremy dieses Schneckentempo nichts aus. In diesen Momenten ist er völlig allein, es gibt niemanden, der ihn aus seinen Gedanken reißt.

Aber heute ist es anders.

Er ist angespannt, und seine Beine fühlen sich an, als würden Millionen winziger Insekten darin herumkrabbeln. Vergeblich versucht er, das Gefühl zu vertreiben, indem er mit dem Fuß aufstampft. Er hat lange überlegt, wie es weitergehen soll. Und jetzt, wo er fast am Ziel ist, kann er nicht aufhören, sich vorzustellen, wie alles ablaufen wird. Er kann bereits die Umgebung spüren und die Verzweiflung riechen. Er schaltet das Radio ein und kneift sich in den Nasenrücken, während er zu einem lokalen Sender wechselt.

»Das Opfer, eine weiße Frau in den Zwanzigern, wurde heute Morgen hinter einer beliebten Bar entdeckt. Man hat die Leiche inzwischen der Rechtsmedizin überstellt, und die Obduktion ist für den heutigen Tag angesetzt.«

Jeremy spürt, wie sein Herz schneller schlägt und sein

Gesicht rot wird. Er empfindet jedes Mal ein Hochgefühl, wenn er weiß, dass diese Horde unfähiger Detectives einen weiteren seiner Gäste gefunden hat. Das Einzige, was sie von den Verbrechern unterscheidet, die sie jagen, ist eine Art verlogener Moral. Eine fragwürdige Gesinnung, die wie eine Glasscheibe jeden Augenblick in tausend Stücke zerspringen kann.

Und dann gibt es da noch die Rechtsmediziner. Sie mögen noch so sehr daran glauben, dass die Toten zu ihnen sprechen – sie tun es nicht. Die Mediziner können zwar die Todesursache feststellen – zumindest manchmal –, aber sie können nicht ermessen, was im Kopf des Opfers vorging, als es mit seinem letzten, vergeblichen Atemzug die kostbare Luft einsaugte. Rechtsmediziner wissen genau, was passiert, wenn das Herz aufhört zu schlagen. Doch sie können in ihren Berichten nicht beschreiben, wie sich echte Qual anfühlt. Oder das ungezügelte Vergnügen, das man empfindet, wenn man einem anderen Menschen Schmerzen zufügt. Sie benutzen zwar eine Knochensäge, aber sie haben noch nie einem Menschen die Hände um den Hals gelegt. Tod und Schmerz lassen sich nicht erklären, und man kann in einem Klassenzimmer oder Labor darüber keine Vorträge halten.

Sie haben nicht die geringste Ahnung, was bald auf sie zukommt, diese sogenannten Experten, die immer noch einem Mörder nachjagen, der einem festen Muster folgt. Keiner von ihnen weiß, dass er seine Methode jetzt ändern wird. Während sie verzweifelt versuchen, ein längst veraltetes Profil zusammenzusetzen, wird er sein Meisterstück abliefern.

Als sich der Verkehr vor Jeremy in Bewegung setzt, vertreibt er den Gedankennebel aus seinem Kopf.

Schnappt mich doch.

10

IST DAS DER TOD?

Eine Dunkelheit, so undurchdringlich, dass Wren sie förmlich schmecken kann, raubt ihr die Luft zum Atmen. Sie wird in der Dunkelheit von einer überwältigenden Hitze verzehrt. Ihr Herz beginnt zu rasen, und die Dunkelheit glüht rot auf. Wren zwingt sich, den Mund zu öffnen, als ein erstickter Seufzer in ihrer Kehle stecken bleibt. Ihr Brustkorb tut weh, und sie versucht verzweifelt, um Hilfe zu rufen, doch sie bringt keinen Ton heraus.

Plötzlich verflüchtigt sich die Dunkelheit, und sie sieht vor sich ihre Eltern. Sie stehen nebeneinander in einem strahlend weißen Zimmer, und ihre Mutter umklammert den Arm ihres Vaters. Ihre Gesichter sind vor Entsetzen verzerrt. Wren nimmt sie beide in den Arm. Sie kann den angenehmen Apfelduft ihrer Mutter riechen und den beruhigenden Duft ihres Vaters, unverfälscht und wohltuend. Für einen Moment hält sie beide fest in den Armen, und ein Gefühl der Erleichterung erfüllt die Luft.

Aber dann wird es plötzlich kalt.

Ihre Umarmung wird nicht erwidert. Sie legt den Kopf in den Nacken, um in die Gesichter ihrer Eltern zu schauen, und während sie in ihre verweinten Augen sieht, blicken sie einfach durch sie hindurch.

»Mom, Dad!«, fleht sie und legt ihnen die Hände auf die Wangen.

Die beiden stehen immer noch aneinandergeschmiegt da, ohne ihr Beachtung zu schenken. Erneut wird ihr heiß. Sie verspürt einen heftigen, pulsierenden Hitzeschauer und ein Gefühl der Übelkeit. Sie versucht noch einmal, nach ihren Eltern zu rufen, und diesmal muss sie gegen das weiße Rauschen anschreien, das schmerzhaft in ihren Ohren dröhnt.

»Mom! Wo sind wir? Bitte hilf mir!«, fleht sie, ohne eine Antwort zu bekommen.

Die Augen ihrer Mutter sind vom Weinen rot unterlaufen und müde. Sie wirkt verzweifelt und antwortet nicht auf Wrens Wehklagen. Plötzlich hallt ein Geräusch durch die verrauschte weiße Umgebung. Ein vertrautes Geräusch. Aber es sind nicht die Stimmen ihrer Eltern, und es ist auch nicht ihre eigene.

»Du stirbst, Wren«, sagt eine Männerstimme beiläufig.

Ihr Blut gefriert zu Eis, und sie blickt in die Gesichter ihrer Eltern, während sie sich weiter an ihnen festklammert. Sie hat Angst, sich umzudrehen. Wie eine Rauchwolke lösen sich die beiden in Luft auf, bis nichts mehr von ihnen übrig ist. Sie verschwinden direkt vor ihren Augen, und Wren sinkt nach vorne auf die Knie.

Sie stößt ein ersticktes Schluchzen hervor, und als der Mann erneut das Wort ergreift, beginnt sie zu zittern.

»Was ist mit deinen Beinen, Wren?«, fragt er.

Sie schaut auf ihre Oberschenkel hinunter und steht wieder auf. Als sie die Füße auf den Boden setzt, fühlt es sich an, als würden sie in Wasser versinken. Ihr Gewicht verlagert sich, und sie wankt hin und her. Der Mann lacht jetzt. Aus seinem Mund dringt ein tiefes, spöttisches Lachen, und als Wren erneut auf die Knie sinkt, beginnt er zu kichern.

»Meine Beine«, flüstert sie.

Sie kann ihre Beine nicht mehr spüren, als wären sie abgestorbene Äste an einem alten Baum. Schließlich dreht sie sich um, und er kommt auf sie zu. Er ist sauber, fast steril, und trägt ein weißes T-Shirt und eine Jeans, auf der nicht ein einziges Staubkörnchen zu sehen ist. Sein Gesicht ist unscharf. Während er weiter auf sie zukommt, spürt sie, wie die Luft aus ihren Lungen entweicht. Sie beginnt krampfhaft zu husten und zu würgen, als hätte man ihr einen glühenden Schürhaken in den Rachen gerammt.

»Psssst«, haucht er sanft, geht neben ihr in die Hocke und hält sich einen Finger an die Lippen.

Obwohl sie sein Gesicht nicht erkennen kann, weiß sie, dass er lächelt. Instinktiv schiebt sie sich mit den Armen von ihm fort. Ihre schweren Beine und Handflächen rutschen über den glitschigen Boden, während sie verzweifelt versucht, den Abstand zu ihm zu vergrößern.

»Lauf«, sagt er leise.

Sie versucht zu schluchzen, aber ihr Mund bringt keinen Laut hervor, nicht einmal einen Lufthauch. Das Zimmer krümmt sich und schwankt, und dann wird sie von der Hitze überwältigt.

»Lauf!«, sagt der Mann jetzt lauter und lacht, als sie erneut zittert.

Sie schüttelt den Kopf und reißt sich los. Alles ist verschwommen, das weiße Zimmer verwandelt sich vor ihren Augen in einen schweren Vorhang. Während die Dunkelheit ihr Sichtfeld wie bei einer Kamerablende langsam umschließt, hört sie ein letztes, furchterregendes Geräusch.

»Lauf!«, brüllt er.

Dann sitzt Wren aufrecht im Bett ihres hellen Zimmers. Sie schnappt keuchend nach Luft, und ihr Körper ist mit einer glänzenden Schweißschicht überzogen. Für einen Moment weiß sie nicht, ob sie wach ist und ihr dieser schreckliche Albtraum nichts mehr anhaben kann. Sie schaut sich blinzelnd um und zwingt ihren Verstand, sich an die veränderte Umgebung zu gewöhnen. Sie spürt den Herzschlag in ihrer Brust und braucht einen Augenblick, um wieder zu Atem zu kommen.

»Mein Gott. Das war der schlimmste Albtraum, den ich je hatte«, stößt sie mit erstickter Stimme im leeren Schlafzimmer hervor und schwingt ihre Beine über die Bettkante.

Sie ist vor dem Weckerklingeln aufgewacht und bemerkt, dass durch das Fenster auf ihrer Seite des Zimmers Sonnenstrahlen fallen. Das Rollo hängt schief, es hat sich an der abgeblätterten Wandfarbe verhakt. Das ist zwar nicht besonders ungewöhnlich, aber trotzdem kann sie nichts gegen das unterschwellige Gefühl der Paranoia tun. Die namenlosen Toten verfolgen sie bis nach Hause, und sie hat jedes Mal Angst, dass deren Mörder das auch tun. Sie schüttelt den Kopf, um diese beunruhigende Vorstellung aus ihren Gedanken zu vertreiben. Dafür ist es noch zu früh. Sie rückt das Rollo zurecht und geht ins Bad.

Während die Dusche warm wird, putzt sie sich die Zähne, und erneut gehen ihr alle möglichen Gedanken durch den Kopf. Sie absolviert ihr Morgenprogramm und muss unentwegt an ihren nächsten freien Tag denken. Sie könnte wirklich mal eine Auszeit von den Leichen vertragen, die überall in der Stadt auftauchen. Die Vorstellung, für vierundzwanzig Stunden nicht in eine Brusthöhle starren zu müssen, kommt ihr momentan wie eine ferne Wunschfantasie vor. Ihr gefällt der Gedanke, irgendwo mit ihrem Mann zu sitzen und sich zu entspannen. Mein Gott, Richard hat diesen Monat so oft im Scherz gesagt: »Sie sehen fast aus wie meine Frau«, dass sie es inzwischen schon witzig findet. Sie blinzelt, um wieder in die Gegenwart zurückzukehren, und dreht den quietschenden Wasserhahn der Dusche zu. Das Wellnessprogramm ist zu Ende, und es ist Zeit, sich für die Wirklichkeit zurechtzumachen.

Wren zieht ihren Ausweis über das Lesegerät und drückt die schwere Stahltür auf. Ein Schwall leicht abgestandener Luft schlägt ihr entgegen, und sie sucht ihr Büro auf.

Sie wirft ihre Schlüssel auf den Schreibtisch und bemerkt den neuen Stapel Akten in der Ablage für die aktuellen Fälle. Seufzend schüttelt sie den Kopf. Normalerweise lässt sie sich durch ein großes Arbeitspensum nicht aus der Ruhe bringen. Aber da man in der Gegend eine weitere Leiche gefunden hat und die Medien unter der Bevölkerung Panik verbreiten, steht sie momentan gewaltig unter Druck. Ein Stapel neuer Fallakten war so ungefähr das Schlimmste, was sie sich vorstellen konnte.

»Könnt ihr beiden mal schnell herkommen?«, ruft Wren und lässt sich auf ihren Stuhl fallen. Einen Augenblick später kommen zwei ihrer zuverlässigen Assistenten ins Büro geeilt. Einer von ihnen bindet sich noch die Schuhe zu und stolpert beinahe mit dem Kopf voran in ein Regal voller Anatomiebücher. Er kann sich gerade noch fangen, und Wren bemerkt, wie seine Wangen purpurrot anlaufen. Er ist immer so schrecklich nervös.

»Hey, Dr. Muller. Was können wir für Sie tun?«

»Hey. Ich möchte, dass Sie heute Morgen zwei Fälle für mich vorbereiten«, sagt sie und öffnet die beiden ersten Fallakten in ihrer Ablage. »Wir haben es mit einer mutmaßlichen Überdosis zu tun – eine dreiundzwanzigjährige Frau, die man hinter dem Tap Out gefunden hat. Entnehmen Sie ihr so viele Proben wie möglich. Im Flurschrank sind frische Röhrchen mit Gerinnungshemmer.«

Der junge Assistent nimmt die Akte und nickt. »Wird erledigt. Soll ich auch die Organe entnehmen?« Er ist bereits auf dem Weg zur Tür.

»Ja, bereiten Sie alles vor. Ich habe keine äußeren Verletzungen bemerkt, aber falls Sie welche entdecken, rufen Sie mich.«

Wren öffnet eine zweite Akte und wendet sich dem anderen Assistenten an der Tür zu.

»Für Sie habe ich einen sechsundfünfzig Jahre alten Mann. Sieht nach einem eindeutigen Selbstmord aus. Man hat ihn in seinem Haus gefunden, mit einer Schusswunde im Mund. Es gab zwar keinen Abschiedsbrief, aber ich denke, Sie haben jetzt eine Vorstellung. Er ist Linkshänder, also überprüfen Sie diese Hand auf Schmauchspuren.«

Nachdem Wren die weniger dringenden Fälle delegiert hat, erhebt sie sich von ihrem Stuhl und geht in den Sektionsraum.

»Heute werde ich dich schnappen«, sagt sie laut.

Die Stunden im Labor vergehen wie im Flug, und irgendwann wird Wren gebeten, Leroux erneut zum Fundort der letzten Leiche zu begleiten.

Er läuft jetzt den Bordstein entlang. Sie haben noch einmal die trostlose Gegend rings um den Fundort inspiziert – fest entschlossen, in der Gasse neben der Bar ein aussagekräftiges Beweisstück zu finden. Wren, die auch einen Abschluss in Kriminologie hat, ist bei dieser

Art von Fällen stets eine große Hilfe, sowohl innerhalb als auch außerhalb des Sektionsraums.

Wren weiß, dass das hier eine stark frequentierte Gegend ist. Es ist kaum vorstellbar, dass der Mörder seine Tat begehen konnte, ohne gesehen zu werden. In dieser Gasse sind abends Hunderte von Menschen unterwegs. Sie dient als Abkürzung zu den Straßen hinter der Bar, und man kann hier abseits der Betriebsamkeit der Hauptstraße seinen Drogengeschäften nachgehen. Andererseits nimmt ein Säufer mit einem Liter Bourbon intus wohl kaum Notiz von seiner Umgebung – schon gar nicht, wenn er auf dem Weg zu seinem Bett durch diese Gasse wankt. Vielleicht wusste der Mörder, dass er hier problemlos eine Leiche abladen kann, wenn er nur die Ruhe bewahrt, und hat genau das getan. Wren will begreifen, was in einer gestörten Psyche vor sich geht. Aber sie weiß auch, dass Leroux sich dafür nicht interessiert. Er will einfach nur einen Namen.

Die Flecken an der Stelle, wo das Opfer lag, haben die Farbe von abgestandenem Kaffee. So als wollte das Erdreich Antworten an die Oberfläche befördern. Es kommt nicht oft vor, dass Wren sich so hilflos fühlt und gleichzeitig von einem Fundort so fasziniert ist.

»Er hat Menschen ausgewählt, die wie Hotelkunst sind«, sagt Leroux, ohne aufzublicken.

Wren zieht eine Augenbraue hoch und will ihn schon fragen, was er damit meint. Aber bevor sie Gelegenheit dazu hat, fährt er fort.

»Sie sind unauffällig, aber nicht unsichtbar. Akzeptabel, aber nicht außergewöhnlich oder beeindruckend«, erklärt er.

Er hat recht. Die Opfer waren nicht besonders auffällig. Es waren keine respektablen Persönlichkeiten, aber auch keine Außenseiter der Gesellschaft. Nein, er hat keine Herumtreiber oder Prostituierten getötet, wie das Serienmörder in der Vergangenheit getan haben. Er weiß, dass so etwas meist Fragen nach sozialer Gerechtigkeit aufwirft. Und die Ermordung bekannter Persönlichkeiten hätte den Fokus von Anfang an auf ihn gerichtet. Er ist so klug, Menschen auszuwählen, die weder wohlhabend noch arm sind.

Wren steckt ihr Haar zu einem Dutt zusammen, befestigt es mit einem Gummi und streicht die abstehenden Strähnen glatt.

»Sie sind wie umgestürzte Bäume in einem Wald. Sie fallen einfach um. Einige Leute schenken ihnen Beachtung, aber die meisten wollen nur das kostenlose Brennholz einsammeln und sich dann anderen Dingen zuwenden.« Leroux schaut zu ihr auf und läuft den Bordstein ab. Er geht in die Hocke und betrachtet den Fleck auf dem Boden, bevor er sich wieder aufrichtet.

»Das heißt, er ist ziemlich intelligent. Und handelt besonders heimtückisch«, erwidert Wren.

Leroux nickt. »Genau. Und ich glaube, dass es noch schlimmer wird.«

Wren denkt das auch. Sie wissen, dass die bisherigen

Taten des Mörders kein Zufall waren. Der Fundort vor ihnen ist das Ergebnis sorgfältiger Nachforschung und Planung sowie gründlicher Überlegungen.

Als die beiden, eingehüllt in die bedrückende Atmosphäre des Fundorts, unverrichteter Dinge abziehen wollen, fällt Leroux etwas ins Auge. Es steckt in der tiefen Ritze zwischen Gehweg und Straße. Er geht erneut in die Hocke und zieht ein Taschentuch hervor. Mit diesem provisorischen Handschuh hebt er vorsichtig eine strahlend weiße Visitenkarte vom Boden auf. Als er die Vorderseite betrachtet, bemerkt Wren, wie er erbleicht. Die Karte stammt vom Empfangstresen der Rechtsmedizin. Unter dem offiziellen Logo prangt Wrens vollständiger Name samt Berufsbezeichnung, und darunter stehen ihre beruflichen Kontaktdaten.

Wren macht einen Schritt vor und greift mit ihrer behandschuhten Hand nach der Karte. Der sichtlich verwirrte Leroux händigt sie ihr aus. Wren streicht mit den Fingern über das eingeprägte Logo der Rechtsmedizin. Es ist ein altes Design – Wren hat die Karte vor sechs Monaten neu gestaltet –, aber es ist definitiv ihre Karte. Sie ist vollkommen sauber, sodass sie wahrscheinlich erst kürzlich und absichtlich hier platziert wurde. Wer auch immer sie hinterlassen hat, muss das getan haben, nachdem man die Leiche abtransportiert und das Absperrband entfernt hatte. Die Karte war noch nicht da, als sie zum ersten Mal den Fundort aufgesucht haben. Sie hätten sie bemerkt. Jemand hat ihnen eine Botschaft zukommen lassen.

Wren schüttelt den Kopf. »Das gefällt mir gar nicht, John. Ehrlich. Ich würde mich am liebsten aus dem Staub machen.«

»Glaub mir, Muller, es gibt bislang keinen Grund unterzutauchen. Wir werden dich zwar unter Personenschutz stellen, schließlich steht dein Name auf der Karte. Aber ehrlich gesagt, vielleicht hält er es einfach nur für clever, uns zu zeigen, dass er über den Stand der Ermittlungen informiert ist.« Leroux zieht eine Beweismitteltüte aus der Tasche und nimmt ihr die Karte ab. »Außerdem jagt er anderen Menschen gerne Angst ein, besonders Frauen.«

»Verdammt, John. Schnappt diesen Kerl, sonst werde ich noch völlig paranoid. Bitte.«

Leroux streicht seine Hose glatt und fasst Wren am Oberarm.

»Ich verspreche dir, das werde ich«, sagt er zuversichtlich.

»Ich schätze, dass ich dir das tatsächlich glaube.«

»Ich fühle mich geschmeichelt.« Er zwinkert ihr zu und geht an ihr vorbei zum parkenden Wagen. »Bringen wir das hier ins Labor und verschwinden von diesem Scheißort.«

Sie nickt und schließt die Augen, holt tief Luft und atmet langsam wieder aus, dann dreht sie sich zu ihm um. »Ich komme.«

11

Jeremy sitzt im voll besetzten Hörsaal und hat den Blick auf Emily gerichtet. Sie lauscht aufmerksam der Biologievorlesung und macht sich ausführliche Notizen. Ihre Hand bewegt sich unablässig über ihr Notizheft, und das Armband, das sie fast immer am Handgelenk trägt, klimpert dabei kaum hörbar. Mit jedem Strich ihres Stifts hüpft das winzige silberne Amulett in Form eines anatomischen Herzes auf und ab. Bestimmt ist er der Einzige, der es hört. Hin und wieder nickt sie und neigt jedes Mal ihren Stift leicht nach vorne, wenn sie einer bestimmten Aussage zustimmt. Während Jeremy sie beobachtet, verspürt er ein berauschendes Gefühl der Vorfreude. Er findet es äußerst erregend, dass Emily nicht die geringste Ahnung hat, was bald mit ihr passieren wird.

Um halb acht ist die dreistündige Vorlesung schließlich zu Ende, und er stellt fest, dass sein eigener Stift kein einziges Mal die Seite berührt hat. Er war so sehr in Gedanken versunken, dass ihm die drei Stunden wie Minuten vorkamen. Den Blick weiter auf Emily gerichtet, erhebt er sich langsam von seinem Platz. Sie packt ihre Sachen zusammen und geht durch die Sitzreihe zum Gang. Während Jeremy mit den Fingern knackt, tritt er vor sie hin und setzt ein freundliches Lächeln auf. Doch sie bemerkt ihn erst, als er leise ihren Namen sagt.

»Miss Emily Maloney«, flüstert er ihr ins Ohr, bevor sie an ihm vorbeigeht.

Erschrocken stößt sie ein nervöses Kichern hervor, greift sich an die Brust und lächelt.

»Cal!«, ruft sie. »Du hast mir einen Mordsschrecken eingejagt. Ich sage dir, nach drei Stunden in dieser bescheuerten Vorlesung bin ich völlig weggetreten.«

Selbst nach einem kompletten Semester braucht Jeremy einen Moment, um auf den Namen zu reagieren, den er an der Uni benutzt. Er hat sich mit gefälschten Unterlagen als »Cal« eingeschrieben. Es ist schon erstaunlich, was in einer überlasteten Verwaltung alles unbemerkt bleibt. Obwohl er an der Uni diese Rolle verkörpert, hat er sich an den Namen immer noch nicht gewöhnt. Die beiden gehen nebeneinander zum Ausgang des Hörsaals, während Emily sich über die Auswirkungen endlos langer Vorlesungen auf die kognitiven Fähigkeiten der Studenten auslässt. Jeremy hört ihr kaum zu. Sein Verstand arbeitet auf Hochtouren, während er noch einmal die nächsten Minuten durchspielt. Er darf sich jetzt keinen Fehler erlauben. Selbst der kleinste Patzer hätte katastrophale Folgen. Die beiden biegen um eine Ecke, sodass sie außer Sichtweite der biologischen Fakultät sind. Vorsichtig wickelt er den Lappen in seiner Tasche um ein Plastikfläschchen mit Chloroform.

»Glaubst du, dass wir bei der Prüfung Taschenrechner benutzen dürfen?«, fragt sie und scrollt gedankenabwesend durch eine E-Mail auf ihrem Handy.

Er zuckt mit den Achseln und bohrt mit einem spitzen Zacken des Rings, den er am Daumen trägt, unauffällig ein kleines Loch in das Fläschchen. Er spürt, wie die warme Flüssigkeit den Lappen durchdringt, der um das Fläschchen gewickelt ist, während sie das Parkhaus betreten.

»Sie werden uns bestimmt nur einen Abakus oder so was in der Art zur Verfügung stellen. Statt uns angemessen auszustatten, ignorieren sie die Tatsache, dass da draußen in der wirklichen Welt moderne Geräte benutzt werden.« Jeremy räuspert sich, während sie lachend ihre Schlüssel hervorholt und an die Wagentür tritt. »Also, wenn du am Wochenende die Übungsunterlagen durchgehen willst, sag Bescheid.«

Er lächelt und nickt. »Ja, unbedingt.«

Ein Buch rutscht aus seiner Kuriertasche und knallt auf den Asphalt. Emily betrachtet es flüchtig, während er es aufhebt und wieder in das offene Fach seiner Tasche stopft.

»Was war das für ein Buch? Ich suche nach einer netten, anspruchslosen Lektüre. Denn in zehn Jahren, wenn ich dann endlich Ärztin bin, habe ich dafür keine Zeit mehr.« Sie grinst bis über beide Ohren, und er stößt ein verlegenes Kichern aus. Er ist ein wenig durcheinander und muss sich wieder konzentrieren.

»Oh, eine Sammlung mit Horrorgeschichten. Nicht gerade eine entspannende Unterhaltungslektüre.« Jeremy hat sich wieder unter Kontrolle und fährt sich mit der Hand instinktiv durchs Haar, bevor er den Impuls unterdrückt. »Aber wir werden auf jeden Fall zusammen lernen. Ich schicke dir eine SMS. Fahr vorsichtig.«

»Sicher doch. Bis dann, Cal.«

Sie wendet ihm den Rücken zu, um die Tür zu öffnen, und im selben Moment packt er mit der linken Hand ihren kastanienbraunen Pferdeschwanz und rammt ihr das angewinkelte Knie gegen den Oberschenkel, worauf sie das Gleichgewicht verliert. Er reißt ihren Kopf nach hinten und drückt ihr den chloroformgetränkten Lappen auf Mund und Nase, bevor sie überhaupt begreift, wie ihr geschieht. Emily lässt die Schlüssel fallen und greift vergeblich nach seinen Händen, um sich zu befreien. Und dann wird sie von Panik erfasst.

Jeremy blickt in ihre weit aufgerissenen Augen und wartet geduldig, bis sie das Bewusstsein verliert. Als ihr Körper schließlich erschlafft, verfrachtet er sie in den Kofferraum ihres Wagens und hält einen Moment inne, um zu verschnaufen und seine Gedanken zu ordnen. Sobald sein Adrenalinpegel ein wenig gesunken ist, streift er einen Handschuh über seine rechte Hand, nimmt das Fläschchen mit Ketamin aus seiner anderen Tasche und zieht mit einer Spritze etwas davon auf. Er tastet Emilys Arm nach einer geeigneten Vene ab und injiziert ihr das Betäubungsmittel. Es wird sie in einen dauerhaften Zustand der Verwirrung versetzen, wenn die Wirkung des Chloroforms nachlässt. Er richtet die Augen zu Boden und erhascht einen Blick auf einen funkelnden Gegenstand unter der Stoßstange. Ihr Armband ist während des Kampfes auf den Asphalt gefallen. Er beugt sich hinunter, um es aufzuheben, und betrachtet es zum ersten Mal aus nächster Nähe. Erst jetzt bemerkt er, dass auf einer Seite des Herzens der winzige Buchstabe E eingraviert ist. Er steckt das Armband in seine Tasche.

Sicherheitshalber legt er ihr die Hände auf den Rücken und fesselt sie mit einem Kabelbinder, dann hebt er ihre Schlüssel auf und setzt sich auf den Fahrersitz. Er stößt einen lang gezogenen Seufzer aus, wischt sich mit einem Feuchttuch die Hände ab und streicht, den Blick in den Rückspiegel gerichtet, eine Strähne seines braun gefärbten Haars zurück. Die Tönung hat sich mit den Schweißperlen auf seiner Stirn vermischt. Rasch zieht er Cals spärlichen Bart ab und reibt sich zufrieden grinsend das Kinn.

»Gut gemacht, Cal.«

12

»Vielleicht sollte ich heute Abend einfach zu Hause bleiben«, sagt Wren, während sie ihre Haarsträhnen um einen Lockenstab wickelt.

Eine widerspenstige Strähne fällt wie ein Ballon, aus dem die Luft entwichen ist, schlaff an ihrem Kopf herunter. Wren steht im Badezimmer vor dem Spiegel des Arzneischranks. Sie ist frisch geduscht und trägt ihre schwarze spitzenbesetzte »Ausgeh«-Bluse, die sie vor knapp einem Jahr gekauft hat, obwohl sie inzwischen kaum noch ausgeht. Aber allein der Umstand, dass sie mehr als nur ihren Lippenbalsam aufgetragen hat, verrät, dass sie sich für einen besonderen Anlass zurechtmacht.

Richard verlässt das Schlafzimmer zu ihrer Linken. Er hat sein übliches Anzughemd und die Freizeithose gegen eine graue Jogginghose und ein altes T-Shirt getauscht. Er reibt sich das rotblonde Haar und schüttelt den Kopf.

»Auf keinen Fall«, sagt er. »Wren, du solltest unbedingt gehen und einen Abend mal an was anderes denken als an die Arbeit. Du hast es verdient, dich zu entspannen.«

»Ich weiß, aber sie werden mich sowieso nach der Arbeit fragen. Alle wollen irgendwelche schrecklichen Einzelheiten über meinen Job hören, vor allem wenn sie ein paar Martinis intus haben«, erwidert sie und wickelt eine weitere Strähne auf. »Besonders meine Freundinnen.«

»Nun, du hast dich bereits in Schale geworfen und geschminkt. Das darf nicht umsonst gewesen sein.«

»Ich könnte den Abend einfach schick zurechtgemacht zu Hause verbringen. Wer sagt denn, dass es keine echte Romantik mehr gibt. Vielleicht habe ich ja vor, in meiner Freizeit jetzt immer so rumzulaufen.« Sie zuckt grinsend mit den Schultern.

»Sicher, ich habe mir ja schon immer gewünscht, dass meine Frau sich jeden Abend aufdonnert, um mich glücklich zu machen.«

»Wusst ich's doch.«

Er beugt sich vor, und im Spiegel erscheint sein Gesicht neben ihrem.

»Du kannst Lindsey an ihrem Geburtstag nicht hängen lassen.«

Wren verdreht die Augen. »Okay, okay, du hast recht.« Sie frisiert ihr Haar zu Ende und schüttelt es einmal kräftig durch.

Wren ist spät dran und betritt eilig das Brennan's. Im Innern sucht sie den grün gestrichenen Speiseraum nach ihren Freundinnen ab und entdeckt sie schließlich inmitten der zahlreichen Gäste, die gut gelaunt ihre köstlichen Meeresfrüchtegerichte genießen. Lindsey, Debbie und Jenna sitzen in einer halbkreisförmigen Nische, und

Marissa hockt ihnen gegenüber auf einem rosafarbenen Polsterstuhl. Als die vier sie bemerken, winken sie ihr aufgeregt zu. Dabei verschüttet Lindsey etwas von ihrem Drink über Debbies Kleidung, und Wren fühlt sich in dem Durcheinander sofort wohl.

»Tut mir leid, dass ich zu spät bin, Leute! Ich würde mir ja eine Ausrede einfallen lassen, aber ich glaube, dass ihr mich inzwischen gut genug kennt.«

Wren setzt sich auf den Stuhl neben Marissa, und die Frauen brechen in kollektives Gelächter aus. Grinsend schiebt Lindsey eine mit einem Limettenstück garnierte Bacardi Cola rüber und fordert Wren mit einer Geste auf, das Glas zu heben. Es ist das Getränk ihrer Wahl, und sie wird heute Abend sonst nichts trinken, denn als Rechtsmediziner steht man immer auf Abruf.

»Natürlich kennen wir dich, und du sollst dich auch gar nicht ändern. Ich freue mich so, dass du gekommen bist!«

Wren stößt mit Lindsey an, und als sie die verschiedenen Vorspeisen vor sich bemerkt, beginnt sie zu lächeln.

Debbie deutet auf den Teller mit hübsch angerichteten Austern vor Wren. »Die musst du sofort probieren. Die bringen dich buchstäblich um, so gut sind die.«

»Dann kannst du deine eigene Todesursache bestimmen und wirst weiter die Karriereleiter hinaufklettern.«

Die Runde bricht in angeheitertes Gelächter aus, und Wren muss erneut lächeln.

»Ich versuche immer dazuzulernen. Warum sind diese Austern denn so tödlich?«

»Das sind Austern j'aime«, sagt Debbie mit übertrieben französischem Akzent.

»Mit Maisbrotbröseln«, fügt Jenna hinzu und schlingt eine davon hinunter.

Kurzerhand steckt sich Wren eine Auster in den Mund und stellt fest, dass ihre Freundinnen nicht übertrieben haben. Für diese mit kreolischer Tomatensoße und Maisbrotbröseln gefüllte Auster könnte sie Richard glatt auf der Stelle verlassen.

»O mein Gott. Sie sind sogar noch besser, als ich dachte«, stößt sie hervor und nimmt einen Schluck von ihrem Drink.

Die Frauen tauschen sich über den Job, die Kinder und ihre Lebensgefährten aus sowie über den neuesten Tratsch. Es herrscht eine gemütliche Atmosphäre. Als die Teller und Gläser schließlich geleert sind, hebt Lindsey wie in der Schule die Hand. Marissa deutet scherzhaft auf sie, worauf die Runde erneut in Gelächter ausbricht.

»Ja, Lindsey?«, ruft sie kichernd.

»Ich möchte gerne zu einer Wahrsagerin gehen, Leute! Bitte, können wir das tun?« Sie macht eine flehende Geste.

»Unbedingt«, sagt Debbie nickend und nimmt ihre Kreditkarte von der Rechnung in der Mitte des Tisches.

Jenna nimmt ebenfalls ihre Karte und kippt rasch ihren Rest Weißwein hinunter. »Lasst uns das machen. Ich will sie nach der Lebenserwartung meiner Schwiegermutter fragen.«

»Jenna! Das ist ja schrecklich!«, schreit Lindsey ein wenig zu laut.

Jenna zuckt grinsend mit den Achseln. »Das war nur halb im Scherz gemeint.«

Wren steht lachend auf und nimmt ihre Handtasche. »Ich bin auf jeden Fall dabei.«

»Dr. Muller, habe ich gerade vernommen, dass Sie bereit und, darf ich sagen, begeistert sind, an einer Schwachsinnsaktion teilzunehmen?«, fragt Marissa spöttisch und packt Wren an der Schulter, während sie sich ans Herz greift.

»Lasst uns zu Bottom of the Cup gehen! Das ist nur fünf Minuten von hier!«, sagt Debbie, wischt mit dem Finger über ihr Handy und dreht es herum, damit alle die begeisterten Rezensionen zu einem der ältesten und beliebtesten Tee- und Wahrsagerläden in New Orleans sehen können.

»Auf zu Bottom of the Cup!«, johlen die Frauen im Chor.

Es ist nur ein kurzer Fußmarsch zum Bottom of the Cup, und auf der Conti Street und der Chartres Avenue weht eine frische Brise. Zwar ist Wren diese Strecke schon Hunderte Male gelaufen, doch jedes Mal aufs Neue ist sie verzaubert von dieser Stadt, besonders an diesem Abend. Die Lichter werfen Schatten auf die Straßen, die einen die ganze Zeit begleiten, als hätte eine Voodoopriesterin einen Geist beschworen. Nachts herrscht in New Orleans eine heimelig-gruselige Atmosphäre. Üppige Farne und Hängepflanzen, die wie Stoffbänder von den Balkonen hängen, bringen die kunstvollen Schmiedearbeiten noch mehr zur Geltung, für die das French Quarter berühmt ist. Erst als sie die Eingangstür des Bottom of the Cup erreichen, wird Wren von den aufgeregten Schreien ihrer Freundinnen aus ihrer Verzückung gerissen.

»Guten Abend. Wir würden gerne die Zehn-Minuten-Sitzungen machen.« Lindsey deutet auf die anderen, die zustimmend nicken.

Der Mann hinterm Tresen richtet sich lächelnd auf. »Wunderbar, möchten Sie sich von Teeblättern, Tarotkarten oder aus der Hand die Zukunft weissagen lassen?«

Lindsey dreht sich um und fragt: »Was denkt ihr, Ladys?«

»Ich möchte mir die Karten legen lassen«, sagt Wren.

Die Tarotkarten kennt sie am besten. Sie glaubt zwar nicht daran, aber sie findet sie irgendwie magischer. Obwohl das alles kompletter Schwachsinn ist, hat sie ihren Spaß dabei, wenn auch nur wegen der gekonnten theatralischen Darbietung.

»Wir lassen uns alle die Karten legen!«, verkündet Lindsey.

Wren setzt sich auf den schwarzen Stuhl im Wartebereich und stellt ihre Handtasche vor sich auf den Tisch. Diese Tische sind berühmt für ihre eindrucksvollen Muster aus Sternzeichenkreisen.

»Möchte jemand einen Tee, während wir warten?«

Debbie schaut zu der Tafel mit den Teesorten, und Wren folgt ihrem Blick. Die Wände sind gesäumt von Dutzenden Teedosen und allerlei magischen Gegenständen, die jene Besucher, die sich in dieses leicht wundersame Reich begeben wollen, in die richtige Stimmung versetzen.

»Ja, Tee hört sich gut an. Welche Sorte möchtet ihr?« Wren lässt ihren Blick über die Namen und Zutaten wandern und ist ein wenig überfordert von der Auswahl und den verschiedenen Geschmacksrichtungen.

»Ich schwanke zwischen dem Monk's Blend und Buckingham Palace Garden Party«, antwortet Debbie leise kichernd.

»Oh, definitiv den Buckingham Palace Garden Party, allein schon wegen des Namens«, sagt Wren und sucht ihn auf der Tafel. »Jasmin und Kornblumenblüten klingt auch verführerisch.«

Debbie nickt und tritt an den Tresen. Bevor sie zurückkehrt, kommt eine wunderschöne ältere Frau aus dem hinteren Bereich des Ladens hereinspaziert. Ihr Haar ist fest zusammengebunden, und ihre Wangenknochen könnten denen von David Bowie Konkurrenz machen. Neben ihr erscheint ein Mann mittleren Alters. Er hat freundliche Augen, ist rasiert, und von seinem Kopf hängen wilde blonde Locken herab.

»Guten Abend. Ich bin Martine. Wir können zwei Personen gleichzeitig empfangen«, erklärt die Frau mit den ebenmäßigen Gesichtszügen. »Eine kann mit mir kommen und die andere mit Leo.« Sie deutet auf den Mann neben sich und fordert mit ihrer ausgestreckten Hand eine der Frauen auf vorzutreten.

Lindsey springt auf und packt Wrens Hand.

»Auf geht's, bevor meine Freundin noch einschläft. Sie ist seit Monaten nicht mehr so lange aufgeblieben, wenn sie nicht gerade an einem Mordfall gearbeitet hat.«

»Mein Tee!«, protestiert Wren.

Debbie eilt herüber und drückt ihr eine Tasse in die Hand.

»Bitte sehr.« Sie zwinkert ihr zu, und Wren macht einen Kussmund.

»Danke, zu freundlich«, sagt sie scherzhaft und steht auf, um sich in ihr Schicksal zu ergeben.

Martine fasst Wren behutsam am Arm und zeigt ihr den Weg. Sie führt sie einen kleinen Flur hinunter und dann durch eine Tür zur Rechten. Im Raum dahinter steht ein schwarzer Tisch mit einer kleinen grünen Lampe, die an einen antiken Armleuchter erinnert. An der Wand darüber hängt ein großer Spiegel mit Goldrahmen, und auf dem Tisch liegt ein Stapel Tarotkarten.

»Bitte, machen Sie es sich bequem«, sagt Martine lächelnd, zieht für Wren einen Stuhl hervor und nimmt ihr gegenüber Platz. »Soll ich eine Tonaufnahme von der Sitzung machen, die Sie anschließend mitnehmen können?«

»Danke, das wäre toll.«

Wren setzt sich, zieht ihren Stuhl an den Tisch und

lauscht der dezenten Entspannungsmusik, die im Hintergrund läuft. Sie beugt sich vor, um das kunstvolle Muster auf der Rückseite der obersten Karte zu bewundern. Martine lächelt sanft und greift bedächtig nach dem Stapel.

»Hübsch, nicht wahr? Sie sind sehr alt. Meine Großmutter hat sie mir vererbt. Diese Karten haben eine lange Geschichte.«

Martine hält einen Moment inne und blickt Wren erneut an, dann legt sie die Karten beiseite. »Soll ich Ihnen kurz aus der Hand lesen, bevor wir einen Blick in die Karten werfen?«

Wren fühlt sich verpflichtet, auf ihren Vorschlag einzugehen, und nickt wortlos. Zwar glaubt sie nicht, dass die Linien auf ihrer Hand eine Geschichte erzählen, aber sie ist einfach zu neugierig.

Martine nimmt ihre Hand und dreht sie herum, betrachtet ihre Handfläche und zieht mit den Fingern die Linien in die Länge, um mehr erkennen zu können.

»Sehen Sie das hier? Das aussieht wie ein Halbkreis?«, fragt sie und lässt einen Finger über die kleine, gekrümmte Linie unter dem Zeigefinger gleiten. Wren muss genau hinsehen, um sie zu erkennen.

»Ja. Sie hat etwas Ähnlichkeit mit einem Halbkreis.«

»Das ist Solomons Ring. Er verrät mir, dass Sie eine Anführerin sind. Sie sind stark, unabhängig und sehr intelligent. Außerdem verrät er mir, dass diese Eigenschaften in Ihrem Leben manchmal überhandnehmen. Ihre

Arbeit und Ihr Erfolg unterdrücken Ihre kreativen Neigungen«, erklärt Martine. Wren kann sich nicht helfen, aber sie fühlt sich durchschaut.

Wie kann eine Linie unter ihrem Finger dieser Frau all das verraten?

Martine grinst und dreht Wrens Hand in eine andere Richtung.

»Diese Linie«, fährt sie fort und zeigt auf eine sehr schwache Linie, die von der Wurzel des kleinen Fingers quer über die Handfläche zu dem Bereich zwischen Zeigefinger und Daumen verläuft. »Diese Linie ist ungewöhnlich. Das ist die Vierfingerfurche.«

Wren kann sie kaum sehen. Martine runzelt die Stirn und umschließt mit ihrer anderen Hand die von Wren – beinahe so, als wollte sie ihr Trost spenden.

»Diese Linie zeigt mir, dass es Ihnen schwerfällt, das Leben in seiner Gesamtheit zu betrachten. Sie sehen nur Schwarz und Weiß. Keine Grautöne. Ihr analytischer Verstand ist zwar Ihr größtes Kapital, aber ich habe das starke Gefühl, dass er in Ihrer momentanen Situation von Nachteil ist.«

Wren merkt, wie sich ihr Mund öffnet.

»Und was für eine Situation ist das?« Sie kann nicht fassen, dass sie auf Martines Bemerkung eingeht.

»Mal sehen, ob die Karten mir das verraten«, erwidert Martine ruhig und reicht Wren die Karten. »Bilden Sie mit der linken Hand zwei Stapel. Heben Sie dort ab, wo Sie den stärksten Drang dazu verspüren.«

Wren kommt ihrer Aufforderung nach, aber da sie nichts spürt, hebt sie einfach irgendwo ab und legt die Karten umgedreht auf den Tisch. Martine nimmt von jedem Stapel eine Karte und deckt sie auf.

Beide Karten zeigen in Martines Richtung. Der Mond und die Hohepriesterin.

»Die Karten zeigen zu mir oder, was noch wichtiger ist, von Ihnen weg, was ihre Bedeutung verändert«, erklärt Martine und richtet ihren Blick von Wrens Augen auf die Karten. »Der Mond bedeutet, dass Sie auf Ihre innere Stimme hören sollen. Sie empfangen Botschaften, doch Sie unterdrücken sie. Aufgrund dessen, was Ihre Hand mir verraten hat, nehme ich an, dass Ihre analytische Persönlichkeit Sie für diese Antworten weniger zugänglich macht.«

Wren weiß nicht, was sie von dieser Sitzung halten soll.

»Die Hohepriesterin«, fährt Martine fort. »Das ist wirklich interessant. Sie hat ebenfalls etwas mit der Intuition zu tun, aber in Ihrem konkreten Fall verrät sie mir, dass Sie von Geheimnissen umgeben sind. Irgendjemand hat Sie in der Gegenwart oder Vergangenheit in ein Geheimnis verstrickt, das Sie nicht ganz verstehen.«

Wren zermartert sich das Hirn und versucht, sich einen Reim auf die Botschaften und Geheimnisse zu machen, doch sie ist einfach nur verwirrt. Martine legt die beiden Stapel zusammen und mischt sie. Dann hält sie Wren die Karten hin und blickt ihr erneut in die Augen.

»Nehmen Sie bitte eine Karte.«

Ihre Stimme ist zwar sanft, aber sie verleiht ihrer Aufforderung einen gewissen Nachdruck. Wortlos zieht Wren eine Karte aus der Mitte des Stapels und gibt sie Martine, die sie auf dem Tisch umdreht. Sie hält sich die Hände an den Mund und legt ihren Zeigefinger an die Unterlippe.

»Die Zehn der Schwerter«, sagt sie und deutet auf die Karte, die einen auf dem Bauch liegenden Mann zeigt, aus dessen Rücken zehn lange Schwerter ragen. Auch ohne Erklärung wirkt die Karte unheimlich und bedrohlich.

»Verrat«, flüstert Martine und schaut auf. »Er hat etwas Schreckliches getan.«

Ihre Worte beunruhigen Wren. »Wer? Wer hat etwas Schreckliches getan?«

Martine schüttelt den Kopf. »Sie wissen, wer. Folgen Sie Ihrer Intuition«, sagt sie und deutet erneut auf die Karten mit dem Mond und der Hohepriesterin.

Wren stockt der Atem.

»Wie?«, fragt sie leise und beugt sich ein wenig vor.

Martine schluckt und schüttelt erneut den Kopf. »Sie wissen, wie. Sie sind dazu in der Lage. Stoppen Sie ihn.«

Die beiden blicken einander in die Augen. Durch Wrens Kopf geistern unzählige Fragen, und ihr Herz fühlt sich an, als würde es sich nie wieder beruhigen. Plötzlich wird die Stille vom lauten Geräusch zersplitternden Porzellans aus dem Eingangsbereich durchbrochen. Wren springt auf und wirft dabei ihren Stuhl um.

»Danke, Martine«, stößt sie hervor, dreht sich um und

eilt durch die Tür in den Flur. Als sie einen Blick über die Schulter wirft, sitzt Martine immer noch, die Hände auf die Karten gelegt, am Tisch.

»Wie war's? Du siehst aus, als hättest du ein Gespenst gesehen. Ich schätze also, es war umwerfend?«, fragt Jenna und bückt sich, um eine zerbrochene Teetasse aufzuheben. »Wir hatten hier ein kleines Missgeschick.«

Wren fühlt sich wie benebelt und nimmt ihre Handtasche vom Tisch mit dem Sternzeichenkreis.

»Es war wirklich toll. Aber ich muss jetzt gehen«, sagt sie hastig.

»O nein, hat man dich zur Arbeit gerufen?« Marissa steht auf, während Leo mit Lindsey aus dem hinteren Bereich zurückkehrt.

»Neiiiin! Ist jemand an meinem Geburtstag gestorben?«, sagt sie. Wren nimmt sie kurz in den Arm.

»Leider ja«, lügt sie. »Happy Birthday, Schätzchen. Es hat Spaß gemacht. Es war schön, mit dir zu feiern.«

Sie setzt ein gezwungenes Lächeln auf und wendet sich zum Gehen.

»Wren!«, ertönt Martines Stimme. Sie hält einen kleinen quadratischen Umschlag in der Hand. »Ihre Tonaufnahme.«

Wren holt tief Luft, geht ihr ein Stück entgegen und nimmt den Umschlag.

»Danke, Martine.«

Beim Verlassen des Ladens dreht sie sich noch einmal kurz um und sieht, wie Martine ihr zunickt. Wren umklammert ihre Handtasche und läuft zum Wagen, während sie verzweifelt versucht, einen klaren Kopf zu bekommen.

Das ist alles Schwindel. Das war nur ein Glückstreffer. Wahrscheinlich hat sie in der Zeitung etwas über mich gelesen oder was weiß ich.

Sie steckt den Umschlag mit der CD in ihre Handtasche und rutscht auf den Fahrersitz.

Ich hätte einfach zu Hause bleiben sollen.

Als Wren wenig später ein Stück die Straße hinunter mit laufendem Motor vor einer Bar steht, entdeckt sie zufällig Leroux. Sie beobachtet, wie er zur Eingangstür geht, kurz stehen bleibt und an seiner Zigarette zieht. Er bläst einen Schwall Rauch in die kühle Nachtluft, und die giftige Wolke wirbelt in der leichten Brise umher, wogt auf und ab, bevor sie sich schließlich auflöst. Dieser Anblick lässt Wren für einen Moment zur Ruhe kommen. Als sie wieder zu Leroux schaut, begreift sie, dass er ebenfalls etwas Zerstreuung gesucht hat, und sei es auch nur für ein paar Minuten.

»Tut mir leid, Schätzchen!« Eine junge Frau stößt gegen Leroux' Arm, worauf er ins Straucheln gerät. Kichernd entschuldigt sie sich, während sie versucht, sich auf ihren extrem hohen Absätzen aufrecht zu halten.

Der kleine Zwischenfall bringt Wren zum Lachen. Sie parkt ihren Wagen und folgt Leroux ins Innere der Bar. Detective William Broussard, der seit zwei Jahren sein Partner ist, sitzt bereits auf einem Hocker. Offensichtlich hat er sich schon vor einiger Zeit am Tresen niedergelassen, denn vor ihm steht ein halb leeres Glas mit bernsteinfarbener Flüssigkeit.

»Hallo, Jungs«, sagt Wren, zieht einen Hocker heran und setzt sich neben sie.

»Muller! Welch Überraschung, dich in dieser Gegend zu treffen. Dazu um diese Uhrzeit. Müsstest du nicht längst im Bett sein?«, erwidert Leroux mit einem schnippischen Grinsen.

»Haha. Ich bin gerade vorbeigefahren und habe dich draußen gesehen. Ich fand, dass ich diesen Zufall nicht ungenutzt verstreichen lassen sollte.«

Will hat bisher seinen Blick nicht von dem Fernseher abgewendet, der über dem Regal mit Alkohol hängt.

»Ist es zu fassen, dass dieser Mist immer noch solche Wellen schlägt?«, fragt er und deutet mit dem Kopf auf den Bildschirm, über den die Nachrichten flimmern.

Leroux und Wren richten den Blick ebenfalls auf den Fernseher. In den lokalen Nachrichten wird ein Mann mittleren Alters von einem unermüdlichen jungen Reporter interviewt. Der Mann wirkt erschöpft und gestikuliert nervös mit den Händen.

»Das sind Okkultisten. Teufelsanbeter unterwandern diese Gemeinde, und solange wir nicht die Lehren Jesu Christi respektieren, wird man noch mehr Menschen der Dunkelheit opfern.«

Bei seinen letzten Worten reckt er die Hand in die

Höhe, und der Reporter quittiert seine Tirade mit einem begeisterten Nicken. Es wird zu einem weiteren Interview geschnitten, mit einer Gruppe besorgter Bürger, die ein merkwürdiges Sammelsurium aus bedruckten T-Shirts, Baseballkappen und kurzen Jeans tragen. Sie sind völlig aufgebracht und schaukeln sich gegenseitig hoch. Vor ihnen steht ein Mann mit Mikrofon.

»Diese Gemeinde droht dem Treiben des Teufels anheimzufallen!«, brüllt er. »Unsere Kinder sind als Nächstes dran. Versteht ihr das nicht? Diese Jünger des Satans werden sie aus ihren Betten zerren und ihrem Meister opfern! Die Cops müssen diese Freaks verhaften und in den Sumpf werfen. Warum sind die rechtschaffenen Bürger des Orleans Parish die Einzigen, die sehen, dass dies die Taten von Teufelsanbetern sind?«

Der Reporter, der ein paarmal versucht hat, den Mann zu unterbrechen, fragt schließlich: »Sie glauben also, dass die jüngsten Morde keine Einzelfälle sind, wie das die Polizei behauptet?«

Die Menge brüllt wild durcheinander, und ihr inoffizieller Sprecher nickt kämpferisch.

»Die Polizei belügt uns! Sie will nicht, dass wir wissen, wie tief verwurzelt das Okkulte in dieser Gemeinde ist. Das ist das Werk des Teufels und seiner Anhänger. Denkt an meine Worte!«

Kichernd wendet sich Leroux vom Bildschirm ab, und als die Barkeeperin zu ihnen tritt, deutet er auf Wills Drink. »Was auch immer das ist, für mich das Gleiche.«

Sie lächelt und nickt, holt ein Glas unter dem Tresen hervor und füllt es mit einem zwölf Jahre alten Macallan Single Malt.

»Zum Wohl«, sagt er und hebt sein Glas, und Wren tut so, als würde sie mit einem imaginären Glas anstoßen.

Will schüttelt den Kopf und nimmt einen Schluck von seinem Drink. »Eigentlich hätte sich diese Satanistenpanik irgendwann von selbst erledigen müssen, oder? Aber jetzt sind wir wieder in den Achtzigern, und es ist völlig in Ordnung, wenn man behauptet, dass eine Horde wild gewordener Gruftis in unserer Gemeinde systematisch geplante Morde begeht.«

»Es musste ja so kommen«, seufzt Leroux.

Will zieht eine Augenbraue hoch und sieht ihn an. »Ist jetzt tatsächlich der Punkt erreicht, an dem wir einfach hinnehmen, dass die Vernunft völlig auf der Strecke bleibt?«

Leroux zuckt leicht mit den Achseln und nimmt einen Schluck von seinem Drink.

»Irgendwie schon.« Er zeigt auf den Fernseher über ihnen. »Die Leute suchen nach einem Muster, das es nicht gibt, weil sie eine Scheißangst haben. Sie ertragen die Vorstellung nicht, dass sie wie die Opfer von einem völlig normal aussehenden Psychopathen aufgegabelt werden könnten. Deshalb denken sie sich diesen Scheiß aus.«

»Ich hasse es, wenn du recht hast.« Will schüttelt den Kopf und lehnt sich zurück. »Das Problem ist nur, dass diese Leute die Aufmerksamkeit in eine andere Richtung lenken. Sie halten die Bürger davon ab, weiter nach einem in einem Keller hausenden Arschloch Ausschau zu halten, das für diese bizarren Verbrechen verantwortlich ist, und bringen sie stattdessen dazu, auf jeden Bewohner mit einem Metallica-T-Shirt loszugehen.«

»Ja, und diese neuen Sender bieten ihnen für ihren Schwachsinn eine wunderbare Plattform.«

»Hör auf, ich will nicht länger darüber reden.« Will wechselt das Thema. »Gibt es immer noch nichts zu dem Zettel, den er zusammen mit dem Buch hinterlassen hat?«

Leroux schüttelt den Kopf. »Nada. Ben kommt einfach nicht weiter.«

»Dieser Typ hält sich definitiv für schlauer als alle anderen. Und bestimmt genießt er das hier.« Mit einem verächtlichen Grinsen zeigt Will erneut auf den Fernseher.

Leroux nickt und spitzt die Lippen. »Ich denke auch, dass er sich für besonders schlau hält. Aber ich wette, dass er wegen dieser Satanistennummer stinksauer ist.«

»Ach ja? Ich dachte, dass er sich ins Fäustchen lacht, weil ihn das aus der Schusslinie nimmt. Die Leute halten jetzt nicht mehr Ausschau nach einem Typen wie Ted Bundy. Diese Idioten haben Angst vor Charles Manson und seiner Family.«

»Ich glaube nicht, dass er so dumm ist. Zumindest seinem Profil nach zu urteilen.«

»Meinst du?«, fragt Will skeptisch. »Ich muss bei diesem Fall wohl auf deinen einzigartigen Instinkt vertrauen.«

Leroux lacht und beugt sich vor, indem er sich mit den Ellbogen auf den Tresen stützt. »Tja, hoffen wir nur, dass ich nicht völlig danebenliege. Auf mich wirkt er wie einer dieser gut organisierten Killer. Wren, möchtest du Will nicht von seiner neuesten Dreistigkeit erzählen?«

Will seufzt und lässt seinen Kopf theatralisch sinken. »Ich glaube, dass ich es gar nicht hören will.«

»Seine letzte Leiche. Er hat sie tiefgekühlt«, erklärt Wren.

»Bitte was? Tiefgekühlt? Warum?«

»Dadurch lässt sich der Todeszeitpunkt nicht präzise bestimmen. Es verzögert die Entstehung von Totenflecken«, wirft Leroux ein.

»Wow, sehr gut. Du bist wohl scharf auf meinen Job?«, witzelt Wren.

Will schüttelt den Kopf und fragt: »Aber er hat das nicht mit den anderen Leichen gemacht, oder?«

»Nein. Nur mit der letzten«, sagt Wren.

Leroux schaut zum Spiegel hoch. Plötzlich blinzelt er und kneift die Augen zusammen. Er steht auf und wendet sich mit fiebrigem, aber konzentriertem Blick dem Treiben in der Bar zu.

»Wo schaust du hin?« Will dreht sich ebenfalls um und reckt den Hals.

Leroux marschiert geradewegs durch eine Gruppe von Gästen und stößt dabei gegen eines ihrer Gläser.

»Hey, Arschloch!«, ruft ihm jemand hinterher, hebt verärgert die Hand und streicht sich übers Hemd.

Leroux schenkt ihm keine Beachtung und bleibt vor der Wand rechts neben dem Eingang stehen. Wren kneift die Augen zusammen. Sie kann einen weißen Flyer erkennen, der mit einer Reißzwecke an der dunkelbraunen Holzvertäfelung befestigt ist und Leroux' Aufmerksamkeit erregt hat. Es ist eine Ankündigung für das bevorstehende Jazzfestival auf der Bourbon Street, den Auftakt zur Mardi-Gras-Saison, der stets ein großes Publikum anzieht. Sie sieht, wie Leroux die Hand ausstreckt und den Flyer berührt. Wie er die eingeprägte heraldische Lilie am Rand betastet. Sie schimmert irisierend.

Genau wie auf dem Zettel bei der letzten Leiche.

13

Jeremy beobachtet auf seinem Monitor, wie Emily zu sich kommt und die Augen öffnet; bestimmt dröhnt ihr der Schädel.

Verzweifelt versucht sie, den Schleier fortzublinzeln, der von der Chloroform-Ketamin-Mischung herrührt, während sie merkt, dass sie von tiefer Dunkelheit umgeben ist und auf einem feuchten, weichen Untergrund sitzt.

Wahrscheinlich fragt sie sich gerade, warum sie sich im Freien befindet. Aber bevor sie allzu sehr über ihre Situation nachdenken kann, hallt das Kreischen eines Feedbacks laut durch die Dunkelheit, und sie springt auf die Füße. Während sie mit Mühe das Gleichgewicht hält, sucht sie blinzelnd nach der Quelle des Geräusches. Dann ertönt Jeremys Stimme, und sie schreckt erneut zusammen.

»Guten Abend, liebe Gäste. Ich hätte gerne für einen Moment eure Aufmerksamkeit.«

Hat sie meine Stimme schon erkannt?

»Neben jedem von euch müsste eine Taschenlampe liegen. Schaltet sie ein. Denn ich möchte nicht, dass einer von euch hier draußen im Sumpf aus Versehen ertrinkt.«

Emily sucht den Boden um sich herum ab, indem sie ihr Gesicht dicht zu dem Moos und den Wurzeln unter ihren Füßen hinunterbeugt. Auf Jeremys Monitor wirkt das Ganze beinahe komisch. Seine Infrarotkamera taucht alles in ein grünes Licht, sodass Emily wie eine exotische Kreatur wirkt, die ihr Gesicht gegen den Boden presst. In Wirklichkeit kann sie nicht mal ihre eigene Nasenspitze sehen. Ohne etwas zu erkennen, tastet sie den Boden ab und fühlt das morastige Erdreich, bis sie mit dem Fuß schließlich gegen etwas Hartes stößt. Die Taschenlampe.

»Ich habe euch irgendwo auf meinem Grundstück abgesetzt. Es ist von einem Zaun umgeben, und daran sind an verschiedenen Stellen Lautsprecher befestigt.«

Sie muss inzwischen Bescheid wissen.

Emilys Gesichtsausdruck verändert sich. Sie hat ihn wiedererkannt. Es ist die Stimme ihres Laborpartners, die aus den Lautsprechern kommt. Die Stimme der letzten Person, die sie gesehen hat, bevor sie hier draußen wieder ihre Augen geöffnet hat.

Mit einem zufriedenen Lächeln fährt Jeremy fort. »Passt auf, das Spiel ist ganz einfach. Ihr müsst nur versuchen, mir zu entkommen, während ich mir meinen Weg durch den Parcours bahne. Das ist alles. Ziel des Spiels ist es zu überleben, meine Freunde. Versucht zu fliehen, wenn ihr könnt. Das Einzige, was zwischen euch und der Freiheit steht, sind ein paar Hektar Sumpf … und ich.«

Emily schaltet die Taschenlampe ein, und im Lichtstrahl ist der moosbedeckte Boden ringsum zu erkennen. Die tief hängenden Äste unzähliger kahler Zypressen umgeben sie wie hungrige Raubtiere. Sie ist vollkommen allein. Sie hat das Gefühl zu ersticken. Ihre Brust hebt und senkt sich, und sie stößt ein kindliches Schluchzen hervor.

»Keine Sorge, ich bin ja fair. Ich habe euch einen großzügigen Vorsprung gegeben. Und vergesst nicht, alle Eindrücke in euch aufzunehmen. Das hier könnten eure letzten Stunden als fühlende Kreaturen sein.«

Emily taumelt vorwärts, während ihr Nervensystem von lähmender Furcht erfasst wird.

Für eine Sekunde denkt Jeremy, sie könnte schlappmachen. Aber dann holt sie tief Luft und schließt die Augen. Ihr Gesicht nimmt beinahe entspannte Züge an. Im Schein der Taschenlampe beginnt sie, ihre Haut zu inspizieren.

Sie sucht nach Verletzungen. Kluges Mädchen.

Schließlich entdeckt sie etwas – einen kleinen Bluterguss an ihrem Arm. Bestimmt tut er weh. Offensichtlich weiß sie, dass sie betäubt wurde. Als sie zu ihren Füßen in den ausgelatschten Mokassins hinunterschaut, kann Jeremy auf seinem Monitor erkennen, wie an ihrem Fuß eine Schlange vorbeigleitet. Sie schreit verängstigt auf. Der Baldachin aus Bäumen lässt nicht das geringste Mondlicht durch, und das unaufhörliche Zirpen der Zikaden versetzt ihre Sinne in höchste Alarmbereitschaft. Geräusche beeinflussen unsere Gefühle mehr als alles andere. Irgendwo ruft eine Eule, und Emily zuckt zusammen. Erneut hebt Jeremy das Mikrofon an die Lippen.

»Lasst uns beginnen. Mein Tipp? Rennt.«

Er wartet einen Moment ab, doch Emily verliert keine Zeit. Sie rennt sofort los.

Sie stolpert im unwegsamen Gelände über die knorrigen Wurzeln der Zypressen hinweg, während sie verzweifelt versucht, sich in Sicherheit zu bringen. Plötzlich durchdringt ein weiteres Geräusch die Dunkelheit, und sie hält sich die Ohren zu.

Musik. Er hat Musik eingeschaltet.

14

Wren betritt durch den Personaleingang das kriminaltechnische Labor und marschiert den Flur hinunter. Ihre Absätze klappern über den frisch renovierten Boden, während sie auf das Büro zusteuert, in dem Leroux sich mit ihr treffen wollte.

Als sie um die Ecke biegt, sieht sie, dass Leroux dort gerade telefoniert. Das Lächeln in seinem Gesicht verrät ihr, dass Andrew am anderen Ende der Leitung ist.

»Das mit der Sahne tut mir wirklich leid. Ich weiß, dass du es hasst, wenn ich den leeren Becher wie der letzte Arsch im Kühlschrank stehen lasse«, sagt Leroux kleinlaut.

Andrews Stimme dringt so laut aus dem Hörer, dass Wren fast jedes seiner Worte verstehen kann.

»Ist schon okay, John. Ich weiß, wie sehr dich dieser Fall zuletzt mitgenommen hat.«

Andrew kann nicht wirklich ermessen, was Leroux' Job ihm abverlangt, gerade in jüngster Zeit. Er ist Küchenchef eines Spitzenrestaurants in New Orleans und hat ähnliche abenteuerliche Arbeitszeiten wie Leroux; trotzdem ist der Stress nicht vergleichbar. Zwar können einem wählerische Gäste und inkompetente Mitarbeiter das Leben ziemlich schwer machen und für schlechte Bewertungen auf Yelp sorgen – aber zu erleben, was für schreckliche Dinge Menschen einander vorsätzlich antun, hinterlässt sehr viel tiefere Spuren. Dennoch versucht Andrew, sich in Leroux' Lage zu versetzen, und darauf kommt es an.

»Ja, das ist ein merkwürdiger Fall, und irgendwie habe ich das Gefühl, mein Dad wäre enttäuscht von mir.«

»Lass dich jetzt bloß nicht runterziehen. Du hast einen Job zu erledigen.« Andrews Worte haben fast dieselbe Wirkung wie ein aufmunterndes Schulterklopfen, und Wren kann sehen, wie sich Leroux' Miene entspannt. »Du bist auf der richtigen Spur, jetzt, wo du diesen Flyer gefunden hast.«

»Ja, ja. Du hast recht.«

»Aber das nächste Mal, wenn keine Sahne für meinen Kaffee da ist, werde ich nicht so verständnisvoll sein.«

Wren fängt an, hinter vorgehaltener Hand zu lachen, und Leroux zuckt zusammen. Er schaut lächelnd zu ihr hoch, schüttelt den Kopf und schaltet Andrew auf Lautsprecher. »Andrew, sag Muller Hallo.«

»Hi, Wren!«, ruft Andrew aus dem Lautsprecher.

»Hi, Andrew! Wie geht es meinem Lieblingskoch von Louisiana?«, sagt Wren grinsend und setzt sich.

»Na ja, ich erobere die kulinarische Welt im Sturm und halte mir meinen trübsinnigen Freund vom Leib.«

Wren schaut zu Leroux, der mit den Augen rollt, sich

herüberbeugt und den Lautsprecher wieder in seine Richtung dreht. »Also gut, genug geplaudert für heute. Ich seh dich zu Hause, Andrew.«

»Irgendeiner muss halt immer die Spaßbremse spielen, aber dafür haben wir ja dich«, kann Andrew noch sagen, bevor er weggedrückt wird.

Wren muss erneut lachen und dreht sich auf ihrem Stuhl von der Tür fort. »Ich liebe Andrew.«

»Ja, er ist wirklich ein Schatz. Aber lass uns zur Sache kommen. Der Flyer. Ich kann's immer noch nicht fassen. Ich sag dir, das war wie Schicksal. Ich habe ihn plötzlich in diesem verdammten Spiegel gesehen!« Leroux ist voller Energie, und seine müden Augen beginnen, aufgeregt zu funkeln. »Es ist eine Ankündigung für das Jazzfestival dieses Wochenende. Design, Farbe und Beschaffenheit stimmen mit dem Stück Papier exakt überein.«

Wren erhebt sich von ihrem Stuhl. »Ich nehme an, dass wir uns mit Ben treffen.«

Die beiden suchen das Labor auf, wo Ben auf einem Hocker vor einem Labortisch sitzt. Er ist groß und schlaksig, trägt eine Drahtgestellbrille und hat kurz geschorenes schwarzes Haar. Neben ihm wartet Leroux' Partner Will mit den Händen in den Hosentaschen ungeduldig auf sie.

»Und?«, sagt Leroux mit erwartungsvoll ausgebreiteten Armen, während sie näher treten.

»Es ist definitiv das gleiche Papier. Es handelt sich um Recyclingpapier, die Altpapierfasern sind gleichmäßig über die Seite verteilt, und es glänzt genauso wie das Original«, erklärt Ben und legt den Zettel, der bei der Leiche zurückgelassen wurde, neben den Flyer aus der Bar, um seine Aussage zu unterstreichen.

Leroux und Will können sich wie Ben ein triumphierendes Grinsen nicht verkneifen.

Doch Wren stört ihre Feierlaune. »Glaubt ihr, dass er sein neues Opfer schon getötet hat? Oder sucht er noch nach einer Ablagestelle?«

»Das wissen wir nicht. Aber ich glaube nicht, dass wir seine Tat verhindern können. Wir können uns nur auf das vorbereiten, was passieren wird«, antwortet Leroux ernst.

Wren schüttelt frustriert den Kopf. »Dieser Typ ist wirklich eine harte Nuss.«

»Der Bayou Butcher schlägt wieder zu«, bemerkt Ben flapsig.

Wren bleibt abrupt stehen und wirbelt zu den anderen herum. »Der Bayou Butcher?«

Ben blickt von Wren zu Leroux. Er ahnt, dass er etwas Falsches gesagt hat. »Ich meine, das brutale Vorgehen, die Sümpfe …«

Wren eilt in den Flur, hält dort Ausschau nach einem Wasserspender und läuft schnurstracks darauf zu. Während sie aus einem kleinen Pappbecher trinkt, schlagen ihre Gedanken Purzelbäume. Doch sie hat sich schnell wieder gefasst und kehrt zu den anderen zurück. »Tut mir leid, ich war völlig dehydriert.«

Leroux sieht sie mit hochgezogener Augenbraue an, als hätte er die Absicht, sie später auf ihr Verhalten anzusprechen.

»Also gut, wir haben jetzt eine Zeit und einen Ort«, fährt er fort. »Wir müssen unser weiteres Vorgehen besprechen. Das Festival beginnt in wenigen Stunden. Ich werde das Revier informieren und hören, was meine Vorgesetzten vorhaben. Muller, kommst du?«

»Die Erwähnung des Butchers hätte als Aufforderung schon gereicht«, sagt sie, während sie vor ihm durch die offene Tür marschiert.

Beim Betreten des Polizeireviers ist Wren noch dankbarer als sonst, dass sie die Leiterin der rechtsmedizinischen Abteilung ist – der Geruch von abgestandenem Kaffee und Frust wabert wie eine feuchte Brise durch die Luft.

Der Lieutenant macht einen einschüchternden Eindruck. Er ist eine stattliche Erscheinung, hat kräftige Arme, eine Glatze und ein Paar grauer Augen, denen sich niemand widersetzen kann. Mit seinen eins neunzig ist er wie geschaffen für eine Führungsposition. Er sieht gerade die Unterlagen und Berichte durch, die man ihm heute früh in die Hand gedrückt hat. Leroux und Will haben ihn umgehend von ihrer Entdeckung in Kenntnis gesetzt. Sie sind in sein Büro gestürzt und haben in einem Dunstschleier aus Erschöpfung und Adrenalin beide gleichzeitig auf ihn eingeredet, bis er sie mit einer Geste seiner riesigen Hand zum Schweigen brachte, um den Bericht zu lesen, den sie ihm gerade auf den Schreibtisch geknallt hatten. Jetzt kann Leroux sehen, wie es im Kopf des Lieutenants fieberhaft arbeitet, während er sich ihre nächsten Schritte überlegt.

»Sie glauben also, dass er dort eine Leiche ablegen wird?«, fragt er und blickt Leroux und Will in die Augen. Dann mustert er Wren flüchtig und gibt ihr mit einem Nicken zu verstehen, dass er gegen ihre Anwesenheit nichts einzuwenden hat.

Leroux nickt und beugt sich, die Ellbogen auf die Knie gestützt, zu ihm vor. »Genau das glauben wir.«

»Wir sollten vielleicht versuchen, das Festival abzusagen. Aber ist das so spät überhaupt noch möglich?«, fragt Will.

Der Lieutenant schüttelt den Kopf und lehnt sich in seinem Stuhl zurück. »Auf keinen Fall. Genau genommen hat es bereits begonnen. Während wir hier reden, strömen bereits Hunderte von Menschen in die Stadt. Das Festival findet den ganzen Tag über statt.«

Leroux zeigt auf den Flyer. »Die Ankündigung bezieht sich auf die Veranstaltungen um vier Uhr.«

»Es ist also noch Zeit, die Leute wegzuschaffen«, sagt Will. »Wir wissen nicht, was er vorhat. Im besten Fall lädt er dort nur eine Leiche ab, aber womöglich haben wir es mit etwas sehr viel Schlimmerem zu tun.«

»Eine Evakuierung könnte zu einer Massenpanik führen«, wirft Wren ein und hebt den Zeigefinger, um ihren Bedenken Nachdruck zu verleihen.

»Dr. Muller hat recht. Eine solche Maßnahme würde ihn nur warnen. Wenn dieses Arschloch heute Abend irgendwas vorhat, wird er merken, wenn die Leute vorzeitig nach Hause gehen. Außerdem würde eine groß angelegte Evakuierung zu Panik und Chaos führen. In der Stadt herrscht sowieso schon eine angespannte Stimmung. Wir dürfen sie nicht vertreiben, weil wir Jagd auf ein Phantom machen.« Der Lieutenant streicht sich übers Kinn und befingert den Flyer in seiner Hand. »Stellen wir ein Team zusammen. Ich will jeden verfügbaren Beamten vor Ort haben. Verdammt, und die Leute aus der Verwaltung sollen auch mitkommen. Ich will, dass wir um das Festivalgelände mehrere Reihen von Beamten zusammenziehen. Keiner darf sich unbeobachtet bewegen. Wenn die Leute ein Problem damit haben, erinnern Sie sie daran, dass dort draußen ein mutmaßlicher Serienmörder herumläuft, der seine Opfer in Hackbraten verwandelt.«

Leroux wendet sich Wren zu. »Muller, schnapp dir deine Leute, damit sie uns begleiten.«

Der Lieutenant nickt und verlässt sein Büro. »Tun Sie das. Rufen Sie Ihre Leute an. Ich will, dass Sie von Anfang an vor Ort sind.«

»Natürlich. Ich sage ihnen sofort Bescheid.« Wren holt ihr Telefon hervor und schickt den Teammitgliedern, die sie dabeihaben will, eine SMS.

Anschließend folgt sie Leroux und Will in den Flur und lauscht, wie die beiden ein paar Beamte in der Nähe über den Einsatz informieren. Plötzlich herrscht im Revier, wo eben noch alles seinen gewohnten Gang ging, ein Zustand erhöhter Einsatzbereitschaft.

»Kommen Sie, Leroux. Wir dürfen keine Zeit damit verlieren, in den Abgrund zu starren«, sagt der Lieutenant, winkt ihn mit seiner riesigen Hand zu sich und verschwindet im Besprechungszimmer.

Leroux betritt ebenfalls das Zimmer, dicht gefolgt von Wren. Alle sind in heller Aufregung. Die Luft ist erfüllt von Adrenalin und nervöser Energie. Wie eine Machete zerschneidet die dröhnende Stimme des Lieutenants das Stimmengewirr.

»Genau hier«, sagt er und klatscht den Flyer an ein Anschlagbrett, das in den vorderen Bereich geschoben wurde. Er steckt eine Reißzwecke hinein und wendet sich den Beamten zu. »Hier wird sich der Mörder, der für die Opfer im Seven Sisters Swamp und hinter dem Twelve Mile Limit verantwortlich ist, heute Abend wahrscheinlich aufhalten. Wenn man seinen Hinweisen Glauben schenken darf, will er das Leben weiterer unschuldiger Menschen zerstören. Leroux und Broussard, kommen Sie nach vorne.«

Die beiden tauschen nervöse Blicke aus und befolgen die Anweisung ihres Vorgesetzten. Nach seiner Ankündigung ist erneut Unruhe ausgebrochen. Leroux hasst es, vor einem voll besetzten Raum zu reden. Wren kann sehen, wie sich über seinem Schlüsselbein rote Flecken abzeichnen. Leroux und Wren ziehen beide die Einsamkeit der Recherche und individuellen Ermittlungsarbeit dem Stress vor, einer Gruppe von Personen wichtige Informationen mitzuteilen. Leroux räuspert sich und deutet auf den Flyer.

»Wir haben eine ziemlich eindeutige Übereinstimmung mit dem Stück Papier gefunden, das neben der Leiche des letzten Opfers lag. Es stammt von diesem Flyer für das Jazzfestival heute Abend in der Innenstadt. Aufgrund eines wiederkehrenden Musters, das wir an den verschiedenen Fundorten festgestellt haben, ist es äußerst wahrscheinlich, dass der Täter auf dem Festival oder in dessen Umfeld eine Leiche abladen wird.«

Ein junger Streifenpolizist hebt den Finger und lässt mit einem Ausdruck unverhohlener Skepsis die Ellbogen auf seine Stuhllehne sinken. »Warum zum Teufel sollte der Typ es überhaupt in Erwägung ziehen, auf einem riesigen Festival eine Leiche zu entsorgen? Bisher hat er das nur nachts getan. Sollen wir etwa glauben, dass er plötzlich derart überheblich geworden ist?«, fragt er und verzieht genervt das Gesicht.

Will meldet sich zu Wort, bevor Leroux Gelegenheit dazu hat.

»Hören Sie, niemand behauptet, dass wir genau wissen, was er vorhat. Wenn wir das wüssten, hätten wir inzwischen unsere eigene Fernsehsendung, und es würde keine weiteren Opfer mehr geben.«

Alle anderen Beamten fangen an zu kichern, und der Zwischenrufer dreht mit einer Grimasse den Kopf zur Seite. Leroux muss ebenfalls grinsen und konzentriert sich dann wieder auf seine Aufgabe. Wren spürt, dass er noch etwas sagen will. Und hofft, dass er es tut.

»Wir wissen nur: Alle Hinweise deuten darauf hin, dass auf dem Festival irgendetwas passieren wird«, sagt Leroux. »Ob es sich nur um einen falschen Alarm oder einen Streich handelt, spielt keine Rolle. Wir können das Risiko nicht eingehen, untätig zu bleiben, und ich denke, niemand wird uns vorwerfen, dass wir derart drastische Maßnahmen ergreifen.«

Die Kollegen im Raum sind offenbar ebenfalls der Meinung, dass dieses Vorgehen besser ist, als weitere Menschenleben in Kauf zu nehmen. Der Lieutenant bringt mit seiner tiefen, strengen Stimme das Gemurmel zum Verstummen. »Das ist jetzt unsere oberste Priorität. Alle müssen vor Ort ihre Augen offen halten und äußerst wachsam sein. Wenn ich heute Abend jemanden mit einem Telefon in der Hand erwische, stopfe ich es ihm eigenhändig in den Mund.«

Erneut ertönt Gekicher, gefolgt von aufgeregtem Stimmengewirr, während Leroux und Will anfangen, den Einsatzplan zu erklären. Will streicht eine Karte des Veranstaltungsorts glatt und heftet sie ans Brett.

»Es gibt insgesamt drei Bühnen. Eine Hauptbühne und zwei kleinere«, erklärt er und zeigt auf drei Abschnitte der Karte. »Die meisten Zuschauer werden sich in diesen Bereichen aufhalten sowie an den Essensständen. Die Menschen lieben es, Essen in sich hineinzustopfen und beschissene Livemusik aus der Region zu hören. Wir werden die meisten von euch in diesen stark frequentierten Bereichen postieren und die anderen auf dem Rest des Festivalgeländes verteilen.«

Leroux nickt zustimmend und hebt seine gefalteten Hände ans Kinn. »Sämtliche Ein- und Ausgänge müssen doppelt gesichert werden. Niemand kommt rein oder raus, ohne dass wir es mitkriegen.«

Wren sieht die Skepsis auf einigen Gesichtern, und sie weiß, dass Leroux es auch bemerkt. Nicht einmal sie kann die Fragen ignorieren, die ihr durch den Kopf gehen. Ist der Mörder wirklich so dreist? Ist er wirklich so dumm? Allerdings hat er von Anfang an, seit der ersten Leiche, ein übermäßig großes Selbstvertrauen an den Tag gelegt. Es ist also nicht vollkommen ausgeschlossen, dass er sich zu dieser spektakulären Machtdemonstration aufschwingt. Andererseits fragt sie sich, ob Leroux' Plan und seine unzähligen Beamten heute überhaupt etwas ausrichten können. Der Mörder wirkt äußerlich völlig unscheinbar. Wenn die Leute ihm begegnen, wechseln sie nicht die Straßenseite oder halten ihre Brieftasche fest. Man sieht ihm seine Bösartigkeit nicht an, sie steht ihm nicht ins Gesicht geschrieben. Aufgrund seines Profils glaubt Wren, dass er seine Opfer dazu bringen konnte, ihn freiwillig zu begleiten. Er hat sie nicht gewaltsam entführt. Er liebt es, aus der Ferne Chaos zu stiften, statt sich mitten hineinzubegeben.

Noch besorgter als vor der Besprechung, lässt Wren ihren Blick durch den Raum wandern.

15

Jeremy tippt auf sein Handy und legt es mit dem Lautsprecher vor das Mikrofon. Die Playlist, die er für diese Nacht sorgfältig zusammengestellt hat, hallt durch die Dunkelheit, und auf seinem Gesicht macht sich ein erwartungsvolles Lächeln breit. Er tritt aus dem Schuppen, in dem seine Stereoanlage untergebracht ist, gießt einen seiner vertrockneten Magnoliensträucher und lässt die zarten weißen Blütenblätter durch seine Finger gleiten. Er atmet die frische Nachtluft ein und bewegt die Schultern im Takt der Musik. Während »Suffragette City« von David Bowie durch das abgeschiedene Sumpfgebiet hallt, überprüft er ein letztes Mal seine Ausrüstung. Er lässt die Hand über die Glock 22 in seinem Hüftholster gleiten und tastet die Cargotasche an seinem rechten Hosenbein ab, um sich zu vergewissern, dass das vierzig Zentimeter lange Jagdmesser mit gezackter Klinge darinsteckt. Und während er nach dem Gewehr auf seinem Rücken greift, läuft er in das Meer aus Bäumen hinein, das sich vor ihm erstreckt.

Als er noch ein Kind war, wurde seine Neugier von seiner Familie stets unterdrückt. Man ermutigte ihn nicht, seinen Interessen nachzugehen. Seine Vorliebe, kleine Tiere zu sezieren, um ihr Innenleben zu erforschen, war den Leuten unheimlich. Und nach dem Tod seines Vaters ärgerte er sich erst recht über seine Mutter, weil sie ihn davon abhielt, sein wahres Potenzial auszuschöpfen. Aus diesem Grund verspürte er ein großes Gefühl der Erleichterung, als er sich vor einigen Jahren endlich von ihr befreite. Jetzt sind seiner Neugier keine Grenzen mehr gesetzt, und er kann tun und lassen, was er will.

Er fragt sich, ob seine anderen Gäste ihm auch zugehört haben, als er sie aufgefordert hat loszurennen. Wenn sie in Bewegung sind, statt verängstigt auf dem Boden zu hocken, werden sie sich irgendwann heute Nacht begegnen. Dann könnte die Sache ein wenig aus dem Ruder laufen. Das gefällt ihm zwar nicht, aber manchmal lässt sich so etwas nicht vermeiden. Er taucht unter einem Strang Louisianamoos hindurch, schiebt das Nachtsichtgerät über sein Gesicht und sucht, während er über knorrige Wurzeln hinwegsteigt, den Wald vor sich ab. Doch er kann nichts entdecken und entsperrt sein Handy. Er aktiviert die App, die mit den Sicherheitskameras auf dem Grundstück verbunden ist, und ruft die verschiedenen Kameras auf, bis eine von ihnen Emily in der Dunkelheit zeigt.

Die bedrohlichen Geräusche der Nacht vermischen sich mit der schwungvollen Musik, und Jeremy kann sehen, wie Emily sich mit dem Rücken gegen eine Zypresse drückt und sich die Finger in die Ohren steckt. Sie schnappt nach Luft, während sich ihre Augen an die Dunkelheit gewöhnen. Er wüsste jetzt nur zu gerne, was für Gedanken ihr durch den Kopf gehen. Sie sucht die Gegend um sich herum ab und fragt sich bestimmt, ob er in der Nähe ist. Gerade als er das Interesse an ihr zu verlieren beginnt, setzt sie sich in Bewegung. Sie wird es ihm nicht leicht machen. Mit forschen Schritten läuft sie über den sumpfigen Boden und schaltet nur hin und wieder ihre Taschenlampe ein. Um sie im Auge zu behalten, muss er weitere Kameras aufrufen. Diese Herausforderung lässt seinen Puls in die Höhe schnellen.

Plötzlich hält Emily inne. Sie dreht sich nach links und bleibt wie angewurzelt stehen. Sie schaltet die Taschenlampe aus und versucht, inmitten der Kakofonie ringsum ein Geräusch auszumachen. Jeremy kann jetzt ebenfalls hören, was sie so beunruhigt. Es muss ihr so vorkommen, als wäre das Geräusch des knackenden Astes gleichzeitig Lichtjahre entfernt und direkt neben ihr. Plötzlich wird sie in einen Lichtstrahl getaucht.

»Wer bist du?«, kreischt eine Frauenstimme panisch hinter einer Taschenlampe.

Emily stöhnt auf, und Jeremy kann sehen, dass sie am ganzen Körper zittert.

»Emily. Ich heiße Emily«, stammelt sie, greift sich an die Brust und kneift die Augen zusammen, um nicht ins grelle Licht zu schauen.

Der Strahl wandert zu Boden, und die Frau, die die

Lampe in der Hand hält, stößt einen hörbaren Seufzer der Erleichterung aus.

»Gott sei Dank.« Katie schließt ihre müden Augen, geht in die Hocke und stützt sich mit ihrer blutverkrusteten Hand an einem Baum ab. Emily starrt sie gebannt an.

»Wer bist du?« Emily schaltet ihre Taschenlampe ein und richtet den Strahl auf Jeremys lästigen Gast.

»Katie. Aber es ist jetzt wohl kaum angebracht, sich einander vorzustellen«, blafft sie. »Er wird uns sowieso töten. Trotzdem bin ich wahnsinnig froh, dich zu treffen!« Sie reibt sich die Stirn und fängt zu schluchzen an.

Wie jämmerlich.

Emily schüttelt den Kopf. »Er wird mich nicht töten.«

Katie kichert leise und richtet sich wieder auf. »Sicher doch. Hör zu, du bist gerade erst hier eingetroffen. Wir sind schon seit Tagen hier. Wo hat er dich aufgegabelt?«

Jeremy muss grinsen.

»Cal ist mein Laborpartner. Wir sind im selben Studienprogramm.«

»Wer ist Cal? Ist er auch hier?« Katie ist verwirrt und frustriert.

Jeremy muss laut auflachen.

Emily zieht eine Augenbraue hoch und blickt zur Seite. »Er ist für das alles verantwortlich. Ich dachte, du wärst schon seit Tagen hier.«

Zu Jeremys großer Freude ist Emily jetzt ebenfalls verwirrt.

»Ich habe nicht die geringste Ahnung, wer Cal ist,

aber der Typ hier heißt Jeremy«, sagt Katie sichtlich genervt.

»Wenn du meinst. Hör zu, wer ist noch hier draußen? Gibt es noch jemand anders?«, fragt Emily.

Jeremy sieht, wie sich auf Emilys Gesicht erneut Panik ausbreitet, während sie die Möglichkeit in Betracht zieht, dass es hier noch mehr Leute wie ihn geben könnte.

Katie beginnt, leise zu wimmern, sie ist völlig erschöpft. »Mein Freund Matt. Er müsste hier irgendwo sein. Falls Jeremy ihn noch nicht gefunden hat.«

Emily holt tief Luft und schaut sich um.

»Also gut, Katie. Wir müssen weiterlaufen. Versuchen wir, Matt zu finden.«

Jeremy sieht, wie der Schein von Katies Taschenlampe ein wenig schwächer wird. Emily hat es ebenfalls bemerkt.

»Du solltest besser deine Taschenlampe ausschalten.« Sie deutet auf den schwächer werdenden Strahl von Katies Lampe.

Katie kichert spöttisch und schüttelt den Kopf.

»Auf keinen Fall. Ich habe tagelang in einem stockdunklen Keller gehockt. Warum zum Henker sollte ich hier draußen im Dunkeln herumstolpern?«

Emily beißt sich auf die Lippe, versucht, die Fassung zu wahren. »Nun, das Licht wird immer schwächer, und dann hast du bald sowieso keine Wahl mehr«, sagt sie in einem schneidenden, unerbittlichen Tonfall.

Katie leuchtet sich mit der Lampe ins Gesicht und zuckt mit den Achseln. »Wie gesagt, er wird uns nicht gehen lassen, und ich werde nicht im Dunkeln sterben.«

Emily gibt schließlich nach und läuft hinter ihr her.

Der Song ist zu Ende, und Emily und Katie blicken erleichtert gen Himmel. Doch dann erfüllt plötzlich »Moondance« von Van Morrison die Dunkelheit, und die beiden zucken erschreckt zusammen. Während sie unter Vorhängen aus schleimigem Louisianamoos hindurch über das dichte Gestrüpp hinwegsteigen und mit jedem Schritt im knöcheltiefen Morast versinken, kann Jeremy sehen, dass es Emily schwerfällt, aufgrund der Geräusche des Sumpfes und der unerträglich fröhlichen Musik wachsam zu bleiben.

»Was war das?« Sie bleibt stehen und reckt ihren Hals, um durch den Lärm hindurch etwas zu hören.

Jeremy setzt sich jetzt ebenfalls in Bewegung. Mit langsamen Schritten schlängelt er sich leise auf sie zu. Aus sicherer Entfernung kann er sie mit bloßem Auge erkennen. Plötzlich bleibt Katie wie angewurzelt stehen und schwenkt ihre Taschenlampe zu Emilys sichtlichem Leidwesen in sämtliche Richtungen.

»Matt?«, ruft sie.

Emily greift nach Katie und presst ihr die Hand auf den Mund, um sie zum Schweigen zu bringen.

»Was, wenn Cal dich hört?!«, flüstert sie ihr barsch ins Ohr, aber laut genug, dass Jeremy es hören kann.

Er muss erneut lächeln. Es ist, als würde er eine Aufführung sehen. Er hätte nicht gedacht, dass alles so reibungslos läuft. Wie zwei Schauspielerinnen auf einer Bühne verkörpern Katie und Emily jetzt ihre Rollen.

Katie nimmt langsam Emilys Hand fort, wirft ihr einen wütenden Blick zu und lässt ihre Taschenlampe sinken. »Was, wenn es Matt ist?«, knurrt sie.

Emily hebt den Zeigefinger, um sie erneut zum Schweigen zu bringen, und lauscht. Das Klicken von Metall auf Metall. Jeremy lädt sein Gewehr durch und wird so Teil der Aufführung.

»Runter!«, schreit Emily, wirft sich zu Boden und zerrt Katie mit sich.

Instinktiv bedeckt Emily ihren Kopf, während die laut kreischende Katie wie eine Stoffpuppe im Schlamm landet. Im selben Moment schlägt Jeremys Kugel im Baum hinter ihnen ein, und die Rinde explodiert in einer Rauchwolke.

Emily kennt dieses Geräusch. Sie hat Cal mal erzählt, dass ihr Vater sie als Kind mit allen möglichen Waffen vertraut gemacht hat. Zwar hat sie nie selbst eine Waffe besessen, aber sie weiß immer noch darüber Bescheid.

»Kämpfen oder fliehen, Mädels. Kämpfen oder fliehen«, flüstert Jeremy vor sich hin.

Er behält die beiden die ganze Zeit im Auge. Er kann ihre Angst spüren. Als würde eine Flutwelle heranrollen und die Luft mit dem Geruch von Panik und Verzweiflung erfüllen.

»Los, Katie! Lauf!« Emily stößt sie vorwärts und stürzt mit gekrümmtem Oberkörper davon.

Katie stolpert schluchzend weiter und bedeckt mit den Händen ihren Kopf. Dabei macht sie einen Mordslärm.

»Katie, sei still und beweg dich verdammt noch mal«, stößt Emily wütend hervor.

Ich wusste, dass sie Katie hassen würde.

Jeremy hat die beiden nicht ohne Grund zusammengebracht. Erfreut stellt er fest, dass die Feindseligkeiten zwischen ihnen zunehmen.

Katie schüttelt den Kopf, während sie schluchzend auf allen vieren verharrt.

»Ich kann nicht! Ich kann nicht!«, jammert sie.

Im Nu ist Emily bei ihr, legt ihr den Arm um den Hals und drückt ihr die Hand auf den Mund. Ohne ein weiteres Wort schleift sie Katie mit sich fort. Jeremy rennt neben den beiden her und genießt das Gefühl der Macht, das man verspürt, wenn man jemanden beobachtet, ohne selbst gesehen zu werden. Die beiden stürmen durch das Meer aus Bäumen, bis sie schließlich eine Pause einlegen, um zu verschnaufen; Emily bricht vor Erschöpfung fast zusammen.

»Wir können nicht lange hierbleiben.« Keuchend stemmt Emily ihre Hände in die Hüften und späht in die Dunkelheit ringsum. »Wenn wir nicht weiterlaufen, sind wir leichte Beute.«

Katie schüttelt den Kopf.

»Wo zum Henker sollen wir denn hin?« Sie hebt die Hände in die Höhe und lässt sie wieder in den Schlamm sinken. »Wir haben es mit einem Psycho mit Gewehr zu tun. Wir werden wie Idioten durch die Gegend rennen, bis er uns von einem verdammten Baum aus abknallt. Wir sollten hierbleiben und uns bis morgen früh verstecken.«

»Ist das dein Plan? Glaubst du wirklich, dass er verschwindet, sobald die Sonne aufgeht?« Emily schließt die Augen und beugt sich vornüber.

»Er hat gesagt, dass wir ihm nur aus dem Weg gehen müssen. Das ist alles.«

Emily ist kein Mensch, der jemanden zurücklässt, selbst wenn ihr diese Person schrecklich auf die Nerven geht. Jeremy weiß, dass sie sich für eine Heldin hält.

»Du glaubst tatsächlich, was der Typ sagt? Denkst du etwa, dass jemand, der so viel Geduld aufbringt, dich tagelang gefangen zu halten und sich über mehrere Monate mit mir anzufreunden, einfach aufgibt, nur weil wir uns für ein paar Stunden vor ihm verstecken?«

Katie zuckt mit den Achseln, und Emily wischt seufzend eine Spinne von ihrer Schulter.

»Du willst also hier draußen nicht nach deinem Freund suchen? Du willst Matt alleine hier sterben lassen?«

Jeremy ist fasziniert. Obwohl Emily einen ausgeprägten Überlebensinstinkt hat, ist sie bereit, ihn zu ignorieren, um dieser psychisch gestörten Frau zu helfen, die sie nicht mal kennt.

»Er ist inzwischen wahrscheinlich schon tot.«

»Aber wir werden hier draußen nicht …« Emily verstummt.

Irgendwo knacken Äste. Und sie können schlurfende Schritte hören. Katie wirft Emily einen verängstigten Blick zu. Emily greift nach dem Baumstamm hinter sich und hält den Atem an, während sie verzweifelt versucht, um sich herum etwas zu erkennen.

Das kam diesmal nicht von mir, ihr beiden.

Mit einem süffisanten Grinsen wartet Jeremy auf die Ankunft einer weiteren Person.

»Katie!«, dringt eine gedämpfte Männerstimme aus der Dunkelheit.

Katie rappelt sich auf und greift nach ihrer Taschenlampe.

»O mein Gott, Matt?!«, flüstert sie ungläubig.

Der Lichtstrahl ihrer Lampe fällt auf die Bäume. Sieben Meter von ihnen entfernt steht ein zerzauster Mann in schmutziger Kleidung. Auf seinem Gesicht macht sich ein Lächeln breit, und Katie lacht erleichtert auf. Emily stößt einen Schwall Luft aus und tritt aus ihrem Versteck. Die drei gehen aufeinander zu und sind für einen Moment unachtsam. Jeremy quittiert ihre Dummheit mit einem Kopfschütteln, hebt seine Glock und zielt damit in ihre Richtung.

»Ich kann nicht fassen, dass wir dich gefunden haben!« Katie rennt los und stürzt Matt in die Arme, der daraufhin schmerzerfüllt das Gesicht verzieht.

»Ja, ich dachte, dass ich mit diesem Knie überhaupt nicht laufen kann. Aber das Adrenalin hat mir wohl einen Energieschub versetzt.«

Emily starrt entsetzt auf sein rechtes Knie, das mit getrocknetem Blut und frischem Schlamm verkrustet ist. Und ihr Entsetzen wird noch größer, als wie aus dem Nichts ein lauter Knall ertönt. Eine Kugel aus Jeremys Pistole bohrt sich in Matts Schläfe und bespritzt Katies Gesicht mit Blut. Wie ein Vogel, der in der Luft getroffen wurde, fällt Matt zu Boden, und Katie stößt einen Schrei aus. Bevor sie den schrecklichen Anblick in sich aufnehmen kann, packt Emily sie am Arm und rennt los.

»Viel Glück, Ladys und … tja, jetzt *nur* noch Ladys«, grinst Jeremy und steckt die Pistole wieder ins Holster.

16

Plötzlich kann Wren es riechen.

Wenn auch nur sehr schwach. So schwach, dass sie sich fragt, ob sie sich das nur einbildet, weil sie zu viele Stunden in der Leichenhalle verbracht hat. Eine ungeschulte Nase könnte es für den Geruch von verdorbenem Essen oder dem misslungenen kulinarischen Experiment eines Straßenverkäufers halten. Aber Wren weiß, dass es der unverwechselbare Verwesungsgeruch ist, der bei schwülheißem Wetter entsteht.

Zunächst riecht es nach verfaulten Zwiebeln. Und sobald man glaubt, man könnte den Geruch ertragen, verändert er sich. Wie in einem Hochhaus, in dem jeder Bewohner etwas anderes kocht, vermischen sich die verschiedenartigen Gerüche zu einem widerlichen Gestank. Penetrant und Übelkeit erregend. Die unterschiedlichen Nuancen dieses fauligen Geruchs breiten sich blitzschnell aus und attackieren die Sinne. Der Gestank des Todes ist unerbittlich, wenn er erst einmal die Luft erfüllt.

Neben Wren steht eine Kriminaltechnikerin, sie ist nervös und redet unentwegt auf sie ein.

»Ich weiß zwar, dass überall Polizisten sind, aber ich bin trotzdem beunruhigt. Ganz ehrlich. Jetzt, wo wir hier sind, kommt mir das alles völlig verrückt vor. Man hat die Bombenspürhunde losgeschickt, oder?«, fragt sie lauter, als angebracht ist.

»Sie sollten aufhören, von der Polizei zu reden«, sagt Wren mit gesenkter Stimme. »Wir müssen vermeiden, dass Panik ausbricht.«

»Ich weiß. Tut mir leid.«

»Sie müssen sich zusammenreißen. Die Lage könnte sich weiter zuspitzen, und ich möchte nicht, dass Sie die Nerven verlieren.«

»Nein, natürlich nicht. Es geht schon.«

Für einen Moment denkt Wren, dass sie vielleicht zu streng war.

»Es ist völlig normal, nervös zu sein. Das bin ich auch. Aber es ist unser Job, dieses Gefühl zu ignorieren und uns auf die anstehende Aufgabe zu konzentrieren. Nun, was riechen Sie?«, fragt Wren.

Die Nasenlöcher der Frau blähen sich, und sie reißt die Augen auf.

»Ist das …?«

»Bingo«, erwidert Wren.

»Scheiße.«

»Keine Panik. Wir müssen jetzt äußerst besonnen vorgehen«, sagt Wren und blickt zu Leroux auf der anderen Seite der Menschenmenge. Er versucht, sich möglichst unauffällig zu verhalten, aber in seinem ordentlich gebügelten Anzug sticht er direkt ins Auge. »Bewahren Sie Ruhe und folgen Sie mir.«

Gemeinsam durchqueren Wren und die junge Technikerin die Flut der Festivalbesucher.

»Was zum Teufel isst du da?«, sagt eine Frau mit einem Plastikbecher in der Hand und reckt ihren Hals, um einen Blick auf den Pappteller zu werfen, über den ihr Begleiter sich hermacht, worauf er mit den Schultern zuckt und ihn fortzieht.

»So was wie Bourbon-Hühnchen mit Reis. Keine Ahnung. Wieso?«

»Riecht wie aufgewärmter Abfall«, antwortet die Frau und rümpft die Nase.

»Blödsinn, diese Bourbonsoße riecht nach gar nichts«, sagt er bestimmt und hält ihr den Teller unter die Nase, als sie zurückweicht.

Wren geht an den beiden vorbei, bevor sie die Antwort der Frau hören kann. Der menschliche Verwesungsgeruch breitet sich weiter aus, sodass ihn die Leute jetzt auch wahrnehmen. Wren zerrt ihre Kollegin an einem Trompetenspieler vorbei, dessen beschwingte Melodie wie eine feine Dunstwolke die Luft erfüllt. Mehrere Leute um ihn herum haben angefangen zu tanzen. Begleitet von unbeschwertem Gelächter, werfen und wirbeln sie einander umher. Aber Wren weiß, dass sich hinter der heiteren Oberfläche dieser Szene der Tod verbirgt. Blinzelnd arbeitet sie sich zu Leroux vor, bleibt neben ihm stehen und dreht den Kopf zur

Seite, um sich in gedämpftem Tonfall mit ihm zu unterhalten.

»Wir sind ganz in der Nähe. Du kannst es bestimmt auch riechen.«

Sie schaut ihm in die Augen, und er nickt, während er den Blick über die Menschenmenge wandern lässt. Zusammen folgen sie dem Geruch. Die Technikerin läuft den beiden in einigem Abstand hinterher und tut so, als würde sie durch ihr Handy scrollen. Mit fiebrigem Blick hält Leroux Ausschau nach der Quelle des Geruchs. Normalerweise hat er seine Gefühle fest im Griff, und Wren findet es besorgniserregend, dass er die Selbstbeherrschung verliert. Sie holt tief Luft und zwingt sich, konzentriert zu bleiben.

»Deine Augen sehen aus, als würden sie dir gleich aus dem Kopf fallen. Entspann dich«, sagt Wren zu Leroux und ist überrascht, als er ihr einen strengen Blick zuwirft. Ohne sich ihre Besorgnis anmerken zu lassen, richtet sie erneut das Wort an ihn. »Halt nach Fliegen Ausschau.«

»Fliegen auf einem bescheuerten Musikfestival, mitten im Sommer, in Louisiana. Verstanden.«

»Muss ich dir noch mal kurz in Erinnerung rufen, wie hartnäckig und verlässlich Schmeißfliegen sind?«

»Nicht nötig. Hab's verstanden. Wir suchen nach verdammt vielen Fliegen.«

Sie nickt und wendet sich wieder der Menschenmenge zu. Zügig lässt sie ihren Blick über die Leute wandern und versucht, auf möglichst jedes Detail zu achten. Die drei zwängen sich durch eine große Gruppe Feiernder und nähern sich einer der kleineren Bühnen. Der Unterbau aus Holz, von dem sie gestützt wird, ist verbogen, abgewetzt und von den vielen Sommern im Sonnenlicht ausgebleicht. Jetzt gerade schunkelt und stampft ein Jazzensemble ausgelassen über die alten Holzbretter, während es eine heitere Melodie spielt, die sich in einem aufreizenden Crescendo zu einer wilden Kakofonie steigert. Die Mittagssonne spiegelt sich in den emporgereckten Instrumenten, und die Trompeten und Saxofone funkeln wie pures Gold.

Weiter hinten, auf der linken Seite der Bühne, taucht eine zarte schwarze Wolke auf. Wenn Wren nicht schon so dicht an der Metallabsperrung stehen würde, die die Menge von der Bühne trennt, könnte sie die Wolke nicht sehen, geschweige denn das Geräusch hören, das von ihr ausgeht. Die Wolke summt wie eine Wiese voller Wildblumen, die gerade bestäubt werden. Aber das hier ist keine Wiese, und das sind auch keine Bienen. Diese Insekten suchen nach etwas, das sehr viel weniger lieblich duftet, sie bevorzugen den Geruch von verwesendem Fleisch.

Den Blick auf die kreisenden Insekten gerichtet, die zwischen den rissigen Holzlatten hindurchschwirren, greift Wren nach Leroux' Hemd und zupft daran, worauf er sofort stehen bleibt.

»Was ist denn?«, fragt er, ohne sie anzusehen.

»Unter der Bühne, weiter hinten auf der linken Seite.«

Er richtet die Augen auf die Stelle und holt tief Luft. »Komm mit.«

Er zwängt sich seitwärts zum Ende der Absperrung, wo auf einem hohen Holzhocker ein Sicherheitsbeamter sitzt. Er hat einen Fuß auf die Querstrebe unter sich gestellt und wiegt den Kopf geistesabwesend im Takt der Musik. Leroux geht auf ihn zu und beugt sich dicht an sein Ohr.

»NOPD«, sagt er beinahe flüsternd.

Er öffnet sein Jackett und zeigt ihm unauffällig seine Marke. Der Sicherheitsbeamte wirft einen flüchtigen Blick darauf und nickt, während Leroux über die Schulter späht.

»Wir müssen den Bühnenbereich überprüfen, aber wir dürfen die Menge nicht in Panik versetzen. Können Sie uns dabei helfen, Officer …?«

»Blum«, sagt der junge Beamte. Er räuspert sich, richtet sich auf, fährt sich mit der Hand über sein unrasiertes Kinn und lässt sie auf seinen Oberschenkel sinken. »Kein Problem, Detective. Kommen Sie durch. Ich werde hierbleiben und dafür sorgen, dass alles ruhig bleibt.«

Leroux klopft ihm auf die Schulter. »Danke, wir wissen das zu schätzen. Komm, Muller.«

Er winkt Wren und die Technikerin an der Absperrung vorbei, und sie laufen links an der Bühne entlang. Der Geruch ist jetzt unverkennbar. Während sie sich den Fliegen nähern, wird die Luft trüb und stickig. Als würden sie eine andere Welt betreten, eine Welt voller

Tod und Verfall. Wren lässt sich auf ein Knie nieder und späht dort, wo ein Teil des Holzes verfault ist, zwischen den Latten hindurch. Unter der Bühne ist es stockfinster. Als sich ihre Augen an den Vorhang aus Dunkelheit gewöhnt haben, nimmt ein vertrauter Umriss Gestalt an. Ungefähr unter der Mitte der Bühne liegt, verschrumpelt und reglos, der Grund für die Anwesenheit der Schmeißfliegen. Als sie noch etwas näher heranrutscht, wird der Geruch unerträglich.

»Gibt es eine Möglichkeit, unter die Bühne zu gelangen?« Wren richtet sich wieder auf und unterdrückt einen Brechreiz.

»Hinten gibt es eine kleine Tür.«

Wren läuft zur Rückseite, wo Leroux in die Hocke geht und einen Riegel öffnet. Wren holt ihre kleine Taschenlampe aus der Hosentasche und schaltet sie ein. Der Lichtstrahl fällt unter die Bühne und trifft auf das reglose Objekt. Offenbar handelt es sich dabei um den deformierten Körper einer Frau in den Zwanzigern. Sie liegt mit ausgestreckten Armen auf dem Bauch, als wäre sie im freien Fall aus einem Flugzeug gestürzt und kurz vor dem Öffnen des Fallschirms aufgekommen. Wren bemerkt sofort die zerfetzte Masse aus Fleisch und Knochen, die mal ihr rechtes Knie war. Sie schwenkt den Strahl von den Beinen zum Kopf, und für einen Moment stockt ihr der Atem, als die halb geöffneten Augen des Opfers dämonisch aufblitzen. Sie starren direkt in Wrens Richtung, starren sie an, ohne etwas zu sehen. Das

Gesicht ist mit einer Schicht aus Dreck, Blut und Staub bedeckt. Wren schaltet die Taschenlampe aus und ringt, vor der kleinen Tür hockend, einen Moment um Fassung.

»Unsere Vermutung hat sich bestätigt, es sieht wirklich übel aus«, sagt sie und hört, wie Leroux leise »Scheiße« murmelt. »Leider muss ich mir das mal näher ansehen.«

Leroux wischt sich mit dem Handrücken über die Stirn. »Du willst nicht ernsthaft da drunterkriechen, oder?«

»Nicht bis zur Mitte, aber wenn ich etwas näher herankomme, kann ich mir ein genaues Bild machen. Es sieht aus, als würde sie mit der rechten Hand irgendetwas umklammern.«

Wren läuft zum Ende der Bühne, bleibt dort stehen und tritt vorsichtig gegen das Holz. Als es auseinanderbricht, schaut sie zu Leroux.

»Ich habe eine morsche Stelle gefunden«, sagt sie.

Leroux beugt sich neben ihr nach unten, während sie mehrere morsche Holzstücke entfernt, bis ein kleines Loch entstanden ist. Leroux späht in die Dunkelheit und leuchtet mit seinem Handy unter die Bühne.

»Bist du sicher, Muller?«

Sie nickt und knotet ihr Haar zu einem provisorischen Dutt zusammen, dann greift sie in ihre Gesäßtasche, zieht ein Paar schwarzer Nitrilhandschuhe heraus und streift sie über.

»Absolut. Und jetzt halt mir den Rücken frei.«

Sie schaltet die Taschenlampe wieder ein, steckt sie

in den Mund und taucht mit dem Kopf voran in die Dunkelheit ab. Über ihr dröhnt die Musik, während sie sich langsam auf die Leiche zubewegt. Unter der Bühne ist es eng und heiß, und man kann sich hier nur mit eingezogenem Kopf und verrenktem Körper hinhocken oder krabbeln. Die Steine und der unebene Boden scheuern schmerzhaft über Wrens Knie. Während sie sich Stück für Stück näher schiebt, offenbart sich die ganze Brutalität, mit der die junge Frau getötet wurde. Ihr Körper ist mit Schnittwunden, Blutergüssen und anderen Verletzungen übersät, darunter eine Schnittwunde an ihrem Hals, und ihr schwarzes lockiges Haar klebt an dem frischen und verkrusteten Blut in Gesicht und Nacken.

»Mein Gott.«

Die Worte dringen, an der Taschenlampe zwischen ihren Zähnen vorbei, gedämpft aus ihrem Mund. Leroux wartet ungeduldig vor dem Loch und starrt mit zusammengekniffenen Augen auf die verstümmelte Leiche.

»Ich schätze, es ist kein schöner Anblick«, sagt er und seufzt.

Wren schüttelt den Kopf und schaut über die Schulter in seine Richtung. »Es ist wirklich schlimm, Leroux. So übel war noch keines der Opfer zugerichtet.«

»Verdammt. Ich habe das Gefühl, dass wir ganz kurz davor sind, diesen Scheißkerl zu schnappen.«

Wren wendet sich wieder der misshandelten Leiche zu und richtet den Blick auf die rechte Hand der Frau.

Sie ist zur Seite ausgestreckt, als hätte sie immer wieder vergeblich nach einem Gegenstand gegriffen. Die Hand hält etwas umklammert, und Wren beginnt vorsichtig, jeden der steifen Finger einzeln zu öffnen. Dabei kommen die unverkennbaren Linien und Symbole einer Touristenkarte zum Vorschein. Wren entdeckt darauf markierte Grabstellen und eine Legende, in der die Gräber berühmter Einwohner aufgelistet sind. Es handelt sich um eine Karte des St. Louis Cemetery No. 1.

»Hat jemand da draußen eine Tüte?«, ruft Wren über die Schulter und faltet die Karte vollständig auseinander.

Es ist eine dieser Karten, die die Touristen bei der Führung über den St. Louis Cemetery No. 1 bekommen, während sie die berühmten Gräber bestaunen. Die Karte ist so detailliert, dass darauf sogar die Bäume zwischen den Pfaden und Wegen der »City of the Dead« eingezeichnet sind. Wren folgt mit ihrem Blick den Wegen und sucht nach etwas, was dort nicht hingehört, einem Hinweis darauf, warum diese Karte in der steifen Hand einer toten Frau steckte. Schließlich entdeckt sie zwischen den Grabstellen in der Mitte der Karte ein kleines purpurrotes X und ringt nach Luft.

»Was ist?«, fragt Leroux.

»Ich habe hier eine Touristenkarte vom St. Louis Cemetery No. 1 mit einer roten Markierung. Ich glaube, dass diese Leiche nicht das einzige Geschenk ist, das er uns heute hinterlassen hat.«

»Scheiße. Also gut, komm wieder raus. Schaffen wir

die Leiche da weg und fahren zum Friedhof. Jetzt ist Schadensbegrenzung angesagt. Sofort.«

Wren nickt, steckt die Karte in die Tüte und versiegelt sie, bevor sie einen letzten Blick auf den misshandelten Körper wirft. Während sie ernst die Leiche betrachtet, bemerkt sie etwas, das ihr zuvor nicht aufgefallen ist. Am rechten Handgelenk trägt das Opfer eine weiße Smartwatch. Sie ist brandneu und zeigt im Gegensatz zur Kleidung keine Abnutzungsspuren. Die Frau kann sie auf keinen Fall am Handgelenk getragen haben, bevor oder während sie gestorben ist.

»Muller. Lass uns gehen!«, ruft Leroux ungeduldig. Seinen Augen ist anzusehen, dass sein Verstand auf Hochtouren arbeitet. Wren weiß, dass er bereits ihre nächsten Schritte plant. Er ist eben ein alter Hase.

Auch wenn Wren spürt, dass Leroux beunruhigt und verärgert ist, lässt sie sich nicht davon abhalten, den Fundort gewissenhaft zu inspizieren.

»Ja, John, ich habe dich gehört. Nur noch eine Sekunde.«

Sie streckt eine Hand aus, um die Uhr zu untersuchen, und schaltet vorsichtig das Display ein. Ein grüner Lichtschein durchflutet den dunklen, engen Bereich unter der Bühne, und sie wird aufgefordert, einen Nummerncode einzugeben.

»Gib mir die Karte, Muller«, blafft Leroux. »Lass uns gehen!«

Ohne ihm Beachtung zu schenken, schaut sie sich

fieberhaft in dem Zwischenraum um, der ihr eben noch so beengt vorkam und jetzt plötzlich so leer und weitläufig wirkt. Sie richtet die Taschenlampe in ihrer Hand auf den Bereich um die Leiche, um nach weiteren Hinweisen zu suchen. Doch da sind nichts als Dreck, Staub und Insekten. Sie stößt einen Seufzer der Enttäuschung aus und senkt den Blick.

»Ich dachte nur, ich hätte was gesehen«, ruft sie.

Sie nimmt die Beweismitteltüte mit der Karte und krabbelt zum Loch zurück, schaut Leroux in die Augen und gibt ihm die Tüte. Erneut betrachtet sie einen Moment lang das winzige purpurrote X.

»Nenn mir die Nummer der Grabstelle, die mit dem roten X markiert ist.«

Leroux zieht genervt eine Augenbraue hoch.

»Was?«, fragt er, schaut auf die Karte und streicht die Beweismitteltüte glatt, um die Nummer besser erkennen zu können. »Sie ist ziemlich klein. Eins fünf null … drei. Was hat das alles zu bedeuten?«

»Eins fünf null drei … eins fünf null drei … eins fünf null drei«, murmelt Wren leise vor sich hin, während sie zu der toten Frau zurückkrabbelt. Sie tippt auf die Uhr, und erneut blinkt das Display auf. Sie wischt darüber und wird ein weiteres Mal nach dem vierstelligen Code gefragt. Sie gibt die drei ersten Ziffern ein und zögert einen Moment, bevor sie mit stockendem Atem rasch auf die letzte Ziffer tippt. Die Uhr wird entsperrt, und auf dem Display erscheint eine einzige App: der Wecker.

»Wren!«, ruft Leroux verärgert, während sie versucht, ihren pochenden Herzschlag wieder zu beruhigen. »Fahren wir jetzt oder was? Sag mir erst Bescheid, bevor du irgendwas anderes tust!«

»Ich habe was gefunden, John«, antwortet sie schließlich und blickt hinter sich. »Sie trägt eine nagelneue Smartwatch am Handgelenk, die nicht zu ihrem übrigen Zustand passt. Man hat sie ihr eindeutig nach dem Tod angelegt. Die Nummer der Grabstelle – eins fünf null drei –, das ist die PIN, und ich schaue jetzt auf die einzige geöffnete App. Den Wecker.«

Wren hält inne und sieht, wie sich auf Leroux' Gesicht Entgeisterung breitmacht. Er reibt sich die Augen und drückt einem anderen Beamten die Tüte in die Hand.

»Wann klingelt der Wecker?«

Wren schaut auf die App. Sie ist auf zwei Uhr eingestellt.

»In fünfundvierzig Minuten.«

»Wir müssen uns auf den Weg machen. Landry, Cormier und Fox, ihr geht mit Will. Fahrt schon mal voraus und evakuiert den Friedhof. Ich komme mit Muller nach.«

Mit hochrotem Kopf wendet er sich wieder Wren zu. »Komm da raus. Und lass uns fahren.«

Wren krabbelt durch die Öffnung wieder nach draußen. Etwas abseits entdeckt sie die Kriminaltechnikerin und winkt sie zu sich.

»Rufen Sie im Büro an. Sie sollen zwei Transporter hier rausschicken«, sagt sie, und die junge Frau tippt auf ihr Handy.

Beiläufig streift Wren die Handschuhe ab und klopft sich den Staub von den Knien, während sie Leroux durch die Menschenmenge folgt, die sich jetzt an der Absperrung versammelt hat. In ihren Gesichtern spiegeln sich Angst, Sensationslust und Verwunderung. Sie flüstern einander zu und recken die Hälse, um einen Blick auf das ungewöhnliche Schauspiel zu erhaschen. Von einer anderen Bühne dröhnt immer noch beschwingte Musik, aber die Band direkt vor ihnen hat ihren Auftritt vorzeitig beendet. Bis gerade eben hat Wren davon überhaupt nichts mitbekommen.

17

Als Jeremy sieht, wie die Kugel aus der Glock ihr Ziel trifft, verspürt er ein Gefühl der Befriedigung, das nicht in Worte zu fassen ist. Er hätte die beiden Frauen ebenfalls mühelos erschießen können, aber sein Spiel ist noch nicht zu Ende. Es ist wie eine köstliche Mahlzeit, die man in die Länge zieht, um jeden Bissen einzeln zu genießen.

Er beobachtet, wie Katie und Emily planlos über das bewaldete Gelände rennen. Obwohl er sie im Auge behält, gibt er ihnen das Gefühl, als hätten sie einen sicheren Abstand zwischen sich und ihn gebracht. Katie wischt sich verzweifelt Matts Gehirnmasse aus dem Gesicht und gerät dabei ins Straucheln, sodass sie den Anschluss verliert. Sie ist einfach nur dumm, und Matt war praktisch ein Neandertaler, aber Emily ist eine Kämpferin. Sie stellt eine echte Herausforderung dar. In diesem Moment bemerkt er, dass einer der im dichten Gestrüpp auf und ab hüpfenden Strahlen schwächer wird und erlischt.

Da war es nur noch eine Taschenlampe.

Jeremy lächelt und beschleunigt ein wenig seine

Schritte, während »(Don't Fear) The Reaper« von Blue Öyster Cult ertönt. Er bewegt sich im Rhythmus der Musik. Heute Nacht ist er der Sensenmann.

Jenseits der Bäume ist Katies lautes Schluchzen zu hören, ihre Stimme erinnert jetzt an ein Kaninchen, das sich plötzlich einem blutrünstigen Raubtier gegenübersieht. Jeremy blickt auf seine Armbanduhr, und auf seinem Gesicht macht sich ein Grinsen breit. Es ist schon ein paar Stunden her, seit er seine Gäste hier rausgebracht hat, und während er die beiden beobachtet, macht Katie einen unbeholfenen Schritt. Sie hebt ihr rechtes Bein höher, als das eigentlich nötig ist. Die Drogen zeigen ihre Wirkung. Er ist ganz aus dem Häuschen, als er feststellt, dass sein Experiment geklappt hat.

Die Idee dazu kam ihm, nachdem er etwas über die Jamaican-Ginger-Vergiftungen in den 1930ern gelesen hatte. Damals stellten im tiefen Süden ein paar findige Leute eine Form von Jamaican Ginger her, besser bekannt als Jake, mit dem man die strengen Prohibitionsgesetze umgehen konnte. Unter unfreiwilliger Mithilfe eines Professors vom Massachusetts Institute of Technology entwickelten sie eine Rezeptur mit Trikresylphosphaten, die bei den Kontrollen nicht beanstandet wurden und das Getränk genießbar machten. Diese neuartige Rezeptur der Alkoholschmuggler führte schließlich dazu, dass unzählige ihrer Kunden mit hoch erhobenen Beinen und nach hinten gekrümmten Zehen durch die Gegend liefen. Aufgrund dieser epidemischen Lähmungserscheinungen, denen man den etwas merkwürdigen Namen »Jake Leg« gab, fanden Wissenschaftler – wenn auch zu spät – heraus, dass Trikresylphosphate ein gefährliches Nervengift sind. Es tötet die Nervenzellen ab und schädigt die Myelinscheide, die an zahlreichen grundlegenden Muskelbewegungen beteiligt ist. Wenn man eine größere Menge dieser Substanz zu sich nimmt, führt das zu Verdauungsproblemen und einer partiellen Lähmung der Gliedmaßen. Und offensichtlich zeigt Katie, der Jeremy diese Substanz täglich intravenös verabreicht hat, genau zur rechten Zeit einen heftigen Fall von Jake Leg.

Sie ruft Emily zu, dass sie ihr Bein nicht mehr spürt, und Jeremy kann sehen, wie Emily sie verzweifelt auffordert weiterzulaufen. Er lächelt, als Katie sich auf dem Boden zusammenrollt und ihre Knie gegen das sumpfige Erdreich presst. Langsam verkürzt er den Abstand zu den beiden. Er kann jetzt sehen, wie Emily ihre Möglichkeiten durchgeht und mit der noch funktionierenden Taschenlampe verängstigt die Bäume vor sich absucht. Katie schluchzt und würgt, und Emily schlingt ihr einen Arm um die Taille, um sie wieder auf die Beine zu hieven.

Emily ist bereit, sie hier allein zurückzulassen. Ihr Selbsterhaltungstrieb wird sich durchsetzen. Jeremy lädt das Gewehr durch und hält das Zielfernrohr ans Auge. Die beiden hören das Geräusch, und Emily versucht, Katie mit sich fortzuzerren. Jeremy drückt den

Abzug und trifft mühelos sein Ziel. Katie stößt einen schmerzerfüllten Schrei aus, als die Kugel ihre rechte Kniescheibe zertrümmert. Fleisch und Muskeln hängen in Fetzen von ihrem Bein herab. Schließlich bricht sie unter dem Gewicht ihres Oberkörpers zusammen und klatscht auf den feuchten Boden.

Emily hat jetzt eine Entscheidung getroffen und rennt los.

Jeremy schultert das Gewehr und zieht das Bowiemesser aus der Scheide, während er in die Richtung marschiert, aus der Katies jämmerliches Schluchzen kommt. Wie ein Gespenst taucht er plötzlich vor ihr auf, und sie starrt ihn angsterfüllt an. Grinsend geht er neben ihr in die Hocke und streicht ihr eine verfilzte Haarsträhne hinters Ohr.

»Pssst«, flüstert er lächelnd.

Er packt sie an den Haaren, zieht ihren Kopf nach hinten und lässt die Klinge langsam über ihre Kehle gleiten. Einen Moment lang hält er Katie so fest, die sich prustend zur Wehr setzt, bis ihr Körper schließlich erschlafft. Jeremy schließt die Augen und lauscht den Geräuschen, die die Luft erfüllen, den natürlichen Klängen des Sumpfes und der Musik aus der Konserve, die aus den Lautsprechern kommt. Dann lässt er Katie in den Schlamm fallen und knackt mit dem Hals.

Also schön, wo ist Emily jetzt hingerannt?

18

»Hier ist Dr. Muller von der Rechtsmedizin. Wir brauchen in der Basin Street 425 einen Krankenwagen.«

Das Telefon auf ihrer Schulter balancierend, durchwühlt Wren ihre Tasche. Es vergehen kostbare Minuten, während Leroux auf dem Weg zu ihrem Ziel den Wagen durch den Verkehr schlängelt – auf dem Weg zu einem Opfer, das sie vielleicht noch retten können.

»Ja, St. Louis Cemetery No. 1. Es handelt sich um einen möglichen medizinischen Notfall. Treffen Sie uns am Eingang. Wir müssten in …«, sie wirft einen Blick auf die Uhr am Armaturenbrett, »… acht Minuten dort sein. Okay. Danke.«

Sie legt das Telefon neben sich auf den Sitz und streift sich ein frisches Paar Handschuhe über. In ihrem Gesicht spiegeln sich Ruhe und Entschlossenheit. Von ihrem Dutt haben sich ein paar einzelne Haarsträhnen gelöst und an ihre Wangen geschmiegt, die mit Dreck vom Fundort bedeckt sind.

Die Häuser von New Orleans wischen vorbei, während Leroux wütend auf die Hupe drückt, um den Wagen vor ihnen zur Seite zu scheuchen. Jeder, der beim

Klang ihrer Sirene keinen Platz macht, muss eine heftige Schimpftirade über sich ergehen lassen. Leroux' Fingerknöchel, mit denen er das Lenkrad umklammert, sind kreideweiß. Er ist keiner dieser abgestumpften Detectives, wie man sie aus teuren Hollywood-Thrillern kennt.

»Glaubst du, das ist eine Falle, Muller?«, fragt er schließlich mit ruhiger Stimme.

Wren stützt sich auf der Beifahrerseite mit dem Ellbogen gegen das Fenster und legt ihren Kopf in die Hand. Sie seufzt. »Ich muss daran glauben, dass es keine Falle ist. Das müssen wir beide. Aber falls sich das Gegenteil herausstellt, sind wir darauf angemessen vorbereitet.«

Leroux nickt kaum merklich.

Wren richtet sich auf. »Außerdem wird uns Will mit seiner Truppe patenter Jungspunde vor Ort unterstützen.«

Ein leichtes Grinsen umspielt Leroux' Mundwinkel, und er kichert leise.

»Jungspunde«, sagt er kopfschüttelnd. »Komm schon, Muller, das sind zwar Anfänger, aber keine Kinder mehr.«

»Ich weiß. War nur ein Witz. Wenn ich nicht von ihren Fähigkeiten überzeugt wäre, würde ich ihnen nicht meine Sicherheit anvertrauen.«

Leroux wird wieder ernst. »Ich habe nur Angst, dass uns der Typ irgendwo aus der Nähe beobachtet, während wir auf dem Friedhof herumlaufen und seine vergifteten Brotkrumen schlucken.«

Leroux biegt in die Basin Street ein. An der Straßenecke wimmelt es von Touristen und Einheimischen. Drei Frauen verlassen gerade ein Yogastudio und steuern auf die Tische vor einem Café zu. Die Leute nehmen an diesem sonnigen Tag ihr Mittagessen im Freien zu sich und knabbern an ihren belegten Buttercroissants – in Sichtweite eines Ortes, an dem ein Mensch vielleicht verzweifelt ums Überleben kämpft. Leroux erreicht den Friedhofseingang, vor dem mehrere große Palmen stehen, die die hohe weiße Mauer rings um das Gelände weit überragen. Sie krümmen sich leicht im Wind, und ihre schwankenden Blätter heißen die Besucher, die nichts von dem Grauen im Innern ahnen, an dieser merkwürdigen Sehenswürdigkeit willkommen.

Wren nickt. »Ich weiß. Derselbe Gedanke ist mir auch durch den Kopf gegangen. Aber uns bleibt nichts anderes übrig, als es zu versuchen. Ich hoffe, dass die Rettungssanitäter heute Nachmittag mehr zu tun haben als ich.«

19

Emilys Füße schweben förmlich über den Boden, während sie über das fremde Gelände rennt und nur ein hüpfender Lichtstrahl ihr den Weg weist. Sie hat genau das getan, was Jeremy wollte. Sie hat Katie im Stich gelassen und ist ihrem urzeitlichen Überlebensinstinkt gefolgt.

Er kann Emilys plötzliche, heftige Panik spüren. Mit jedem Schritt versinkt sie im sumpfigen Boden, sodass sie mehr Kraft aufbringen muss, als ihr zur Verfügung steht. Der Sumpf arbeitet mit Jeremy zusammen, hilft ihm, seine Fantasie in die Tat umzusetzen. Die Natur gehört zu ihm. Und sie hat sich jetzt gegen Emily gerichtet.

Schließlich bleibt sie stehen, den Rücken gegen die Vertiefung in einem Baum gepresst. Erdkrumen und zappelnde Insekten rieseln an ihren Schultern herunter, als sie sich gegen den mit Moos und Schlamm bedeckten Stamm lehnt. Jeremy fragt sich, ob sie glaubt, dass sie keine Geräusche von sich gibt. Er kann ihren Atem hören, hektisch und flach. Er schmeckt die Angst in der Luft und kann sich nicht länger beherrschen.

»Emily!«, hallt seine Stimme durchs Gestrüpp. »Ich bin's, Cal!«

Sie zuckt zusammen und versucht, ein Schluchzen zu unterdrücken. Aber er kann ein ersticktes Wimmern hören.

»Du bist wohl als Letzte übrig«, brüllt er und kichert. »Hast du schon rausgefunden, wo die Grundstücksgrenze ist?«

Emily hört, wie er näher kommt. Jeremy stapft absichtlich mit lauten Schritten durch das Unterholz. Das hier ist sein großes Finale.

»Weißt du überhaupt, in welche Richtung du läufst?«, lacht er. »Nun, lass dich nicht von mir entmutigen. Lauf, Kleine, lauf!«

Mit einer dramatischen Geste feuert er die Pistole in die Luft ab, und Emily läuft erneut los. Mit platschenden Schritten rennt sie durch einen Bach, und ihre Schuhe werden vollständig vom Schlamm verschluckt. Sie lässt sie dort zurück, während sie aus dem Wasser durch dichtes Gestrüpp stürzt. Die spitzen Stacheln zerkratzen ihre Arme, ihre Beine und ihr Gesicht, trotzdem läuft sie weiter. Jeremy rennt jetzt ebenfalls und kommt immer näher. Emily bewegt sich im Zickzack, um einem ähnlichen Schicksal wie Matt und Katie zu entgehen.

Und dann taucht plötzlich wie eine Oase in der Wüste vor ihr die Grundstücksgrenze auf. Ein Metallzaun erstreckt sich zwischen den Bäumen und trennt Jeremys Reich von der Freiheit. Er ist lediglich 1,80 Meter hoch, und sie muss nur etwas Anlauf nehmen, um ihn zu überqueren. Emily bleibt kurz stehen und stürzt dann vorwärts, springt auf den Zaun und bohrt die Zehen ihres rechten Fußes und die Finger ihrer rechten Hand in die Maschen.

Plötzlich verspürt sie einen brennenden Schmerz. Ein Stromstoß durchzuckt jede ihrer Zellen, und ihr Körper erstarrt und verkrampft, bevor er in den Albtraum hinter ihr zurückgeschleudert wird.

»Ich bin ein wenig enttäuscht, dass du dachtest, ich würde mein Grundstück nicht mit einem Elektrozaun sichern«, sagt Jeremy, während er über einen umgestürzten Baum steigt und neben ihr stehen bleibt.

Emily spuckt Blut, und ihr Zustand wechselt zwischen Bewusstlosigkeit und äußerster Wachsamkeit. Sie rollt sich auf den Bauch und beginnt zu kriechen. Verzweifelt klammert sie sich an Erdreich und Moos, um sich, so gut sie kann, vorwärtszubewegen. Sie ist völlig planlos. Sie kann an nichts anderes denken, als möglichst viel Abstand zwischen sich und das Monster hinter ihr zu bringen. Jeremy folgt ihr langsam und zieht das Bowiemesser aus der Scheide, dann kniet er sich hin, schlingt einen Arm um ihre Kehle und hebt sie auf die Knie.

Wortlos öffnet er mit Zeigefinger und Daumen ihr rechtes Auge, während sie sich gegen ihn zur Wehr setzt. Während er sie weiter im Würgegriff hält, träufelt er ihr ein paar Tropfen Tropicamid ins Auge, und ehe sie überhaupt merkt, dass sie nur noch verschwommen sieht, wiederholt er beim linken Auge die Prozedur.

»Aufhören! Was ist das?«, brüllt sie und reißt ihren Kopf fort.

»Tropicamid«, erwidert er nüchtern und träufelt in beide Augen ein paar weitere Tropfen. »Hast du mal von einem Arzt deine Augen untersuchen lassen, Emily, und danach für ein paar Stunden nur noch unscharf gesehen? Hat man dir gesagt, dass du deshalb keine schweren Maschinen bedienen darfst?«

Er lächelt, denn er weiß, dass sie immer noch sein Gesicht erkennen kann, wenn auch etwas verschwommen. Sie blinzelt heftig, um wieder klar zu sehen, doch ohne Erfolg.

»Hast du mal den Spruch ›C5, und du bleibst am Leben‹ gehört?« Er schaut ihr in die Augen, während sie ihn anstarrt.

»Lass mich gehen, bitte. Ich werde niemandem etwas sagen, wenn du mich gehen lässt«, fleht Emily.

Der Überlebensinstinkt, der sie hergebracht hat, versucht jetzt zu verhandeln. Jeremy presst seine Stirn gegen ihre.

»Unterbrich mich nicht.« Er zwinkert ihr zu und nimmt den Kopf zurück. »Also, wenn man bei einem Menschen oberhalb des Halswirbels C5 die Wirbelsäule durchtrennt, dann stirbt er wahrscheinlich. Was ist der Grund dafür?«

Er schnipst geistesabwesend ein Insekt von Emilys Schulter und wartet auf eine Antwort.

»Aufhören. Bitte aufhören!«

Er verzieht empört das Gesicht. »Nichts? Du kannst als Medizinstudentin im zweiten Studienjahr diese einfache Anatomiefrage nicht beantworten?«

Emily schließt die Augen. »Bitte«, flüstert sie.

Jeremy ignoriert ihr Flehen und fährt fort. »Der C1 und der C4 umgeben die Nerven, die dein Zwerchfell veranlassen zu atmen.« Er deutet mit der Spitze des Bowiemessers auf ihr Zwerchfell. »Wenn man dort die Wirbelsäule durchtrennt, erstickt die Person und stirbt. C4, und man bekommt keine Luft mehr.«

»Warum erzählst du mir das alles?« Emily verfällt in Panik.

»Das werde ich bei dir nicht tun, Emily. Entspann dich«, fährt er fort. »Was denkst du denn? Dass ich ein Monster bin?«

Er schiebt sich wieder dicht an ihr Gesicht, betrachtet das Messer und dreht es herum. Emily sieht ebenfalls hin, als das spärliche Mondlicht, das jetzt durch die Wolken bricht, in der Klinge funkelt. Wieder einmal gehorcht der Sumpf seinem Willen und taucht seine Darbietung in helles Scheinwerferlicht. Plötzlich durchzuckt ein stechender Schmerz den unteren Teil ihres Rückens. Sie spürt nur noch diesen glühend heißen Schmerz und begreift zu spät, dass Jeremy ihr das Bowiemesser in den Rücken gerammt hat.

»Wenn man die Wirbelsäule irgendwo unterhalb des C5 durchtrennt, bleibt die Person wahrscheinlich am Leben. Aber unterhalb des Wirbels ist sie mit großer

Sicherheit gelähmt«, erklärt er und tätschelt Emilys Bein. »Ich habe mich für die Lendenwirbelsäule entschieden.«

Sie packt Jeremy am Hemd und verdreht mit der Hand den schwarzen Stoff, während sie sich hektisch umschaut.

»Das ist eine fiese, kleine Stichverletzung, was?« Er grinst erneut und zieht das Messer zügig wieder heraus.

20

Zu ihrer Linken erscheint der St. Louis Cemetery No. 1. Die dunklen Geheimnisse vergangener Zeiten, die sich hinter seinen weißen Mauern verbergen, werden durch die aktuellen Gräueltaten zu neuem Leben erweckt. Wren stellt sich vor, wie die aufgereihten Toten dieses Monster bei der Arbeit beobachtet haben. Er hat jeden von ihnen zu einem unfreiwilligen Zeugen seiner Verbrechen gemacht, die er in dieser ehrwürdigen Stadt begangen hat.

Die Sirene eines sich nähernden Rettungswagens hallt durch den Straßenlärm. Leroux parkt mit dem Wagen hinter dem von Will. Wortlos treten er und Wren in die stickige Luft hinaus. Hinter einer Ecke tauchen die Beamten auf, die bereits am Einsatzort eingetroffen sind; sie machen ernste Gesichter und glänzen vor Schweiß.

»Der Außenbereich scheint sauber zu sein, und die Tore sind gesichert. Landry und Knox sind auf dem Friedhof und evakuieren den Weg zur Grabstätte 1503.«

Will wirkt noch ernster als sonst, und Wren weiß, warum.

»Ihr habt noch nichts gehört?«, fragt sie.

Er schüttelt den Kopf und blinzelt ins Sonnenlicht. »Nichts.«

Der Krankenwagen fährt vor, und die Sirene verstummt. Zwei Sanitäter springen heraus und holen aus einem Fach an der Seite des Wagens mehrere kleine Koffer.

»Lauf uns mit den beiden hinterher.« Leroux deutet auf den Mann und die Frau, die gerade den Krankenwagen verlassen haben. Will nickt und geht zurück, um sie von der Lage in Kenntnis zu setzen, bevor er Leroux und Wren mit den beiden folgt.

Vor ihnen erstreckt sich schier endlos der älteste Friedhof von New Orleans. Die gewundenen Wege können ganz schön verwirrend sein. Es herrscht eine unheimliche Stille. Dieser Ort scheint jedes Geräusch in der Umgebung zu verschlucken. Trotz des geschäftigen Treibens jenseits der Mauern kann Wren kaum ein Geräusch, kaum ein Lebenszeichen vernehmen. Da ist nur dieses leise Rauschen. Die Toten wahren ihre Geheimnisse.

Sie biegen nach rechts und laufen Richtung Erdgräber. Selbst die große Krähe, die sich auf einem Grab in der Nähe niedergelassen hat, ist ungewöhnlich schweigsam. Sie schaut zu ihnen herüber und hockt schwankend auf dem rissigen Stein unter ihren Krallen. Wren fragt sich, ob der Vogel gekommen ist, um zu sehen, was sie zutage fördern.

»Schaufeln! Wie brauchen Schaufeln!«, ruft Wren, als

sie ein frisch angelegtes Grab in einem nicht mehr genutzten Teil des Friedhofs bemerkt.

Blindlings rennt Leroux auf die umgegrabene Erde zu und entdeckt dort noch etwas anderes. Mehrere Beamte sichern zügig den Bereich um das Grab. Während sie mit gezückten Pistolen umherlaufen, halten sie Ausschau nach einer möglichen Falle. Ohne Leroux' Entdeckung Beachtung zu schenken, eilt Wren zu dem Geräteschuppen hinter ihnen. Wie nicht anders zu erwarten, ist er verriegelt, aber glücklicherweise lehnt an dem kleinen Gebäude eine Schaufel. Sie greift danach und rennt zum Grab zurück, wo Leroux ihr den Gegenstand, den er gefunden hat, unter die Nase hält. Sie kann ein lautes Ticken hören.

»Eine Eieruhr«, sagt er atemlos. »Sie ist auf dieselbe Uhrzeit wie der Wecker am Fundort der Leiche eingestellt. Uns bleiben noch ziemlich genau zwanzig Minuten.« Sein Gesicht ist gerötet, und er schwitzt.

»Wenn jemand da drin ist, wäre das ziemlich schlecht. Man kann da unten unmöglich bei Bewusstsein bleiben«, sagt Wren und betrachtet mit zusammengekniffenen Augen den frischen Erdhügel vor ihnen. »Wir müssen graben. Sofort.«

Leroux zwängt sich aus seinem Jackett, wirft es zu Boden und krempelt die Ärmel hoch.

»Nimm du die Schaufel«, sagt er, kniet sich hin und fängt an, sich mit Armen und Händen durch das lose Erdreich zu wühlen.

Wren beginnt ebenfalls, fieberhaft zu graben. Unermüdlich schleudert sie Erde zur Seite, während ihnen weitere Beamte zu Hilfe kommen. Schweigend verrichten sie ihre Arbeit. Keiner sagt etwas. Da sind nur das Geräusch der Schaufel und das kollektive Schnaufen. Wrens Hoffnung hat sich nicht erfüllt, aber sie versucht, es vor ihren Kollegen zu verbergen. Sie hatte gehofft, das Opfer im Freien oder in einem Mausoleum zu finden. Ein Mensch, der lebendig begraben ist, kann nicht lange überleben, und fünfundvierzig Minuten sind eine lange Zeit, egal wie gesund das Opfer ist. Sie haben keine Ahnung, worin die Person begraben wurde, in welcher Tiefe und seit wann sie schon da drin ist. Sie wissen nicht einmal, ob dort unten überhaupt jemand ist. Dennoch gräbt Wren atemlos weiter. Ihre Hoffnung hat sich zwar nicht erfüllt, aber sie hat noch nicht aufgegeben.

Leroux reißt Wren die Schaufel aus der Hand und rammt sie, so kräftig und schnell er kann, in die Erde. Laut tickend zählt die Eieruhr die Sekunden runter, und Wrens Gesicht verrät ihm, dass es auf jede einzelne ankommt. Er hat das Gefühl, als würden sie schon seit Tagen hier graben. Inzwischen haben sie ein knapp ein Meter tiefes Loch ausgehoben. Leroux wischt sich mit der Rückseite seines Arms über die Stirn und beschmiert dabei sein verschwitztes Gesicht mit Dreck.

»Leute … was, wenn das Grab zwei Meter tief ist?«, fragt ein Officer vorsichtig.

Wren schüttelt den Kopf und stößt einen Schwall Luft aus. »Dann graben wir zwei Meter tief.«

Leroux, der unverdrossen weiterschaufelt, erwidert nichts auf die Bemerkung seines Kollegen, aber er teilt dessen Bedenken. Es ist eine gewaltige Aufgabe, zwei Meter Erde auszuheben, ohne Vorbereitung, angemessene Ausrüstung oder ausreichende Flüssigkeitszufuhr und Verschnaufpausen. Bis gerade eben hat er nicht einmal bemerkt, dass die zwei Rettungssanitäter ihre Uniformhemden ausgezogen haben, um ihnen beim Graben zu helfen. Er schaut zu ihnen hinüber und nickt dankbar. Sie erwidern sein Nicken, während sie weiter Erde aus dem Grab schaufeln.

Alle arbeiten wie eine gut geölte Maschine zusammen. Die Erde fliegt in sämtliche Richtungen. Alle Teammitglieder sind hoch konzentriert. Leroux wirft einen Blick auf die Eieruhr, als er mit der Schaufelspitze auf etwas Festes trifft. Um auf Nummer sicher zu gehen, stößt er erneut zu. Das Geräusch von Metall auf Holz. Erneut schaut er zur Eieruhr. Noch vier Minuten.

»Wir sind auf etwas gestoßen!«, brüllt er und tritt ein wenig zur Seite, um noch mehr Erde von dem Holzsarg abzutragen, der langsam im Boden erscheint.

Wren kratzt mit ihrer Schaufel etwas Erde vom vorderen Ende des Sargs, und die anderen treten näher, um den Großteil vom hinteren Ende wegzuschaufeln. Man hat das Grab nur locker ausgehoben. Der Täter wollte, dass sie es finden und öffnen, aber vorher sollten sie sich ein wenig anstrengen. Gespannte Erwartung erfüllt die Luft, als ein Griff am Ende des Sargs freigelegt wird.

»Lasst uns versuchen, ihn auf einer Seite anzuheben«, sagt Will und zeigt auf den Griff. »Wir sollten ihn aufrichten, damit wir den Deckel entfernen können, ohne dass noch mehr Erde hineinrieselt.«

Wren nickt. »Ihr drei zieht ihn hoch, und wir geben euch von dieser Seite Anweisungen. Wenn ich Stopp sage, hört ihr auf. Ihr dürft ihn nicht zu weit aufrichten.«

Die anderen nicken und umklammern fest den Griff. Ihre freien Hände legen sie seitlich auf den Sarg, um sich darauf abzustützen. Die Beamten ziehen mit aller Kraft, während Wren und die Sanitäter auf ihrer Seite dagegendrücken. Mit einem lauten Ächzen löst sich der Sarg aus dem Erdreich.

»Stopp!«, ruft Wren und hält die Hand hoch.

Die anderen halten inne und lassen vorsichtig den Sarg los, der jetzt schräg auf dem Berg ausgehobener Erde liegt. Wren beginnt, den Deckel aufzustemmen, und Leroux eilt ihr zu Hilfe. Mit einer kurzen, ruckartigen Bewegung öffnen sie ihn und reichen ihn zu den ausgestreckten Händen über sich empor.

Für einen Moment scheint die Zeit stillzustehen. Das langsame Ticken der Eieruhr ist das einzige Geräusch, das die Stille durchbricht.

»O mein Gott!«, schreit einer der Sanitäter und hält sich entsetzt die Hand vor den Mund.

Die Frau im Sarg ist wahrscheinlich Ende zwanzig.

Ihr mit Schlamm verkrustetes kastanienbraunes Haar ist um den Kopf herum fächerförmig ausgebreitet. Sie hat die Augen geschlossen, und ihr Gesicht wirkt friedlich, obwohl es schmutzig ist. An ihren Wangen und dem Sargfutter klebt Erbrochenes. Ihre nackten Füße sind wund gescheuert und mit getrocknetem Blut und Dreck bedeckt. Sie trägt ein verschlissenes weißes T-Shirt. Ein dunkler Fleck breitet sich über ihre linke Seite und den Rücken aus. Auch ohne Wrens Ausführungen wissen die Beamten, dass es sich um Blut handelt. Es ist eine Menge Blut. Die Frau im Sarg rührt sich nicht und gibt keinen Ton von sich.

Dann klingelt die Eieruhr.

21

Als Jeremy die Augen öffnet, fühlt er sich erholt, obwohl er nur zwei Stunden geschlafen hat. Er setzt sich auf und späht von seinem Bett aus am Rollo in seinem Zimmer vorbei nach draußen, nimmt das warme Sonnenlicht langsam in sich auf, um sich von dem neuen Tag begrüßen zu lassen. Sein Blick wandert über die weitläufige Fläche mit Bäumen und Pflanzen, die sich wie ein Ozean vor ihm erstreckt. Das hier ist seine eigene Version des Aokigahara, des sogenannten Selbstmordwaldes in Japan, den viele verlorene Seelen aufsuchen, um dort zu sterben.

Er hat Emily gestern Nacht im Wald zurückgelassen, von den Hüften abwärts gelähmt, unfähig, sich auch nur ein Stück weit zu bewegen. Nachdem er das Messer aus ihrem Rücken gezogen hatte, begannen ihre Augen wild zu funkeln. Sie durchbohrten ihn und pulsierten förmlich vor Entsetzen. Er blieb noch einen Moment neben ihr hocken, um sie zu betrachten, während sie unter Schmerzen nach Luft rang. Sie war völlig benommen und griff nach ihm wie nach einem Rettungsanker.

Als er sie, eingehüllt in kalte Dunkelheit, dort schließlich zurückließ, rief sie ihm hinterher. Sie flehte »Cal« an zurückzukommen. Bat ihn, sie nicht alleine zu lassen. Ihr Wehklagen war sein Wiegenlied für einen tiefen, wenn auch kurzen Schlaf.

Er zieht sich jetzt ein sauberes Hemd an. Ein weißes frisch duftendes Hemd. Dann putzt er sich die Zähne und kämmt sorgfältig sein blondes Haar. Während er zur Rückseite des Hauses läuft, lauscht er dem Geräusch, das die Holzbretter unter seinen Füßen machen. Seine schwarzen Stiefel stampfen hämmernd über sie hinweg, und er fragt sich, ob sie hören kann, wie er näher kommt. Hat sie in ihrem erschöpften, verängstigten Zustand überhaupt geschlafen?

»Emily!«, ruft er Richtung Wald und lauscht.

Aber es sind nur die Zikaden und Vögel zu hören.

»Du bist doch nicht tot, oder?«, ruft er, nur halb im Scherz. Doch erneut sind bloß die Geräusche seines heiß geliebten Sumpfes zu hören.

Er beschleunigt seine Schritte, betritt den dichten Wald und läuft vom Holzsteg zum Zaun, wo er Emily zurückgelassen hat. Er ist nervös und aufgeregt.

»Emily, ich hoffe, du kannst mir vergeben«, sagt er und unterdrückt ein Kichern.

Als er die Lichtung am Zaun erreicht, entdeckt er sie schließlich. Sie lehnt, fast liegend, mit dem Rücken gegen den Zaun. Der Draht hinter ihr ist verbogen, und darin klafft ein Loch. Sie rührt sich nicht. Für einen Moment fragt er sich, ob sie tot ist.

Nein. Nein, das darf nicht sein.

Erneut beschleunigt er seine Schritte und marschiert mit forschendem Blick zu ihr hinüber. Sie darf noch nicht tot sein. Das würde seinen ganzen Plan zunichtemachen. Er wollte mit ihr eine Botschaft aussenden. Eine Warnung.

Als er ihren reglosen Körper erreicht, kneift er die Augen zusammen und geht in die Hocke. Er kann deutlich sehen, dass die Frau, die vor ihm liegt, nicht Emily ist. Es ist Katie.

Sein Herz fängt an zu rasen, während er begreift, was geschehen ist.

Er hat es verfehlt.

Irgendwie muss er das Rückenmark verfehlt haben. Offensichtlich konnte sie sich noch bewegen, als er sie hier gestern Nacht zurückgelassen hat. Ihm schießen tausend Gedanken durch den Kopf, als er den Arm durch das Loch steckt. Emily hat ihn überlistet. Sie hat Katie über das Grundstück gezerrt und ihre Leiche dazu benutzt, den Strom im Zaun abzuschirmen. Er betastet das Blut, mit dem der Zaun über Katie beschmiert ist. Emily hat sie in eine Abdeckung verwandelt und ist über sie hinweggekrabbelt, um zu fliehen. Der Strom konnte ihr dank Katies Körper kaum etwas anhaben, wenn überhaupt.

Jeremy steht da und starrt in das hohe Gras und das Waldstück jenseits dieser menschengemachten Arena. Emily ist weg. Er schließt die Augen, um von der Morgensonne nicht geblendet zu werden, und ist froh, dass er zusätzliche Maßnahmen ergriffen hat. Mit ihren Verletzungen wird Emily nicht weit kommen – und selbst wenn, dann kann sie aufgrund des Tropicamids nicht weiter als bis zu ihrer unscharfen Nasenspitze sehen. Er wird sie schon bald einholen. Aber dieser Gedanke ist kein Trost. Alles hat sich geändert.

22

Wren gönnt sich nur eine kurze Verschnaufpause. Dann macht sie sich an die Arbeit und streckt ihre behandschuhte Hand aus, um den Puls zu fühlen. Mit geschlossenen Augen tastet sie nach der Halsschlagader der Frau, drückt leicht dagegen und versucht verzweifelt, irgendein Lebenszeichen festzustellen. Und dann spürt sie es, ein kaum merkliches Pulsieren unter ihren Fingerspitzen.

Plötzlich erstrahlt Wrens Welt in buntem Technicolor. Mit weit aufgerissenen Augen schaut sie zu den Sanitätern hoch und brüllt: »Sie gehört euch! Sie hat noch Puls!«

Die beiden Sanitäter treten sofort in Aktion. Sie rollen das Opfer leicht auf die Seite, und jetzt können sie auch den Grund für den dunklen Blutfleck auf der Rückseite des T-Shirts sehen.

»Sie hat eine Verletzung an der Halswirbelsäule«, sagt der Sanitäter, der sich von seiner anfänglichen Bestürzung inzwischen wieder erholt hat und jetzt konzentriert und professionell zu Werke geht. »Aber offensichtlich hat man sie … äh … verbunden.«

Wren beugt sich ungläubig vor. »Was?«

Sie starrt auf den blutigen Verband über der Wunde im oberen Bereich des Rückens.

»Er hat die Verletzung verbunden?«, fragt Wren und runzelt entgeistert die Stirn. »Das hat er bisher bei keinem der Opfer getan. Eigentlich fällt mir kein Mörder ein, der je so etwas getan hätte.«

Leroux schüttelt den Kopf, während er versucht, die klingelnde Eieruhr in seinen Händen auszustellen. Schließlich nimmt der Beamte neben Leroux ihm wortlos die Uhr ab und schaltet sie aus. Weiter entfernt weist ein weiterer Beamter die anderen brüllend an, den Tatort abzusperren und Verstärkung anzufordern.

»Schaffen wir sie von hier fort. Wir müssen zunächst ihren Zustand stabilisieren«, sagt der Sanitäter.

Mit Wrens Hilfe ziehen sie die Frau aus dem Sarg. Die Sanitäter haben inzwischen begonnen, die Frau an die lebenserhaltenden Geräte anzuschließen. Wren wirft erneut einen Blick in den Sarg und schnappt nach Luft, als sie an der Seite die Knochen eines vollständigen menschlichen Skeletts entdeckt. Man hat das Opfer zusammen mit dem ursprünglichen Bewohner des Sargs begraben. Momentan lässt sich schwer sagen, ob die Frau bei Bewusstsein war, als man sie in den Sarg verfrachtet hat. Wren kann allerdings nicht allzu lange darüber nachdenken, was für ein Albtraum es sein muss, lebendig begraben zu werden. Denn Leroux tippt ihr auf die Schulter und reißt sie aus ihren Gedanken.

»Sieh dir mal den Deckel an«, sagt er ernst und schaut ihr in die Augen.

Wrens schlimmste Befürchtungen bestätigen sich, als sie kreuz und quer auf dem alten Holz Kratzspuren entdeckt. Der Anblick erinnert an einen Horrorfilm. Einen Film wie *Das Schweigen der Lämmer*. Der abgebrochene Fingernagel zwischen den Steinen des Brunnens, in dem der berüchtigte Buffalo Bill seine Opfer gefangen hält, hat sich Wren für immer ins Gedächtnis gegraben, und jetzt sieht sie sich abseits der Leinwand mit einer ähnlichen Situation konfrontiert. Einige der Kratzer sind blutbeschmiert, und ein kurzer Blick auf das Opfer verrät ihr, dass die Frau sich ihre Hände blutig gekratzt hat. Irgendwann, während sie hier begraben war, muss ihr bewusst gewesen sein, wo sie war. Sie hat wer weiß wie lange vergeblich versucht, sich durch den Holzdeckel zu kratzen, ohne womöglich zu wissen, dass sich auf der anderen Seite eine ein Meter dicke Schicht aus Erde befand.

»Sie lebt, John«, sagt Wren schließlich – außerstande, ihren Blick von den Kratzspuren abzuwenden. »Sie hat Puls, und sie weiß, wer dieser Typ ist. Darauf kommt es an.«

Leroux lockert seine Krawatte. Sein Kiefer spannt sich, und die verzweifelte Hoffnung, die eben noch in seinen Augen zu sehen war, ist längst tiefer Resignation gewichen.

»Hast du auch gesehen, was ich gesehen habe, Muller?

Sie könnte genauso gut tot sein. Es würde mich nicht wundern, wenn sie heute Abend noch auf einer deiner Bahren landet«, stößt er hervor, dreht sich um und wirft kraftlos einen Klumpen Erde auf den Boden. »Er hat verdammt noch mal mit uns gespielt, und wir sind darauf reingefallen.«

Wren widerspricht ihm nicht. Sie hat den Puls mit ihrer eigenen Hand gefühlt, und er war kaum zu spüren. Es besteht nur eine geringe Chance, dass sich das Gehirn der Frau noch an irgendetwas vollständig erinnern wird, falls sie zu sich kommt. Aber das behält Wren für sich. »Du irrst dich. Er hat nicht mit uns gespielt.«

Leroux fährt zu ihr herum. »Wie kannst du mir selbst jetzt noch so eine Scheiße erzählen, Muller? Er hat nicht mit uns gespielt? Wir haben wie die Idioten einen Wettlauf gegen eine Uhr veranstaltet, die er für uns deponiert hat. Genau das wollte er.«

Seine Stimme hat einen aggressiven Tonfall angenommen, den Wren von ihm bisher nicht kannte. Sie hat zwar keine Angst vor ihm, aber sie hat Angst *um* ihn. Sie holt langsam tief Luft, bevor sie etwas erwidert.

»Nein, John. Er wollte, dass sie stirbt. Er wollte uns in der falschen Hoffnung wiegen, dass wir es schaffen, vor Ablauf der Zeit den Deckel zu öffnen, nur um im Sarg eine tote Frau zu finden. Das war sein Plan, und das ist nicht passiert.« Leroux beruhigt sich wieder, und sie fährt fort. »Wir haben den Deckel geöffnet und einen lebenden Menschen gefunden. Jemanden, der ihn gesehen, gehört und, verdammt, wahrscheinlich gerochen hat. Aber selbst wenn sie uns nach Wiedererlangung des Bewusstseins bei den Ermittlungen nicht weiterhelfen kann – wir haben sie gerettet. Einen Menschen. Der Täter hat sein Ziel nicht erreicht. Egal was als Nächstes passiert, sein Plan ist nicht aufgegangen.«

Wren klettert aus dem Loch und beugt sich vor, um den Dreck von ihrer Hose zu klopfen. Seufzend legt Leroux den Kopf in den Nacken, und er ist jetzt wieder ganz der Alte. Dann richtet er sich auf und folgt Wren zum Ausgang. Sie laufen beide im Gleichschritt darauf zu, erschöpft und müde von ihrer Rettungsaktion. Wrens Dutt hat sich inzwischen fast vollständig aufgelöst, und ihre Haut ist gerötet und mit Schweiß und Erde bedeckt. Leroux' Haar ist zerzaust und feucht und sein Anzughemd völlig durchgeschwitzt. Während sie den Einsatzort hinter sich lassen, versuchen sich beide einzureden, dass ihre Bemühungen nicht vergeblich gewesen sind.

»Der Gedanke, dass er sich das hier anders vorgestellt hat, dass ihm sein Triumph versagt geblieben ist, ist zwar tröstlich«, sagt Leroux. »Aber das ist wie bei einer Teilnehmerurkunde. Ich kann sie mir an die Wand hängen, und das ist kurzfristig gut für mein Ego. Doch es ist nicht das, worum es eigentlich geht. Kein *echter* Erfolg. Wir sind unserem Ziel, ihn zu schnappen, kein Stück näher gekommen. Jeder weitere unschuldige Mensch, der stirbt, geht auf mein Konto.«

TEIL ZWEI

23

Jeremy lehnt gegen einen Grabstein. Die Luft an diesem Morgen ist feucht, und er wischt sich mit dem Unterarm den Schweiß von der Stirn, während er den Kopf in den Nacken legt und in den wolkenlosen Himmel schaut. Der St. Louis Cemetery ist ein ruhiger Ort, selbst wenn es hier von Touristen nur so wimmelt. Heute, fast einen Tag nachdem man sein Opfer ausgegraben und ihm diese schwere Niederlage zugefügt hat, scheint es, als wäre dieser Ort noch weiter von der Welt der Lebenden entfernt.

In New Orleans ranken sich um die Beisetzung der Toten unzählige Geschichten. Da die Stadt auf einem Sumpfgebiet errichtet wurde, ist sie für die kürzlich Verstorbenen ein denkbar ungünstiger Ort. Die in der Erde vergrabenen Särge füllen sich mit Wasser und werden selbst bei kleineren Überschwemmungen wieder an die Oberfläche gespült. Der Versuch früherer Totengräber, die Leichen zu beschweren, wurde in den meisten Fällen durch den steigenden Wasserspiegel wieder zunichtegemacht. Als dann die Särge irgendwann durch die Straßen von New Orleans trieben, wurde klar, dass man eine andere Lösung finden musste. Inzwischen werden die Verstorbenen über der Erde zur letzten Ruhe gebettet. Dieses Labyrinth aus Grabstätten verbreitet eine unheimliche Atmosphäre, was dem Friedhof den Spitznamen »City of the Dead« eingebracht hat. Passenderweise liegt hier auch die berühmte Voodoo-Priesterin Marie Laveau. Jahrelang haben Besucher die Steinmauern, die ihren Leichnam umgeben, mit drei Xen bemalt – in der Hoffnung, dass sie ihre kühnsten Träume erfüllen möge.

Inzwischen darf man den Friedhof nicht mehr betreten. Das Erzbistum von New Orleans hat strenge Regeln erlassen, nachdem Vandalen die verfallenen Grabstätten verwüstet hatten. Diese verwitterten Gräber besitzen eine eigene Schönheit. Wenn man mit einer Taschenlampe hineinleuchtet, kann man wie in einer makabren Peepshow die mit alten Stofffetzen bedeckten Überreste von Skeletten sehen.

Trotzdem hat Jeremy diese verbotene Welt betreten. Er ist einfach über den Zaun geklettert.

Als er das letzte Mal um diese Uhrzeit hier war, musste er die Überwachungskamera zerstören, die auf diesen Bereich gerichtet war, bevor er sein Opfer durch das Tor schleppte und es rasch vergrub. Dank seiner Nachforschungen wusste er, dass es an dieser Stelle eine alte unterirdische Grabstätte gab, und sobald er sich innerhalb der Friedhofsmauern befand und keine Gefahr mehr drohte, hob er mühelos das flache Grab in der feuchten Erde aus. Anschließend brach er den Deckel des morschen, gesplitterten Sargs auf und schob die Knochen zur Seite, um sein letztes Opfer hineinzulegen. Er kann sich noch an das großartige Gefühl erinnern, als er das zierliche Armband aus der Tasche zog und es der Frau über das linke Handgelenk streifte, bevor er sie in dem fremden Grab beisetzte.

Jeremy muss an das Klischee denken, dass der Verbrecher stets an den Schauplatz seines Verbrechens zurückkehrt, und der Gedanke daran heitert ihn trotz der Enttäuschung der letzten Stunden ein wenig auf. Er zieht es vor, ein wandelndes Klischee zu sein, inmitten der bizarren und imposanten Schönheit dieses Friedhofs, statt noch einmal zum Veranstaltungsort des Jazzfestivals zurückzukehren.

Er erinnert sich an das Gewimmel der Besucher, die um ihn herum ausgelassen tranken, aßen und lachten. An die feuchtschwüle Luft und die leichte Brise, die an diesem Nachmittag selbst die hitzeempfindlichsten Menschen aus der klimatisierten Behaglichkeit ihrer vier Wände hinaus auf die Straße trieb. Er fühlte sich sicher und war zuversichtlich, während sich der widerlich süße Gestank des verwesenden Fleisches mit dem ekelhaften Geruch des Essens vermischte. Erfreut registrierte er, wie einige Leute in der Menge merkten, dass der stechende Gestank der zwei Tage alten Leiche den angenehmeren Geruch der zuckerüberzogenen Krapfen und des weltbesten Gumbo überlagerte. Die Leute konnten die Frau zwar nicht sehen, aber der Geruch gab ihr Versteck preis. Sie machte sich unter der Bühne bemerkbar und sorgte für eine dauerhafte Belästigung, obwohl ihre

Schreie längst verstummt waren. Das Gefühl der Vorfreude war berauschend.

Jeremy schließt die Augen und sieht die Frau wieder vor sich. Er sieht ihre weit aufgerissenen, verängstigten Augen, während sie im dunklen Sumpf das letzte Fünkchen Hoffnung verließ. Inzwischen ist das Leben aus diesen Augen gewichen, und ihre schweren Lider hängen wie im Halbschlaf herunter. Die schmale, feste Linie zwischen ihren Lippen ist jetzt schlaff und reglos. Als wollte sie etwas sagen, aber wäre dazu nicht in der Lage. Die Stimmen der Toten bleiben für immer stumm. Die Toten sind nur noch leblose Hüllen aus wissenschaftlich relevantem Gewebe – außerstande mitzuteilen, was sie wirklich durchgemacht haben, bevor sie schließlich an einem Fundort oder auf einem Obduktionstisch gelandet sind. Niemand kennt die völlige Einsamkeit, die dem Tod vorausgeht, solange er sie nicht selbst erlebt hat. Man kann zwar genau erklären, was mit dem Körper passiert, wenn das Herz aufhört zu schlagen. Doch man weiß nichts von den Seelenqualen, die ein Mensch erleidet, wenn er begreift, dass ein anderer Mensch seinem Leben ein Ende bereitet.

Jeremy klammert sich an diese Erinnerungen, um die Ruhe zu bewahren, nachdem seine wohldurchdachten Pläne durchkreuzt wurden. Er ruft sich das eigentliche Ziel seiner Mission ins Gedächtnis, die er vor fast sieben Jahren begonnen hat und nicht noch einmal aus dem Auge verlieren wird. Er darf sich keine weiteren Fehler erlauben.

24

Der Anruf kam nur wenige Stunden, nachdem sie das Krankenhaus verlassen hatten. Das Opfer erlitt einen Atemstillstand und erstickte schließlich. Zwar versuchten die diensthabenden Ärzte und Schwestern, die Frau noch zu beatmen, aber ihr Körper hatte einfach den Geist aufgegeben. Auf ihrem Totenschein stand, dass eine Stichwunde auf Höhe des sechsten Halswirbels das Rückenmark durchtrennt hatte. Sie war von der Hüfte abwärts gelähmt gewesen. Wren machte sich sofort auf den Weg, als man ihr das mitteilte.

Die Ärzte berichteten, dass der Mörder die Verletzung verbunden hatte, und bestätigten damit Wrens Vermutung. Der Blutverlust war nicht so groß wie von einer unbehandelten Wunde, weshalb sie als Todesursache kaum infrage kam. Die Ergebnisse des Bluttests lieferten genauere Erkenntnisse über das Schicksal des Opfers. Im Körper der Frau fand sich eine geringe Menge Schierlingsgift, die man ihr wahrscheinlich intravenös verabreicht hatte, bevor sie lebendig begraben wurde. Das Gift brachte das zu Ende, was ihr Mörder begonnen hatte. Wren dachte eine Weile über dieses Detail nach, als sie zum ersten Mal davon las. Das Gift ist aus der Literatur bekannt, und sie fragte sich, was es über den Mörder verriet, dass er es auf diese Weise einsetzte.

Beim Anblick der Leiche, die jetzt kalt und leblos vor ihr auf dem Tisch des Sektionsraums liegt, muss Wren an die Gesichter der Eltern im Krankenhaus denken. Ihre tränenverschmierten Wangen und ihre müden Augen haben sich ihr ins Gedächtnis gebrannt. Die beiden müssen eine unvorstellbare Trauer empfunden haben, als sie vom Ausmaß des Grauens erfuhren, das ihre Tochter durchleiden musste, davon, was sie gesehen, gefühlt und erlitten hat. Die Verbrechen des Mörders sind wie ein Virus, das jeden auf dem Weg zu seinem eigentlichen Ziel infiziert. Für ihn sind das nur Kollateralschäden, aber das Virus befällt jede Zelle aller beteiligten Menschen. Für einen kurzen Moment hatten die beiden ihre Tochter lebend zurück, und dann wurden ihnen erneut all ihre Hoffnungen genommen. Allerdings ist der Tod manchmal die einzig wirkliche Gnade.

Wren leert den grünen Beutel mit den Habseligkeiten des Opfers, den man vom Krankenhaus, wo die Frau vor einigen Stunden ihren letzten, verzweifelten Atemzug tat, ins Büro der Rechtsmedizin gebracht hat. Der Inhalt ergießt sich neben der Leiche auf den Stahltisch. Es sind nur wenige Sachen. Die schmutzige Kleidung hatte man der Frau vom Körper geschnitten, als die Ärzte versuchten, ihr in der Notfallambulanz das Leben zu retten. Die Rückseite ihres zerfetzten T-Shirts ist vom geronnenen

Blut braun verfärbt. Am rechten Ärmel klebt getrocknetes Erbrochenes; wahrscheinlich ist es daraufgetropft, nachdem sie das Bewusstsein verloren hatte. Ihre Jeans ist mit Dreck beschmiert. Wren will zwar genau herausfinden, was man dieser Frau vor ihrem frühzeitigen Tod angetan hat, aber gleichzeitig hat sie Angst davor, die Wahrheit zu erfahren. Sie weiß, dass diese Frau in ihren letzten Stunden bei klarem Verstand Dinge erlebt hat, die selbst die Vorstellungskraft eines Horrorregisseurs übersteigen.

Wren legt die Kleidung beiseite und wendet sich dem restlichen Inhalt des Beutels zu. Es ist nur ein weiterer Gegenstand. Der einzige andere persönliche Gegenstand, den das Opfer während des Transports bei sich trug, ist ein Armband, das laut beiliegendem Bericht vom linken Handgelenk abgenommen wurde. Wren betrachtet das Schmuckstück. An dem filigranen Armband hängt ein silbernes Amulett in Form eines anatomischen Herzens, auf dessen Seite ein kleines E eingraviert ist. Ungläubig verengen und weiten sich ihre Pupillen. Sie berührt es mit ihrer behandschuhten Hand, um sich zu vergewissern, dass es wirklich da ist, bei ihr in diesem Raum, und beinahe rechnet sie damit, dass ihre Finger einfach hindurchgleiten. Stattdessen berühren sie das kalte Metall, erst das Amulett und dann die Kette. Das Armband existiert tatsächlich, und es ist hier.

Wren schießen tausend Gedanken gleichzeitig durch den Kopf. Sie stellt sich vor, dass es sich im Innern ihres

Kopfes anhört, als würde eine zerkratzte CD unaufhörlich hin- und herspringen. Sie kennt dieses Armband. In einem anderen Leben gehörte es einmal ihr. Und jetzt steht sie hier, auf ihrem angestammten Terrain, Lichtjahre entfernt von der Version ihrer selbst, die mal dieses Armband getragen hat, und hält es in den Händen.

Dieses Armband gehört Emily Maloney.

Dieses Armband gehört Wren Muller.

25

Jeremy muss daran denken, dass er bei seinem groß angelegten Neuanfang einen furchtbar holprigen Start hingelegt hat. Sieben Jahre. Sieben Jahre Planung und Vorbereitung haben zu diesem unbefriedigenden Ergebnis geführt. Voller Vorfreude hatte er sein Versteck außerhalb des Friedhofs aufgesucht und musste dann mitansehen, wie das Desaster seinen Lauf nahm, wie sich sein Plan in Wohlgefallen auflöste. Ein Misserfolg ist immer eine bittere Pille, aber für Jeremy fühlt es sich an, als hätte er eine Handvoll Glasscherben geschluckt. Die meiste Zeit seines Lebens konnte er dieses Gefühl erfolgreich vermeiden, doch jetzt ist es allgegenwärtig.

Dabei hatte er alles äußerst sorgfältig geplant, hatte Opfer und Tötungsarten so ausgewählt, dass sie bei den Personen, die seinen Fall von Anfang an bearbeitet hatten, bestimmte Erinnerungen wachriefen. Er hinterließ eine Reihe von Hinweisen, die nicht immer unbedingt dezent waren. Die Seiten aus *Das grausamste Spiel*, die er einer Frau in den Rachen gestopft hatte, waren in ihrer Offensichtlichkeit fast schon lächerlich. Vielleicht war es anmaßend, seine Macht über diese emsigen kleinen Geschöpfe zu demonstrieren, die versuchen, ihn zu schnappen. Aber er wollte Emily unbedingt eine Botschaft zukommen lassen. Er wollte sie an ihr früheres Leben erinnern, ihr richtiges Leben. Er konnte förmlich spüren, wie sie sich an jenen Moment erinnerte, als sie wie ein verängstigtes, kleines Kaninchen im dunklen Sumpf vor ihm davonrannte.

Nach all den Jahren ist ihre Flucht ihm am lebhaftesten im Gedächtnis geblieben. Als er an jenem Morgen vor sieben Jahren die Arena betrat und sah, dass Emily entkommen konnte, war er entsetzt – nicht zuletzt deshalb, weil er die Leichen von Matt und Katie sofort wegschaffen und sämtliche Spuren seines Experiments beseitigen musste. Er hat Jahre mit diesem Misserfolg gelebt, seine Vorgehensweise perfektioniert und dafür gesorgt, dass er nie wieder so etwas erleben muss, dass *er* darüber entscheidet, wann Emily ihren letzten Atemzug macht. Er wird derjenige sein, der ihren Tod inszeniert.

Nachdem jetzt ein weiterer sorgfältig geplanter Moment zunichtegemacht wurde, brodelt er vor Wut. Er hat zu fest an den Fäden des Puppenspiels gezogen. Er konnte spüren, wie sie unter dem Druck zerfaserten und rissen und den Mann hinter dem Vorhang verrieten. Dabei war die Inszenierung fast perfekt – fast so, wie er es sich vorgestellt hatte.

Natürlich kann er das wieder ausbügeln, und es gibt noch einiges zu erledigen. Doch im Moment hört er nur das Geräusch der Schaufeln, die gestern immer wieder in die Erde eindrangen. Den schweren, hektischen Atem. Das Stöhnen und Keuchen der Leute hinter der blauen Plane. Mit Armen und Händen schaufelten die dreckbeschmierten Beamten und Sanitäter die Erde fort, bevor sich ein alter Mann mit zwei Spaten den Weg zwischen ihnen hindurchbahnte. Trotz dieser unerwarteten Unterstützung durch einen Zivilisten war er überzeugt gewesen, dass die Beamten gleich eine erschütternde Entdeckung machen würden.

Zugegeben, es handelte sich um ein heikles Unterfangen. Ein Vorhaben dieser Größenordnung erforderte viel Risikobereitschaft, und dennoch hatte er es in Angriff genommen. Dann hatte seine Eieruhr geklingelt, und das laute Geräusch hatte ihn in Euphorie versetzt, als es wie ein unangebrachter Witz durch die Stille hallte. Derb und beeindruckend zugleich. Darauf hatte Jeremy sich Richtung Straße gewandt und sich wie ein befriedigter Liebhaber mit dem Rücken gegen die Friedhofsmauer gelehnt.

Aber natürlich verdrängte alles, was dann folgte, das Gefühl der Befriedigung, das er zuvor empfunden hatte.

»Sie gehört euch! Sie hat noch Puls!«

Diese Worte suchen ihn jetzt heim. Selbst einen Tag später hört er sie diese Sätze immer und immer wieder sagen, in diesem autoritären Tonfall. Sie hatte ihre Worte aus einem Köcher gezogen und mit der Kraft eines erfahrenen Bogenschützen von der straff gespannten Sehne abgeschossen. Sogar jetzt kann er noch spüren, wie sie ihn durchbohren.

Zunächst bekam Jeremy es mit der Panik bei dem Gedanken, dass das Opfer, das wider Erwarten überlebt hatte, sein Gesicht gesehen haben könnte, dass es seinen Namen und sogar seinen Decknamen kannte. Doch er beruhigte sich rasch wieder, weil er wusste, dass die Frau, selbst wenn sie die Lähmungserscheinungen und den starken Sauerstoffentzug überlebt hatte, in ihrem psychischen Zustand keine ernsthafte Gefahr für ihn darstellte. Die Muskelkrämpfe und fast pausenlosen Anfälle, die die Frau in der winzigen Kiste erlitten hatte, hatten bestimmt dauerhafte neurologische Schäden verursacht. Ihr Gehirn zerstört.

Außerdem war Jeremy von vornherein klar gewesen, dass ein Vorhaben nur selten vollkommen nach Plan verläuft. Genau aus diesem Grund rechnet man mit Eventualitäten, und Jeremy ist froh, dass er dem schlafenden Opfer den Schierlingsextrakt injiziert hatte, bevor er es in seine doch nicht ganz letzte Ruhestätte verfrachtete. Natürlich wäre es besser gewesen, wenn man die Frau bei der Exhumierung tot aufgefunden hätte – aber auf Umwegen zum Ziel zu kommen, ist immer noch besser, als kläglich zu scheitern. Das Schierlingsgift, das durch ihre Adern strömte, und der Atemstillstand gaben ihr den Rest.

So wie bei Sokrates.

Er war siebzig Jahre alt, als man ihm wegen Gottlosigkeit und Verblendung der Jugend den Prozess machte. Nachdem ihn die Geschworenen für schuldig befunden hatten, erklärte man ihm, dass er das Todesurteil selbst vollstrecken müsse. Das antike Griechenland besaß einen ausgeprägten Hang zur Theatralik. Man brachte Sokrates eilig in eine Gefängniszelle und gab ihm dort einen Becher mit Schierlingstee. Er sollte den Becher leeren und so lange umherlaufen, bis seine Beine unter ihm nachgaben. Den historischen Überlieferungen zufolge ist er angeblich einen friedlichen Tod gestorben und hat stoisch getan, was man von ihm verlangte. Aber Jeremy weiß, was für eine verheerende Wirkung das Gift hat – man übergibt sich, erleidet Krampfanfälle und einen Atemstillstand –, und er ist froh, dass sich bei seinem letzten Opfer die Geschichte wiederholt hat.

Jeremy ist durchaus bewusst, dass es nicht hilfreich ist, über vergangene Misserfolge nachzugrübeln. Er spürt, dass seine Gedanken zunehmend zwanghafte Züge annehmen und er unachtsam wird, aber wie ein Flugzeug im Sturzflug ist er der Situation ohnmächtig ausgeliefert.

26

Zaunkönige sind großartige kleine Kreaturen. Sie verkörpern Wiedergeburt und Schutz, Unsterblichkeit und Stärke. Aufgrund ihrer kleinen Körpergröße verkennen die meisten größeren Vögel und Raubtiere ihre unglaubliche Geschicklichkeit und Intelligenz. Trotz seiner zierlichen Statur überlistet der Zaunkönig die unvorbereiteten Raubtiere und geht aus einer Auseinandersetzung als Sieger hervor.

Aus diesen Gründen hat sie sich nach diesem Vogel – auf Englisch »wren« – benannt.

Vor sieben Jahren hieß Wren Muller noch Emily Maloney und verfolgte beharrlich ihren Traum, Ärztin zu werden. Sie war damals gutgläubig und naiv und ahnte nichts von dem Grauen, das ihr bald widerfahren sollte. Sie war das perfekte Opfer. Sie wurde von einem sadistischen Killer, der sich als ihr Laborpartner und Freund ausgab, betäubt und entführt, gejagt, niedergestochen und in einem abgeschiedenen Sumpfgebiet – das sie auf der Karte immer noch nicht genau lokalisieren kann – dem Tod überlassen.

Zunächst gab sie sich selbst die Schuld dafür, dass

sie die Anzeichen übersehen hatte. Immer wieder ging sie im Kopf alles durch. Wie sie mit trüben, brennenden Augen für gefühlt mehrere Stunden auf dem Boden lag, während ihr Rücken pochte und ihr Kopf dröhnte. Dass sie es nicht wagte, sich zu bewegen, weil sie Angst hatte, er könnte zurückkommen. Sie weiß noch, dass nach dem Vorfall die Angst immer wieder wie Gallensäure in ihrer Kehle aufstieg, so heftig, dass sie zu ersticken glaubte. Aber irgendwann ließ dieses Gefühl nach. Die psychischen und körperlichen Verletzungen, die er ihr zugefügt hatte, verheilten. Sie lernte, zu überleben und schließlich den Blick nach vorne zu richten.

Doch jetzt wird sie erneut von Cals schiefem Grinsen heimgesucht.

Sie ist wieder in diesem verfluchten Sumpfgebiet und sieht, wie sie blutend und verletzt hinter sich greift, um die tiefe Wunde an ihrer Lendenwirbelsäule zu betasten. Er hatte sein Ziel verfehlt. Das Rückenmark. Er hatte sie zwar verletzt, aber nicht gelähmt. Schließlich waren sie beide nur Medizinstudenten im zweiten Studienjahr. Sie erinnert sich daran, wie sie Katies Körper über den schwammigen Boden zerrte. Ihre Augenlider fühlten sich in dieser Nacht wie Sandpapier an, doch das Adrenalin half ihr, den überwältigenden Schmerz und die Erschöpfung zu ertragen. Sie wusste, dass sie den Strom im Zaun umleiten musste, damit sie ihn ungehindert überwinden konnte. Sie musste all ihre Kraft aufbringen, um Katies schlaffen Körper dagegenzuhieven. Sie kann sich inzwischen nicht mehr daran erinnern, wie es sich anfühlte, als sie über Katies Körper kletterte, und sie ist ihrem Gehirn dankbar, dass es die Informationen des sensorischen Gedächtnisses auf Abstand hält. Aber sie weiß noch, wie sie anschließend rannte – mehrere Meilen. Als würde sie durch Wasser rennen.

Wren blinzelt, um den Ansturm der Erinnerungen zu vertreiben, und schluckt heftig.

Inzwischen weiß sie, dass Cal der Bayou Butcher ist. Er hatte vor ihrer Entführung bereits mehrere Frauen und Männer getötet, und jetzt tut er es wieder. Sie zieht rasch den Handschuh von ihrer rechten Hand und schnappt sich ihr Telefon.

»John«, sagt sie mit tränenerstickter Stimme. »Bist du unterwegs?«

»Ja, ich müsste in fünf Minuten da sein. Was ist los?«

Sie bemerkt seinen besorgten Tonfall. Am liebsten würde sie brüllen, dass sie den Bayou Butcher kennt, dass sie einen Beweis für seine neuerlichen Aktivitäten hat. Sie holt zitternd Luft und betrachtet das Armband.

»Mir geht's gut. Es ist nur so, wenn du hier bist, muss ich dir etwas mitteilen. Es ist ziemlich wichtig. Ich will dich damit nur nicht überrumpeln.« Sie redet zu schnell, aber sie kann sich nicht beruhigen, sie ist nach ihrer Erkenntnis immer noch wie vom Donner gerührt.

»Bleib, wo du bist. Ich bin gleich da«, sagt Leroux freundlich, aber mit der für ihn typischen Direktheit.

Die Verbindung wird beendet, und Wren legt das

Telefon vor sich auf den Stahltisch. Für einen Moment lauscht sie im stillen Sektionsraum ihrem Atem. Nach einer Minute nimmt sie einen der Skalpellgriffe, packt vorsichtig eine Klinge aus und steckt sie in den Griff.

»Ich habe die äußere Leichenschau noch nicht abgeschlossen«, sagt sie laut, als würde sie mit dem Opfer reden.

Sie legt das Skalpell auf das Tuch, das den Oberkörper des Opfers bedeckt, streift ein neues Paar Handschuhe über und schnallt sich einen Gesichtsschutz um den Kopf. Dann zieht sie das Tuch fort und hält das Skalpell über die rechte Schulter, um einen Y-Schnitt vorzunehmen. Aber bevor die Klinge die bleiche Haut berührt, hält sie inne.

»Ich werde dich nicht enttäuschen, Emma«, sagt sie und benutzt den Namen des Opfers, um ihr Versprechen zu unterstreichen. Sie kann immer noch die schmerzerfüllten Stimmen von Emmas Eltern hören, wie sie in der Leichenhalle des Krankenhauses den Namen ihrer Tochter sagten, während sie ihre leblosen Hände hielten. »Kümmern Sie sich um meine Emma«, hatte ihre Mutter sie angefleht.

Wren schließt jetzt die Augen, als würde sie eine Resettaste drücken. »Ich bin hier, um zuzuhören.«

Hinter ihren Augen steigen Tränen auf, doch mit einem kräftigen Blinzeln hält Wren sie zurück. Man darf als Rechtsmediziner die äußere Leichenschau nicht bloß halbherzig durchführen. Sie ist entscheidend für den gesamten Arbeitsvorgang. Sobald man den ersten Schnitt gemacht hat, ändert sich alles. Wren will nicht, dass ihr persönliches Interesse an dem Fall die anstehende Aufgabe gefährdet. Jetzt ist es an Emma zu reden, und es gibt keinen Platz für Wrens Trauer.

Als Erstes nimmt sie sich Emmas Kopf vor und streicht ihr mit der Hand das verfilzte Haar aus der Stirn. Ihre Augen sind halb geschlossen, als würde sie gleich einschlafen. Trotz der hängenden Lider erkennt Wren, dass diese Augen einmal strahlend blau waren. Und wunderschön. Jetzt sind sie trüb und ausdruckslos. Ein blasser Schleier hat sich über sie gelegt und lässt sie geisterhaft wirken. Das ist eine der unerfreulichen Begleiterscheinungen des Todes, und bei einem Augenpaar wie diesem ist das noch schwerer zu akzeptieren. Wren hebt eines der Lider leicht an, um nach Anzeichen für punktförmige Blutungen zu suchen. Sie kann jedoch keine Verletzung der winzigen Blutgefäße entdecken, die in den Augen und ringsherum platzen, wenn ein Opfer stranguliert wird.

Bei dem Gedanken daran fängt ihr Herz an zu rasen, und ihre Hände beginnen zu zittern. Sie hat einen Kloß im Hals, und für einen kurzen Moment kann sie nichts dagegen tun. Manchmal fällt der ganze Druck von einem ab, wenn man den Seufzer einfach herauslässt. Doch stattdessen richtet Wren sich auf, vertreibt das Gefühl wieder und streckt die Hände aus, um den nächsten Bereich zu untersuchen.

Der Intubationsschlauch ist immer noch an Emmas Gesicht festgeklebt. Wren begutachtet ihn, bevor sie ihn langsam herauszieht und vorsichtig das Klebeband entfernt. Ein Schwall eingeschlossener Luft entweicht aus Emmas Mund und erzeugt ein schwaches Atemgeräusch, das ein ungeschultes Ohr fälschlicherweise für ein Lebenszeichen halten könnte. Wren hält einen Moment inne und erinnert sich an die Szene aus *Das Schweigen der Lämmer*, in der ein forensischer Pathologe die Puppe eines Totenkopfschwärmers aus dem Mund eines Opfers von Buffalo Bill entfernt. Wren bekam jedes Mal eine Gänsehaut, wenn dabei die eingeschlossene Luft entwich, und sie schreibt einen Teil ihrer Faszination für den menschlichen Körper und das, was nach dem Tod mit ihm passiert, dieser Szene zu.

Emmas Arme sind mit kleinen Blutergüssen übersät, die zweifellos auf den Versuch zurückzuführen sind, ihrem unterirdischen Gefängnis zu entkommen. Diese Verletzungen deuten nicht auf Misshandlungen hin. Wren vermerkt sie in einem Formular, greift nach Emmas Händen und inspiziert ihre abgebrochenen Fingernägel. Die gesplitterten Ränder erinnern auf brutale Weise daran, dass sie in einem Sarg wieder zu sich gekommen ist und verzweifelt versucht hat, sich einen Weg ins Freie zu kratzen. Wren nimmt eine Probe von dem Dreck unter ihren Nägeln, obwohl er es nie zulassen würde, dass die Opfer mit seiner DNS unter ihren Nägeln in der Leichenhalle landen. Aber das ist ein wichtiger Teil der Autopsie. Gewissenhaftigkeit zahlt sich häufig dann aus, wenn man es am wenigsten erwartet.

Wren wendet sich den Beinen zu, von denen Emmas Eltern voller Stolz jedem Arzt und jeder Schwester erzählt haben, die ihnen Gehör schenkten. Sie schwärmten davon, was für eine anmutige Läuferin Emma gewesen sei, und die Augen ihres Vaters füllten sich mit Tränen, als er erzählte, dass sie ihn als Kind oft auf seinen abendlichen Joggingrunden begleitet habe. Mit gebrochener Stimme erinnerte er sich daran, wie sie sich gegenseitig herausforderten und motivierten. Ihm war die Freude deutlich anzusehen, dass ihre familiären Abendaktivitäten zu Emmas Leidenschaft geworden waren. Als Wren den Eltern mitteilte, dass Emma wahrscheinlich von der Hüfte abwärts gelähmt sei, waren sie am Boden zerstört. Wren hatte sich in Gegenwart der beiden zusammengerissen, damit sie den unermesslichen Verlust ihrer Tochter betrauern konnten, aber am Abend war sie unter der Last der Gefühle zusammengebrochen und hatte im dunklen Wohnzimmer ihren heißen Tränen freien Lauf gelassen.

Obwohl Emmas Beine nicht mehr über den Gehweg hüpfen werden, sind sie immer noch kräftig. Wren kann die athletischen Oberschenkelmuskeln einer Läuferin spüren. Lange, sehnige Muskeln, die durch jahrelanges Training geformt wurden. Kreuz und quer über die Haut verlaufen mehrere Wunden, die wahrscheinlich daher stammen, dass sie durch dicht bewaldetes Gebiet gerannt ist. Außerdem bemerkt Wren an Emmas Füßen mehrere Fleischwunden, als hätte sie sich barfuß durch unwegsames Gelände bewegt. Wren hat dasselbe Muster auch schon an anderen Opfern beobachtet, sich selbst eingeschlossen. Sie vertreibt das Bild wieder aus ihrem Kopf.

»Wo bist du gewesen?«, fragt Wren Emma und reibt mit dem Daumen über die riesige Schürfwunde seitlich an ihrem linken Fuß. »Hat er dich an denselben Ort wie mich gebracht?«

In diesem Moment hört sie Leroux den Flur herunterkommen, seine Stimme hallt zu ihr herüber, während er mit ein paar Kriminaltechnikern scherzt. Er stößt ein ansteckendes Lachen aus, und plötzlich kommt Ordnung in Wrens wirre Gedanken. Leroux drückt auf den Knopf, der die Schiebetür zum Sektionsraum öffnet.

»Also, Muller, was ist los?«, fragt er, während er durch die Tür tritt. Er macht ein besorgtes Gesicht, aber Wren kann sich nicht entscheiden, welche Bombe sie zuerst platzen lassen soll. Das Klemmbrett mit dem Bericht zur äußeren Leichenschau in der Hand, dreht sie sich zu ihm um.

»John, habt ihr irgendwelche Hinweise darauf, wo der Mörder Jagd auf seine Opfer gemacht hat?«, antwortet sie mit einer Gegenfrage.

»Bist du sicher, dass du bereit bist, dir das anzuhören?«

Sie räuspert sich und streckt die Hand aus, um nach dem kalten Metalltisch vor sich zu greifen.

Sie nickt. »Und wie.«

Leroux setzt sich auf einen Rollhocker.

»Nun, als du bei den letzten Opfern diese Verletzungen festgestellt hast, die man sich zuzieht, wenn man durch ein dichtes Waldgebiet rennt, hat das unser Interesse geweckt. Offensichtlich hat er eine Vorliebe dafür, seine Opfer zu verfolgen … oder genauer gesagt, Jagd auf sie zu machen.« Er hält inne, um Luft zu holen, und fährt dann fort. »Aber wir wissen nicht, *wo* das möglich ist.«

»In einer kontrollierten Umgebung«, beendet Wren seinen Gedanken. Leroux lächelt.

»Genau. Er hat während der ganzen Tortur die völlige Kontrolle. Es muss ein Ort sein, an dem er tun kann, was er will, ohne befürchten zu müssen, dass die Opfer entkommen. Es besteht keine echte Gefahr.«

»Er hat ein Haus«, sagt Wren, ohne Leroux anzusehen, und er nickt.

»Definitiv. Er muss ein ziemlich großes Grundstück mit unbebauter Fläche besitzen. Denn die Verletzungen, die wir gesehen haben, zieht man sich nicht zu, wenn man durch einen gepflegten Garten rennt.«

Leroux erhebt sich und steckt die Hände in die Taschen, wie er das häufig tut, wenn er über etwas nachdenkt. Er fängt an, auf und ab zu gehen, und bleibt schließlich stehen, um ein anatomisches Modell zu betrachten. Wren schluckt schwer.

»Er hat das Haus seiner Eltern geerbt«, sagt sie schließlich, fast flüsternd.

»Denk das nächste Mal nach, bevor du solche wilden Vermutungen anstellst!« Er kichert und sieht sie stirnrunzelnd an.

Wren beißt sich auf die Lippe und ordnet einen Moment ihre Gedanken, um das, was sie zu sagen hat, verständlich zu artikulieren. Nach einer kurzen Pause dreht sie sich zu Leroux um.

»Ich habe das nicht einfach aus der Luft gegriffen, John. Ich weiß, wer für die Taten verantwortlich ist.«

Leroux' Gesicht verzieht sich zu einem ungläubigen Grinsen.

»Was? Hast du darüber vorhin am Telefon geredet?«

»Teilweise. Ich kenne diesen Mann. Er ist effektiv und intelligent, und ich glaube, dass er momentan auf dem Grundstück seiner toten Eltern lebt.« Sie mustert Leroux, der aussieht, als hätte sie ihm gerade erzählt, dass sie fliegen kann. »Er heißt Cal.«

»Cal? Wer zum Teufel ist Cal? Sollte ich seinen Namen kennen? Cal wer?«, stammelt er.

»John, erinnerst du dich noch an die Frau, die vor sieben Jahren dem Bayou Butcher lebend entkommen ist?«

»Ja, Emily irgendwas. Ich habe in den Akten meines Vaters über sie gelesen. Was hat das mit diesem Fall zu tun?«

Wren holt tief Luft und schaut ihm in die Augen. »Sie hieß Maloney. Und ich bin das. Ich bin Emily Maloney.«

Es ist, als hätte ein Geist den Raum betreten. Leroux wird kreidebleich, während er um die richtigen Worte ringt. Er senkt den Blick und versucht, die Zusammenhänge zu begreifen. Erneut schaut er sie an, sucht in ihrem Gesicht nach Bestätigung. Wren nickt. Leroux schweigt und gibt ihr einen Moment, damit sie weitererzählen kann, wenn sie dazu bereit ist.

»Muller ist der Name meines Ehemanns, wie du weißt … und, na ja, ich habe Zaunkönige schon immer gemocht. Deshalb fand ich, Wren sei ein passender Name, um sich dahinter zu verstecken.«

Er stößt einen Schwall Luft aus und kann sich ein ungläubiges Schmunzeln kaum verkneifen.

»Der passt zu dir«, sagt er schließlich.

»Danke, John.« Sie entspannt sich und spitzt die Lippen, plötzlich fühlt sie sich völlig schwerelos.

»Mein Vater hat an dem Fall gearbeitet«, sagt Leroux und versucht, sich wieder zu sammeln.

»Ja. Ich kann mich sehr gut an ihn erinnern. Er war der Einzige, der mir zugehört und wirklich geglaubt hat«, sagt Wren, setzt sich auf einen Hocker und schließt die Augen. »Die Beamten, die mich befragt haben, dachten, ich sei auf Drogen oder infolge des Traumas völlig verwirrt. Ich konnte ihnen nicht sagen, wo er das alles getan hat. Als ich dort draußen zu mir kam, war ich praktisch blind, und ich bin auf meiner Flucht meilenweit ziellos umhergerannt. Ich wusste nicht einmal mehr, ob ich überhaupt noch im selben County war. Ich konnte ihnen bei den Ermittlungen nicht weiterhelfen, und das machte sie wütend.«

Leroux' Verstand arbeitet jetzt auf Hochtouren. Er öffnet den Mund, um etwas zu sagen, hält dann jedoch inne.

»Die Beamten meinten«, fährt Wren fort, »dass andere Zeugen gesagt hätten, der Butcher sei blond gewesen, und meine Beschreibung stimmte damit nicht überein.«

»Das tut mir leid, Muller. Ich weiß nicht, was ich sagen soll.«

»Er muss sich die Haare braun gefärbt haben, als er mich traf. Das habe ich auch den Beamten gesagt, aber sie haben es ignoriert!«

Wren stößt einen Schluchzer aus, dann wankt sie vorwärts und fällt Leroux in die Arme. Er zieht sie dicht zu sich heran, worauf sie beide zu Boden sinken.

»Es tut mir leid, Muller. So leid«, sagt er immer wieder, während sie sich auf dem kalten Boden hin- und herwiegen.

»Es muss dir nicht leidtun, John«, erwidert sie, und reibt sich die Augen, um sich zu sammeln. »Ich habe das alles hinter mir gelassen. Gelernt, damit zu leben. Aber er ist zurück. Ich weiß, dass er es ist. Der Bayou Butcher. Cal.«

Sie blickt ihn vollkommen ruhig an, dann steht sie auf und durchquert den Raum. Leroux erhebt sich vom Boden, als sie mit dem Armband zu ihm zurückkehrt. Sie legt es ihm in die ausgestreckte Hand, und er dreht es zweimal herum.

»E«, sagt er und mustert das Amulett.

»Für Emily«, sagt sie. »Das ist mein Armband. Er hat es mir an dem Abend abgenommen, als er mich entführt hat. Es war zwischen Emmas persönlichen Sachen. Er hat es zurückgelassen, damit ich es finde.«

»Heilige Scheiße.«

Es scheint, als würde Leroux erneut zu Boden sinken, doch er bleibt stehen. Er dreht das Armband in seiner Hand ein weiteres Mal herum und kneift sich in den Nasenrücken.

»Cals Mutter war schon älter, und er hat manchmal von ihr erzählt, wenn wir uns in den Kursen gesehen haben. Sie war krank und ans Bett gefesselt. Ich kann mich erinnern, dass er sagte, sie würden ein großes Stück Land und ein großes Haus besitzen. Er liebte dieses Haus. Ich wette, dass er sie dort hinbringt. Dass er mich auch dort hingebracht hat.«

Leroux nickt. Seine Augen wandern hin und her, während er das alles verarbeitet.

»Philip Trudeau!«, stößt Wren plötzlich hervor und dreht sich zu Leroux um. Er verzieht das Gesicht.

»Was?«

»Philip Trudeau, das war der Name auf dem Bibliotheksausweis, den wir in dem Buch bei einer der Leichen gefunden haben.«

»Ja, ich weiß, der Typ aus Massachusetts. Ich erinnere mich.«

»Ich habe dir doch gesagt, dass mir der Name bekannt vorkam. Ich habe mir an dem Abend das Gehirn deswegen zermartert. Mir ist der Name nicht mehr aus dem Kopf gegangen, aber ich konnte ihn nicht zuordnen.«

»Komm zum Punkt, Muller.«

Sie wischt mit einer Handbewegung seine Verärgerung fort. »Philip Trudeau war in Cals Kindheit sein bester Freund. Er ist nach Massachusetts gezogen, als sie noch jung waren. Cal hat mir das nach einer Vorlesung mal erzählt. Ich erinnere mich noch daran, weil ich es merkwürdig fand, dass ihm diese Sache so lange nachhing. Wenn du noch mal mit Philip Trudeau sprichst, wird er diese Geschichte garantiert bestätigen. Das Buch, das Armband. Das waren Hinweise. Er hat mir die ganze Zeit Botschaften hinterlassen.«

»Vergiss nicht, dass er an einem der Fundorte deine Visitenkarte platziert hat. Jetzt ergibt alles sehr viel mehr Sinn.«

»Ruf Philip Trudeau an. Und lass dir bestätigen, dass er Cal kennt«, sagt Wren. »Das heißt, du solltest vielleicht auch den Namen Jeremy erwähnen. Die anderen Opfer haben ihn Jeremy genannt.«

Leroux nickt. Nach dem Gespräch, das sie gerade geführt haben, kann ihn diese letzte Information auch nicht überraschen. »Alles in Ordnung?«, fragt er. »Wenn nicht, ist auch okay.«

Sie lächelt, jedoch nur mit dem Mund, nicht mit den Augen.

»Nein. Aber wenn das hier endlich vorbei ist, geht's mir besser.«

Für einen Moment sagt keiner etwas. Es ist ein angenehmes, vertrautes Schweigen.

»Hey, habt ihr inzwischen herausgefunden, wovon das Kapitel aus dem Buch handelt? Aus dem Buch, das ihr im Seven Sisters Swamp gefunden habt?« Wren hat den Blick auf Emma gerichtet.

Leroux spitzt die Lippen, während ihm die Bedeutung ihrer Frage bewusst wird. »Das haben wir«, antwortet er, als sie ihm schließlich wieder in die Augen sieht.

»Was war das für ein Buch?«

»*Das grausamste Spiel*«, erwidert er, ohne den Blick von ihr abzuwenden.

Sie lächelt und schüttelt den Kopf. »Was für ein einfallsloser kleiner Mistkerl.«

Leroux kann sich ein leises Lachen nicht verkneifen. Dann räuspert er sich.

»Wir werden der Sache nachgehen, Wren«, sagt er sanft und benutzt absichtlich ihren Vornamen. »Ich werde mit Trudeau sprechen, um zu sehen, was ich über den momentanen Aufenthaltsort von Cal beziehungsweise Jeremy herausfinden kann.«

Er geht zu seinem Jackett hinüber und nimmt es von der Arbeitsfläche.

»Wenn du in der Zwischenzeit jemand anders den Fall übertragen willst, tu das. Diese Sache kann ziemlich schnell ziemlich persönlich werden.«

»Normalerweise würde ich das ja ablehnen«, seufzt sie, zieht die Klinge aus dem Skalpellgriff und wirft sie in den Entsorgungsbehälter. »Aber ich denke, du hast recht. Ich muss tun, was für Emma am besten ist, und ich bin ihr momentan gerade keine große Hilfe.«

Leroux durchquert den Raum und tätschelt ihren Arm. Wren zieht, begleitet von einem schnalzenden Geräusch, den Handschuh von ihrer rechten Hand. Dann greift sie nach dem Telefon an der Wand und bittet einen anderen Forensiker, Emmas Autopsie zu Ende zu führen.

27

Jeremy hat nur selten das Gefühl, die Kontrolle zu verlieren. Er ist geduldig. Er ist diszipliniert. Und er ist stets vorbereitet. Aber an diesem Abend ist das nicht der Fall. Er ist einfach nur wütend. Er sitzt in seinem Wagen und starrt zu O'Grady's Pub hinüber. Ständig muss er an seine katastrophale Fehleinschätzung denken, und jetzt brodelt es in ihm wie in einem Dampfkochtopf. Eigentlich hätte sein Plan funktionieren müssen. Das Ganze hätte ein Riesenspektakel, ein Triumph werden sollen. Aber die Frau hat ihn um diesen Moment gebracht, und es spielt kaum eine Rolle, dass sie durch das Schierlingsgift trotzdem gestorben ist. Wenn es möglich wäre, würde er in der Zeit zurückreisen, um ihr den Kopf abzuhacken und seiner Wut Luft zu machen, aber das geht nicht.

Also ist er wieder auf der Jagd.

Es ist jetzt halb zwei nachts, und bald wird im Pub die letzte Runde ausgerufen. Das ist der ideale Zeitpunkt, jemanden dazu zu bringen, ihn nach Hause zu begleiten. Es ist inzwischen so spät, dass selbst die zurückhaltendsten Personen ihre Hemmungen abgelegt haben, aber noch früh genug, um Leute anzutreffen, die bei klarem Verstand sind. Er sucht nicht nach einer Schießbudenfigur, sondern nach einem weiteren Kaninchen, das davonrennt.

Er betrachtet sich kurz im Rückspiegel. Seine Augen sind blutunterlaufen, doch in einer dunklen Bar wird man ihm seinen Gemütszustand nicht ansehen. Behutsam streicht er sich eine Haarsträhne aus der Stirn, geht zur Bar hinüber und tritt ein.

Sie ist immer noch gerammelt voll. In der Luft hängt der Geruch von billigem Parfüm und noch billigerem Eau de Cologne. Die Lampen verbreiten ein rotes Licht, sodass der Raum an die unteren Kreise der Hölle erinnert. Es gibt zwei unterschiedliche Arten von Gästen. Da sind die einsamen Wölfe, die mit abwehrend hochgezogenen Schultern schwankend am Ende der Bar sitzen und in diesem vollgestopften Raum seltsamerweise in Ruhe gelassen werden wollen. Die interessieren Jeremy nicht. Und da sind diejenigen, die die Hoffnung oder den verzweifelten Wunsch hegen, dass man ihnen Beachtung schenkt. Den meisten muss man nicht einmal Komplimente machen oder mit dem Anschein von Anstand begegnen. Es reicht das Versprechen auf etwas Vergnügen, um ihren Selbsthass zu überdecken. Damit kann Jeremy umgehen.

Ohne sich weiter mit den Personen an den Wänden der Bar aufzuhalten, steuert er schnurstracks auf den Tresen zu. Dort setzt er sich auf einen Hocker und sucht rasch den Raum ab. Sein Blick bleibt an einer Frau zu seiner Rechten hängen, etwa drei Hocker weiter. Sie ist Mitte, Ende zwanzig und wirkt verbraucht, als hätte sie in ihrem kurzen Leben schon viel zu viel gesehen. Ihr übertrieben geglättetes braunes Haar fällt ihr bis knapp auf die Schultern. Sie ist ihm sofort aufgefallen, als sie ihr blaues trägerloses Kleid wie ein Bauerntrampel zurechtgezogen hat. Sie hat dazu ihre ganze Hand ins Oberteil gesteckt. Er findet die Frau extrem abstoßend. Die Verzweiflung, die sie wie Zigarettenrauch verströmt, vermischt sich mit der affektierten Selbsttäuschung, die ihren Körper wie billiges Parfüm einhüllt. Heute Abend wird er ihre Träume wahr werden lassen.

Jeremy winkt die Barkeeperin mit erhobenem Finger zu sich, und sie kommt langsam zu ihm herüber.

»Was kann ich dir bringen?«, fragt sie und wischt sich die Hände an der Hose ab.

»Was für einen Drink hat sie?«

Die Barkeeperin schaut in die Richtung, in die er zeigt, kneift die Augen zusammen und lacht. »Oh, das ist ganz bestimmt ein Cosmopolitan.« Sie sieht ihn mit einem neckischen Grinsen an und stützt sich auf die Ellbogen. »Willst du, dass ich ihr einen Drink bringe? Und abwarten, wie sich die Sache entwickelt?«

Die Andeutung eines Lächelns umspielt seine Mundwinkel. Barkeeper können einen Schwindler genauso gut erkennen wie er, und dafür verdienen sie normalerweise seinen Respekt.

Er nickt. »Bring ihr noch einen Cosmopolitan und sag ihr, dass er von mir ist, bitte.« Er schiebt ihr etwas Geld hinüber, und sie legt ihre Hand darauf.

»Wird erledigt.«

Er beobachtet, wie sie den rosafarbenen Drink zubereitet und in ein frisches Glas gießt. Sie stellt es vor Jeremys geheimes Kaninchen, ohne dabei etwas zu verschütten – er ist beeindruckt. Das Kaninchen wirkt zunächst überrascht, dann aber plötzlich erfreut. Die Frau fühlt sich ermutigt und streicht mit einem selbstgefälligen Ausdruck auf ihrem verhärmten Gesicht die Haare zurück. Als die Barkeeperin in Jeremys Richtung zeigt, schaut sie auf und wirft ihm unter den Wimpern hervor einen Blick zu. Sie winkt ihm kokett zu, bittet ihn zu sich herüber.

Du gehörst mir.

»Ich hoffe, das war nicht zu aufdringlich«, sagt er, rutscht auf den Hocker neben ihr und setzt ein entwaffnendes Lächeln auf.

Sie holt tief Luft. »Ich hatte gehofft, dass du rüberkommst, um dich mit mir zu unterhalten.«

Er kann deutlich sehen, dass sie versucht, unauffällig ihre Arme in die Hüften zu stemmen, um ihr Dekolleté zur Geltung zu bringen. Er fühlt sich in ihrer Nähe unwohl. Sie stinkt nach Nikotin und Kaffee, und der Geruch danach, den ihre Zunge in Wellen ausdünstet, ist widerlich. Trotzdem macht er weiter und konzentriert sich auf das, was vor ihm liegt.

»Tja, dann hast du Glück gehabt. Wie heißt du denn, hübsches Mädchen?«, sagt er und muss beinahe würgen, doch seine Stimme bleibt ruhig.

Sie beißt sich auf die Lippe.

»Tara«, sagt sie mit belegter Stimme.

Sie zieht das erste A in die Länge, in dem offensichtlichen Bemühen, verführerisch zu wirken, und er zerrt sich beinahe einen Muskel, als er dagegen ankämpft, die Augen zu verdrehen. Sie lächelt und fragt, wie zu erwarten, ihrerseits nicht nach seinem Namen.

»Hi, Tara. Ich bin Jeremy.«

»Du siehst nicht aus wie ein Jeremy«, säuselt sie, stützt ihr Kinn auf die Handfläche und klimpert mit den Lidern. Jeremy setzt ein Lächeln auf und nimmt einen Schluck von seinem Drink.

»Nun, ich glaube auch nicht, dass ich mich wie einer benehme«, erwidert er, obwohl er nicht weiß, was das bedeuten soll. Aber zufrieden stellt er fest, dass er damit seiner neuen Freundin ein schrilles Kichern entlockt.

Das geht zu einfach.

Genau darauf hat er heute Abend gehofft. Keine Schwierigkeiten, keine komplizierten Pläne. Er muss sich einfach nur Erleichterung verschaffen. Das hier ist eine Rückbesinnung aufs Wesentliche. Er muss sie nur in seinen Wagen locken, und dann kann er tun, wonach ihm gerade ist. Er beobachtet, wie sie an ihrem Cosmopolitan nippt. Sie stellt den Drink wieder ab und wischt sich mit dem Finger kurz über die Nase. Mit derselben

Hand fährt sie durch ihr braunes Haar, wirft es zur Seite und legt den Kopf leicht in den Nacken. Dabei erhascht er einen Blick auf eine dünne Blutkruste in ihrem Nasenloch.

Bingo.

»Also, Tara, ich habe dich heute Abend beobachtet.« Er grinst, als er merkt, wie sich ihre Stimmung aufhellt. »Ich meine, allein dein Anblick törnt mich an.«

Das gefällt ihr, und sie beugt sich vor, um ihm einen tieferen Einblick in ihr Kleid zu gewähren.

»Aber mir ist auch klar, dass du eine Frau bist, die genau weiß, was sie will. Du wirkst nicht wie die Sorte Frau, die auf irgendwelche bescheuerten Sprüche reinfällt.«

Ihre Augen wandern an seinem Körper hinunter, und als sie ihm wieder ins Gesicht schaut, beißt sie sich erneut auf die Lippen und sagt: »Du hast verdammt recht.«

Jeremy zuckt leicht zurück, zwingt sich dann aber, etwas näher zu rücken. Genau wie er vermutet hat – hinter der Oberfläche der erwachsenen Frau verbirgt sich nichts weiter als ein geiler Teenager. Und jetzt sagt er den entscheidenden Satz: »Ich habe bei mir zu Hause etwas Koks. Komm doch mit.«

Er sieht, wie ihre Augen aufleuchten. Sie leckt sich über die Lippen – auf eine Weise, die sie garantiert für verführerisch hält. »Lass uns gehen.« Sie nickt und beugt sich zu dicht vor.

Jeremy legt etwas Geld für die Barkeeperin auf den

Tresen. Er steht auf, greift nach Taras Hand und geht mit ihr zum Ausgang. Draußen weicht die verrauchte heiße Luft der Bar einer frischen Abendbrise. Er öffnet ihr die Beifahrertür seines Wagens, und sie rutscht behutsam hinein. Während er zur Fahrerseite geht, spielt er in Gedanken seine verschiedenen Möglichkeiten durch. Er sollte mit ihr zu sich fahren. Aber er will nicht warten, um sich Erleichterung zu verschaffen. Bevor er auf den Fahrersitz steigt, nickt er einem Mann zu, der draußen eine Zigarette raucht. Er wirkt verärgert, als hätte er sich gerade gestritten, und wirft Jeremy einen überraschten Blick zu. Dann zeigt er ihm den Stinkefinger, tritt die Zigarette aus und geht wieder in die Bar. Es ist schon komisch, dass die Leute ihm eine Rechtfertigung für seine Verachtung liefern, wenn er es am dringendsten braucht.

Auf der Fahrt herrscht für eine Weile angenehme Stille. Hin und wieder reißt ihn die Frau mit ein paar banalen Bemerkungen aus seinem nachdenklichen Schweigen. Während sie durch die dunklen, von Bäumen gesäumten Seitenstraßen des Orleans Parish fahren, beschließt Jeremy, wo er sie als Nächstes hinbringt. Er biegt auf einen Feldweg und verwickelt sie in ein oberflächliches Gespräch, um sie abzulenken.

»Was machst du beruflich?«, fragt er, bereit, Interesse zu heucheln, egal welche niedere Tätigkeit sie auch ausüben mag.

»Ich bin Anwältin«, sagt sie, den Blick aus dem Seitenfenster gerichtet.

Ihre Antwort ist das Erste, was ihn an diesem Abend überrascht. Er unterdrückt ein ungläubiges Kichern. »Wirklich?«, sagt er, um einen ruhigen Tonfall bemüht. »Eine Anwältin?«

Sie schmunzelt und sieht ihn aus ihren glasigen Augen an.

»Du klingst überrascht.«

»Ich *bin* überrascht«, sagt er.

Er schüttelt den Kopf. Sie wirkt überhaupt nicht wie eine Anwältin. Doch er fragt sich, wie eine Anwältin in einer Kneipe zu so vorgerückter Stunde eigentlich aussehen müsste. Diese Frau hat sich anfangs mit ihrem Anwaltsausweis gelegentlich eine Line gelegt, bevor sie sich schließlich das Hirn weggekokst hat.

Sie lacht leise und schüttelt ebenfalls den Kopf.

»Na ja, ich führe zwar noch den Titel, aber ich habe gerade den ersten Job verloren, den ich direkt nach dem Jurastudium angetreten habe«, sagt sie ohne weitere Erklärung und blickt beschämt auf ihre Hände.

Er weiß, dass sie darüber reden will. Sie möchte jemandem ihr Herz ausschütten, aber dafür steht er nicht zur Verfügung. Nein, sie wird weder Mitgefühl noch einen wohlüberlegten Ratschlag von ihm bekommen. Er ist in ihre kaputte Welt eingedrungen, um seinen Spaß zu haben, er interessiert sich heute Abend nur für sein kleines Spielchen. Sie schaut zu ihm herüber und wendet sich rasch wieder dem Fenster zu, als sie merkt, dass er sie nicht nach weiteren Einzelheiten fragen wird.

»Und wo genau wohnst du?« Sie rutscht unruhig auf ihrem Sitz herum, als ihr die möglichen Konsequenzen ihrer spontanen Entscheidung bewusst werden. »Sollte ich mir Sorgen machen, weil du gerade in den Wald abgebogen bist?«

Sie räuspert sich nervös und beginnt, gekünstelt zu kichern. Jeremy lächelt, den Blick auf den Weg vor sich gerichtet.

»Kein Grund zur Beunruhigung, Anwältin. Ich wohne etwas abseits.«

Ihre Mundwinkel umspielt ein Lächeln, doch sie wirkt immer noch nervös.

»Wohnst du hier?«

»Nicht an diesem Weg, aber ganz in der Nähe.«

Er hat den Blick weiter geradeaus gerichtet. Der Weg vor ihnen ist dunkel, unbeleuchtet und holprig. Zu ihrer Linken taucht ein Sumpfgebiet auf, und zu ihrer Rechten ragen mehrere ineinander verschlungene Zypressen wie eine Wand bedrohlich empor.

»Warum fahren wir dann diesen Weg entlang, wenn du nicht hier wohnst?«, fragt sie und wirft sich mit gespielter Tapferkeit in Pose. Dabei umklammert sie den Sicherheitsgurt, als wäre er eine Waffe.

Jeremy hält auf dem Erdreich neben dem Sumpf an, schaltet den Motor aus und wendet sich ihr mit einem Lächeln zu.

»Die Luft heute Abend ist herrlich. Ich dachte, wir machen einen Spaziergang«, beruhigt er sie.

»Es ist, na ja, stockfinster«, wendet sie ein, aber sie kann nicht anders, als ihm wie ein Lamm zur Schlachtbank zu folgen.

Lächelnd geht er zur Beifahrertür. Er merkt, wie sie erstarrt, als er sich ihr nähert. Er beugt sich vor, und sie schnappt nach Luft, während er durch das geöffnete Wagenfenster nach einer Taschenlampe greift. Er schwenkt sie vor ihrem Gesicht hin und her und schaltet sie ein. Das künstliche Geräusch durchbricht die Stille.

»Jetzt nicht mehr«, sagt er mit einem Augenzwinkern und nimmt ihre Hand.

Irgendwo in ihrem Gehirn spürt sie, dass sie in Gefahr ist. Ihr Körper verkrampft, und ihre Pupillen weiten sich. Zusammen schlendern sie in die tiefe Dunkelheit, die sich vor ihnen erstreckt. Das einzige Licht kommt vom Mond, der fast voll ist. Sein heller Schein taucht die Gegend in einen schwachen Glanz. Tara greift nach Jeremys Hand, umklammert sie wie ein Kind die Hände der eigenen Eltern. Er drückt sie mit einer gespielten Geste der Aufmunterung. Für ein paar Minuten laufen sie schweigend nebeneinander her und suchen das Gelände ab, wenn auch aus völlig unterschiedlichen Gründen.

»Es ist wirklich schön hier draußen. Unheimlich, aber schön.«

Als in der Ferne ein Ast knackt, zuckt Tara zusammen und schmiegt sich ängstlich an seinen Körper. Die Ironie der Situation nötigt Jeremy ein Lächeln ab. Er stellt mit Abstand die größte Gefahr für sie in diesem Sumpfgebiet dar.

»Ja, aber alles von Interesse ist ein Amalgam aus furchterregend und schön. Was sich nur einer dieser beiden Kategorien zuordnen lässt, ist langweilig.«

»Du denkst bestimmt, dass ich nicht weiß, was *Amalgam* bedeutet, was?« Sie bleibt stehen, blickt zu ihm auf und schmunzelt auf eine Weise, die sie attraktiver erscheinen lässt als in der schlecht beleuchteten Bar.

Er erwidert ihr Lächeln und wartet, dass sie weiterläuft. Tara schüttelt den Kopf, während sie auf eine Holzbank am Wasser zusteuern. Die handgemachte Bank aus grob gehauenem Holz wirkt einladend und lässt den dreckigen Sumpf friedlich erscheinen. Sie nehmen nebeneinander darauf Platz und schauen aufs Wasser hinaus, wo sich der Mond auf der trüben Oberfläche spiegelt.

»Ich habe einen Juraabschluss, weißt du. Ob du's glaubst oder nicht, ein tiefes Dekolleté sagt nichts über die Intelligenz aus.«

Sie lächelt freundlich. Doch er antwortet nicht sofort und tut einen Moment so, als würde er sich am Bein kratzen, um nach dem Holster mit dem Jagdmesser an seinem Fußknöchel zu tasten.

»Ich bekenne mich schuldig.« Er richtet sich auf und blickt ihr in die Augen. »Du bist ein gutes Beispiel dafür, dass der äußere Eindruck täuschen kann.«

Sie lacht leise und versetzt ihm einen scherzhaften

Stoß mit der Schulter. »Das ist ein merkwürdiges Kompliment, aber ich nehme es an.«

»Zu großzügig.«

»Wie kann ich diesem Gesicht böse sein?«, sagt sie, legt ihm die Hand auf die linke Wange und dreht sein Gesicht leicht in ihre Richtung. Sie schließt die Augen, beugt sich vor und spitzt die Lippen. Nach einem kurzen Zögern beugt er sich ebenfalls vor, bis seine Lippen fast ihren Mund berühren. Als er spürt, wie sich ihrer beider Atem vermischt, beginnt er leise zu sprechen.

»Du solltest jetzt besser wegrennen.«

Als die Worte aus seinem Mund kommen, stockt ihr der Atem, und sie lächelt nervös. Ihr Gesicht ist immer noch dicht an seinem, doch sie lehnt sich ein wenig zurück, um ihm in die Augen zu blicken.

»Was?«

»Du hast schon richtig gehört.«

Plötzlich weicht das Lächeln aus ihrem Gesicht. Sie rückt von ihm fort und stößt ungläubig einen Schwall Luft aus.

»Das ist nicht witzig.«

»Das soll es auch nicht sein.«

Er kann förmlich spüren, wie sich sein Blick verfinstert, als er sich hinunterbeugt, um das Messer neben seinem Knöchel hervorzuziehen. Er hält es vor sich hin, mustert es und betrachtet das Mondlicht, das sich in der Klinge spiegelt. Tara rührt sich nicht von der Stelle, ihre Augen huschen von ihm zu der Waffe. Jeremy bemerkt in ihrem Gesicht einen plötzlichen Ausdruck der Reue.

»Los, lauf schon!«, brüllt er, ohne ihr in die Augen zu blicken.

Am Rand seines Sichtfelds nimmt er wahr, wie sie mit einem erstickten Seufzer in die Dunkelheit rennt. Er steht ebenfalls auf und wartet einen Moment, bevor er in ihre Richtung läuft. Sie kann nirgends hin. Er hat sie zu einer Sackgasse gebracht, die von Sümpfen gesäumt wird und vollständig von Stacheldrahtzaun umgeben ist. Aufgrund der Bemühungen des Grünflächenamts, die Alligatoren fernzuhalten, ist sie jetzt mit dem eigentlichen Raubtier hier eingesperrt. Ihr bleibt nichts anderes übrig, als mit ihm zu kämpfen oder zu schwimmen.

Er kennt sich hier gut aus. Er ist mit seinem Vater als Kind oft hergekommen, um Wildschweine zu jagen. Während sie abends auf dieser abgeschiedenen Spielwiese gemeinsam auf die Schweine warteten, hat er gelernt, sich in Geduld zu üben. Irgendwie haben sie es geschafft, auf ihren illegalen Ausflügen nicht mit den lokalen Polizeibehörden in Konflikt zu geraten. Jeremy denkt gerne daran zurück, wie er auf den Sumpf hinausschaute, während es langsam Nacht wurde.

Die Jagd bei Nacht ist eine Lektion in Furcht. Man lernt dabei, seine Instinkte zu kontrollieren und die fremdartigen Geräusche zu ertragen, die aus dem Verborgenen hervordringen, sobald die Sonne untergeht. Nachtmenschen wissen, dass es um diese Zeit alles andere als still ist. Nachts ist es am lautesten. Jeremy kann jedes einzelne der unzähligen Geräusche unterscheiden, die dieses nächtliche Spektakel erzeugen. Ein wahrer Jäger kann sie alle ausblenden, um nach seiner Beute zu lauschen. In dieser Nacht sagen ihm seine scharfen Ohren, dass er auf der richtigen Fährte ist. Natürlich hat er jetzt nicht vor, Wildschweine zu jagen. Er setzt die zahlreichen Fähigkeiten, die er hier draußen mit seinem Vater erworben hat, zu einem anderen Zweck ein. Inzwischen hat er eine sehr viel faszinierendere Beute gefunden.

Durch die Kakofonie der Natur hört er rechts von sich einen Ast knacken. Er weiß, dass Tara stehen geblieben ist. Er bewegt sich leise vorwärts, indem er jedes Mal wartet, bis der Boden das Geräusch eines Schrittes verschluckt hat, bevor er den nächsten tut. Lächelnd schreitet er voran.

»Beruhige dich, Tara! Wusstest du, dass Fleisch weniger gut schmeckt, wenn das Tier vor der Schlachtung extrem gestresst ist? Das hat mit dem Abbau von Milchsäure zu tun.«

Er vernimmt ein ersticktes Schluchzen. Sie atmet jetzt so laut, dass man es trotz des Lärms deutlich hören kann.

»Oh, Tara. Ich habe nicht vor, dich zu verspeisen!« Lachend steigt er über einen herabgefallenen Ast. »Aber das ist interessant, oder? Glaubst du, dass wir je in den vollen Genuss von Fleisch gekommen sind? Denn wie soll ein Tier vor dem Tod vollkommen ruhig bleiben? Ich hoffe, du hast Spaß an meinen kleinen Hintergrundinfos, Tara!«, brüllt er in die Dunkelheit.

Sie beginnt erneut zu rennen. Er kann hören, wie sie durchs Gestrüpp davonläuft. Wie ihre stolpernden Schritte und ihr Keuchen sich entfernen. Selbst in der undurchdringlichen Dunkelheit, die sie beide umgibt, ist ihre Panik zu spüren. Er fängt jetzt ebenfalls an zu rennen. Die Äste peitschen ihm ins Gesicht, während er durch das vertraute Gelände hetzt und das unbändige Hochgefühl einer altmodischen Jagd genießt.

Tara könnte genauso gut blind sein. Er hört, wie sie immer wieder verharrt und dann erneut losrennt, während sie versucht, sich einen Weg durch die tiefe Dunkelheit zu bahnen. Unzählige winzige Geräusche verraten, wo sie sich gerade befindet. Dann verstummen sie plötzlich. Und er bleibt inmitten der Bäume stehen und lauscht. Wahrscheinlich versteckt sie sich gerade irgendwo. Ihr ist noch nicht klar, dass er sich hier bestens auskennt. Er weiß, wo sich ein verängstigtes kleines Schweinchen verstecken würde. Er atmet die frische Nachtluft ein und legt den Kopf in den Nacken, um in den Himmel zu schauen. Der unermessliche wolkenlose Himmel wird von den Ästen der Zypressen eingerahmt, die sich zu ihm emporstrecken.

Jeremy zieht sein Nachtsichtgerät aus der Tasche und wartet, bis seine Augen sich daran gewöhnt haben. Sein Vater hat ihm auch beigebracht, Wärmebildtechnologie bei der Pirsch auf große Raubtiere zu nutzen, die hier in der Dunkelheit umherstreiften, sobald die letzten Lichtstrahlen hinterm Horizont verschwunden waren. Seine Welt ist jetzt grün und scharf. Vor ihm erstreckt sich eine Wand aus Bäumen, die nur von kleinen sumpfigen Stellen und Felsformationen unterbrochen wird.

»Tara!«, ruft er in die Stille. »Ich kann alles sehen, Tara! Wenn du noch mal versuchst wegzulaufen, erschieße ich dich.«

Das ist gelogen. In diesem Wald gibt es kein Gewehr. Er sagt das nur, um ihre Panik weiter anzuheizen. Er verstärkt ihre Stressreaktion, damit die Amygdala ihr signalisiert, dass Gefahr droht. Es wird nur ein paar Sekunden dauern, bis ihr Hypothalamus das sympathische Nervensystem veranlasst, ihr Versteck preiszugeben. Ihr Herz schlägt jetzt schneller, und die Lungen weiten sich, um möglichst viel Sauerstoff einzusaugen – was zwar ihre Aufmerksamkeit erhöht, doch ihr beschleunigter Atem ist auch sehr viel lauter. Er konzentriert sich auf dieses Geräusch und läuft darauf zu. Er stellt sich vor, wie sie im matschigen Wald hockt und versucht, die Tiere zu ignorieren, die ungebeten an ihren Beinen hochkrabbeln. Das muss für eine Frau wie sie die reinste Folter sein. Sie ist hier völlig fehl am Platz und befindet sich auf seinem Terrain.

Er betrachtet durch das Nachtsichtgerät seine Umgebung. Alles in seinem Blickfeld ist in einen kranken grünen Farbton getaucht, aber für Tara ist es dunkel wie unter einer Henkersmütze. Er bewegt sich vorwärts, orientiert sich an ihrem erstickten, hektischen Atem. Sie kann zwar hören, wie er näher kommt, aber sie kann ihn nicht sehen, sosehr sie sich auch anstrengt. Sie spürt, wie ihr Körper von Angst erfasst wird, als hätte dieses Gefühl das Blut in ihren Adern ersetzt.

Er hört, wie sie durch die Zweige und das Unterholz stolpert, und bleibt einen Moment stehen, um zu lauschen. Der Sumpf wird sein Bestes tun, ihm zu helfen, aber er wird erst recht versuchen, sie in die Falle zu locken. Tara rennt auf den Forstweg zu, den sie vorhin entlanggefahren sind, und spritzt mit jedem ihrer hämmernden Schritte Wasser auf. Sie hat keine Ahnung, dass sie weiter in seinen Käfig hineinläuft.

Jeremy rennt jetzt in ihre Richtung und stürzt aus der Deckung der Bäume auf die freie Fläche mit dem Forstweg. Als sie ihn hört, dreht sie sich um und späht in die vom Mondlicht spärlich beleuchtete Landschaft. Ihr steht das Grauen ins Gesicht geschrieben. Über beide Ohren grinsend, marschiert Jeremy mit gezücktem Messer auf sie zu. Die schutzlose Tara stößt einen Schrei hervor und rennt taumelnd weiter. Es ist, als liefe sie durch Sand. Jeremy nutzt die Gelegenheit, um vom Boden zwei tennisballgroße Steine aufzuheben.

»In Deckung!«, brüllt er, worauf sie sich so sehr erschreckt, dass sie stehen bleibt und instinktiv den Kopf bedeckt.

Mit aller Kraft wirft er einen der Steine in ihre Richtung. Er trifft sie von hinten am Bein, sodass sie auf die Knie stürzt. Sie gibt ein schmerzerfülltes, entsetztes Wimmern von sich und greift verzweifelt nach dem Objekt, das sie getroffen hat. In diesem Moment wirft Jeremy den zweiten Stein. Mit einem entsetzlichen Geräusch prallt er von ihrem Schädel ab, und sie fällt, sich den Kopf haltend, zu Boden.

»Aufhören! Bitte aufhören!«, schreit sie.

Aber das tut er nicht. Langsam läuft er auf die verletzte Tara in der Mitte des Wegs zu. Als er neben ihr in die Hocke geht, beginnt sie, blindlings auf ihn einzuschlagen. Er packt eine ihrer Hände und hält sie an das Messer. Er spürt ihren rasenden Puls unter seinen Fingern, dann zieht er die Klinge über ihre Hand. Sie schreit auf und versucht, mit der ihr noch verbliebenen Kraft die Hand wegzuziehen. Schließlich gehen ihre Schreie in ein Schluchzen über, und er lächelt. Er hat wieder die Kontrolle.

»Ist da jemand?« Eine Männerstimme hallt durch die Nacht, und Jeremy ist plötzlich in höchster Alarmbereitschaft. Am hinteren Ende des Forstwegs tauchen zwei Taschenlampen auf.

»Sind Sie verletzt?«, ruft eine zweite Männerstimme.

Jeremy kann die Umrisse von zwei Männern erkennen, die den Weg betreten. Er legt Tara die Hand auf den Mund, bevor sie um Hilfe rufen kann. Plötzlich wird er von Panik erfasst. Die beiden haben Tara gehört. Er hat die Gegend heute Abend nicht vorher ausgekundschaftet. Er ist einem spontanen Impuls gefolgt und hat nicht daran gedacht, dass hier – wie er selbst früher mit seinem Vater – Jäger in Tarnzelten hocken.

»Wir wollen Ihnen nichts tun. Wir werden Hilfe holen«, sagt der erste Mann ruhig und schwenkt den Strahl seiner Taschenlampe in ihre Richtung.

Taras Augen sind weit aufgerissen und flehen die Männer stumm an, doch die beiden können sie nicht sehen. Noch nicht.

Ein Gefühl der Frustration durchzuckt Jeremys Brust, während er seine Möglichkeiten durchgeht. Letztlich bleibt ihm keine Wahl.

Während er mit einer Hand immer noch Taras Mund zuhält, hebt er ihr Kinn an, sodass sie in seine Richtung schaut. Er nimmt sich eine Sekunde Zeit, um den Moment zu genießen, als ihre Blicke sich treffen, dann hört er ihre Retter herbeieilen. Rasch drückt er das Bowiemesser gegen ihren Hals und schlitzt ihn von einem Ohr zum anderen auf, lässt sie zu Boden fallen und rennt los. Sie prustet und gluckst, und die Männer stürzen auf das Geräusch zu. Ein lang gezogenes Röcheln dringt aus ihrem zerfetzten Kehlkopf, als die beiden sie erreichen. Die tiefe Wunde verläuft quer über ihren ganzen Hals. Die Männer brüllen sich Anweisungen zu. Einer von ihnen ruft einen Krankenwagen, während der andere verzweifelt versucht, die Blutung zu stoppen. Aber das wird nichts nutzen. Jeremy ist sich sicher, dass er ihr die Halsschlagader durchtrennt hat. In wenigen Minuten wird sie tot sein, nachdem ihr Körper mit aller

Kraft ihre Lebensenergie aus der Wunde ins Erdreich gepumpt hat.

Während hinter ihm heilloses Durcheinander ausbricht, rennt Jeremy weiter, ohne noch einmal stehen zu bleiben; mit jedem Schritt entfernt er sich mehr. Er hechtet in seinen Wagen, schaltet die Scheinwerfer aus und rast in einer Wolke aus Schotter und Staub davon. Mithilfe der Nachtsichtbrille navigiert er zurück zur Hauptstraße. Kein anderer Wagen folgt ihm. Die Männer sind zu sehr damit beschäftigt, die im Sterben liegende Frau zu retten.

Jeremy fährt einfach weiter, schaltet die Scheinwerfer wieder ein und nimmt die Brille ab, sobald der Abstand groß genug ist. Er öffnet das Handschuhfach, in dem sein Handy liegt, und spielt irgendeine Playlist ab. »Pretty When You Cry« von VAST dröhnt aus den Lautsprechern, und er holt tief Luft, um sich zu beruhigen. Heute war ein schlechter Tag. Sein Verstand sagt ihm, dass er zu Hause hätte bleiben sollen. Er hätte sich erst um die Auswirkungen seines fehlgeschlagenen Plans kümmern sollen, statt für noch mehr Chaos zu sorgen.

Er ist sich zwar sicher, dass Tara sterben wird, aber seine Nachlässigkeit bei der Durchführung ärgert ihn. Er ist kopfüber ins Wasser gesprungen, ohne zu überprüfen, wie tief es ist. Er hat unklug und impulsiv gehandelt. Er ist seinen animalischen Instinkten gefolgt, statt auf seinen Verstand zu hören. Ohne nachzudenken, hält er am Rand einer dunklen Straße und schaltet in die Parkposition, während vor den Scheinwerfern Staub aufwirbelt. Er hämmert mit der Faust gegen das Lenkrad und wirft sich wimmernd gegen dessen Kunststoffoberfläche, als wäre darin ein Schatz verborgen. Als seine Hände zu pochen beginnen und er schwer atmet, lehnt er sich in den Sitz zurück und stößt einen Schrei aus. All der Stress und Ärger, all sein Unmut und Verlangen entladen sich in einem urzeitlichen Schrei am Rand einer dunklen Straße tief in den Sümpfen Louisianas. Tränen laufen an seinem Gesicht herunter und kühlen seine brennenden dreckverschmierten Wangen.

Mit bebendem Brustkorb startet er den Motor und rast nach Hause. Er dreht die Musik laut auf, in der Hoffnung, dass sie seine Gedanken übertönt. Doch die ohrenbetäubende Musik verstärkt nur seine Wut, die er nicht länger kontrollieren kann. Während er die Straße entlangrast, wird ihm bewusst, dass seine Tage an diesem Ort gezählt sind.

28

Das Telefon in Leroux' Jackentasche klingelt, und er geht dran.

»Leroux«, meldet er sich und schaltet auf Lautsprecher.

»Hier ist Will. Kannst du mich hören?«

»Ja, was ist los?«

»Es gibt ein weiteres Opfer.«

Will lässt seine Mitteilung wie eine Bombe platzen. Leroux zuckt zusammen, und Wren wird ebenfalls ganz bang ums Herz. Sie reibt sich mit der Hand übers Gesicht.

»O mein Gott«, flüstert sie.

»Wo?«

»Man hat die Frau in einem Jagdgebiet abseits der Bayou Tortue Road gefunden. Aber sie lebt und ist bei Bewusstsein.«

Leroux reißt die Augen auf.

»Kann sie reden?«, fragt er ungläubig.

»Nein. Sie ist zwar am Leben, aber sie kann nicht reden.«

»Was verdammt noch mal soll das heißen?«

»Triff dich mit mir am University Medical Center. Sobald du da bist, erzähle ich dir die ganze Geschichte.«

Er legt auf.

»Ich komme mit«, sagt Wren, dreht sich um und beginnt, sich im Waschbecken die Hände zu waschen.

Leroux öffnet den Mund, um etwas zu sagen, doch dann schließt er ihn wieder und mustert sie.

»Spar dir deine Besorgnis. Ich weiß das wirklich zu schätzen, aber ich muss selbst hören, was die Frau zu sagen hat. Ich bin Teil dieser Geschichte.«

Sie trocknet sich die Hände ab und blickt ihm in die Augen. Leroux schweigt einen Moment, dann deutet er mit dem Kopf auf die riesige Metalltür.

»Lass uns gehen.«

Als sie am University Medical Center eintreffen, steht Will vor dem Gebäude und unterhält sich mit einem Arzt. Leroux marschiert zu ihnen hinüber und hält sich nicht damit auf, sich vorzustellen.

»Also, was ist passiert?«, unterbricht er ihr Gespräch mitten im Satz.

»Dr. Gibbons, das hier sind Detective John Leroux und Dr. Wren Muller.«

Dr. Gibbons streckt Wren Muller seine Hand entgegen, und sie schüttelt sie und ringt sich ein kleines Lächeln ab.

»Wir sind uns schon mal über den Weg gelaufen. Schön, Sie wiederzusehen, Dr. Gibbons.«

»Ist mir stets ein Vergnügen, Dr. Muller. Und es freut mich auch, Sie zu sehen, Detective.«

»Ja, mich ebenfalls. Also, was ist los?«, fragt Leroux, während er immer noch die Hand des Arztes festhält.

Mit einem Kopfnicken legt ihm der Arzt behutsam eine Hand auf den Arm. »Jetzt, wo Sie alle da sind, können wir die Sache drinnen zusammen besprechen.«

Er zeigt auf das Gebäude hinter sich, und die vier treten ein. Er führt sie in ein kleines Zimmer mit mehreren Stühlen und einem großen Tisch. Hier haben die Familien etwas mehr Privatsphäre, während sie abseits des eigentlichen Wartebereichs auf Neuigkeiten warten. Will und Wren nehmen gegenüber Dr. Gibbons Platz, Leroux bleibt stehen und reibt sich die Hände.

»Raus damit«, sagt er, sobald sich die Tür geschlossen hat.

Will klappt den Notizblock vor sich auf, lehnt sich zurück und liest die Informationen wie eine Einkaufsliste vor.

»Tara Kelley. Weiß, weiblich, neunundzwanzig Jahre alt, wurde von zwei Jägern im Elmwood Park abseits der Bayou Tortue Road aufgefunden. Die Männer gaben zu Protokoll, dass sie Schreie und Lärm gehört hätten. Als sie zu der Frau liefen, hielt sie sich die Kehle, die man ihr kurz zuvor aufgeschlitzt hatte.«

Leroux unterbricht ihn und beugt sich über den Tisch. »War das unser Mann?«, fragt er wütend.

»Gut möglich. Allerdings ist es ungewöhnlich, dass er

so leichtsinnig geworden ist. Das passt nicht zu seiner sonstigen Vorgehensweise. Aber im Laufe der Zeit passiert das wohl all diesen Idioten.«

Dr. Gibbons schweigt, während Leroux und dessen Stellvertreter sich austauschen. Mit zusammengepressten Lippen wartet er darauf, dass er sich zu Wort melden kann.

Leroux schüttelt den Kopf und schlägt mit der Hand auf den Tisch.

»Verdammt! Aber sie kommt wieder in Ordnung, oder?«, fragt er und richtet den Blick auf den Arzt.

Wren kennt die Antwort bereits, doch sie sagt keinen Ton. Sie versucht, die Situation nicht an sich heranzulassen und professionell zu bleiben.

Dr. Gibbons räuspert sich und sagt: »Die kurze Antwort lautet ja. Ihr Zustand ist stabil. Sie hat eine tiefe Wunde, die von einem Ohr zum anderen reicht. Wahrscheinlich wollte der Angreifer ihre Halsschlagader durchtrennen, aber da er womöglich in Eile war, hat er sie nur angeritzt. Trotzdem hat sie viel Blut verloren. Doch den beiden Männern, die sie gefunden haben, ist es gelungen, die Blutung so weit zu stoppen, dass wir sie operieren konnten. Sie ist vor etwa einer Stunde aus dem OP gekommen.«

Dr. Gibbons' Augen wirken genauso müde wie die von Leroux.

»Wann kann ich mit ihr sprechen?«, fragt Leroux.

»Nun, sie kann momentan nicht reden. Der Angreifer hat einen ihrer Kehlkopfnerven durchtrennt und ihre

Stimmbänder verletzt. Solange sie sich von der Operation erholt, wird sie nicht reden können.« Dr. Gibbons macht eine Pause, um ein Blatt aus der Akte vor sich zu nehmen, und schiebt es auf dem Tisch zu Will und Leroux hinüber. »Die Rettungssanitäter, die sie hergebracht haben, sagten, dass sie verzweifelt versucht hat, ihnen etwas mitzuteilen, also haben sie ihr dieses Blatt Papier gegeben, damit sie es aufschreiben kann.«

Die aus einem Notizblock herausgerissene Seite ist mit dunklem Blut beschmiert, und in blauer Schrift steht darauf kaum lesbar das Wort »Jeremy«.

Wren spürt, wie ihr Atem schneller und flacher wird. Das Entsetzen über diese Enthüllung durchzuckt wie ein Stromstoß ihren ganzen Körper. Obwohl sie bereits wusste, worauf das hier hinauslaufen würde, konnte sie immer noch nicht glauben, dass dieser Mann die ganze Zeit ungehindert durch Louisiana spaziert ist. Nicht, bis es ihr eine blutende Frau mit einem hingekritzelten Namen unmissverständlich klargemacht hat.

»Sollte ich einen Jeremy kennen?«, fragt Will, der Mühe hat mitzukommen.

Dr. Gibbons räuspert sich erneut. »Die Polizeibeamten, die am Tatort eingetroffen sind, haben ein paar Gegenstände eingesammelt, die in unmittelbarer Umgebung der Frau lagen, darunter eine Rechnung aus der Bar, die sie am Abend aufgesucht hatte. Ich werde sie Ihnen bringen lassen, bevor Sie gehen. Viel Glück, meine Herren. Dr. Muller.« Mit einem Nicken geht er zur Tür.

»Danke, Dr. Gibbons«, ruft Leroux ihm hinterher.

»Leroux, wer ist Jeremy? Was ist hier los?«, hakt Will nach.

»Ich werde dich später darüber informieren«, sagt er ruhig und schaut zu Wren.

Will ist schon im Begriff zu protestieren, als es leise an die Tür klopft. Leroux durchquert das Zimmer und öffnet sie. Draußen steht ein junger Pfleger mit einem Krankenhausbeutel.

»Detective Leroux?«, fragt er.

Leroux zeigt ihm Ausweis und Marke und nimmt ihm den Beutel ab. Er beginnt sofort, nach der Quittung zu suchen, und findet sie schließlich in einer kleinen Tasche. Sie stammt von O'Grady's Pub und wurde um 1:22 Uhr nachts erstellt. Neben der Kreditkartennummer steht der Name Tara Kelley, und aus der Rechnung geht hervor, dass sie an diesem Abend mindestens zwei Cosmopolitans und eine Portion Pommes frites hatte. Leroux wirft einen Blick auf seine Uhr.

Will streckt die Hand nach der Rechnung aus, und Leroux gibt sie ihm, nachdem er die Nummer der Bar gewählt hat. Es meldet sich nur der Anrufbeantworter, der ihm mitteilt, dass erst am Mittag jemand erreichbar ist.

»Hier ist Detective John Leroux von der Polizei in New Orleans. Rufen Sie mich bitte zurück, sobald Sie diese Nachricht hören. Danke.«

»Keiner da?«, fragt Will.

»Ich warte darauf, dass Cormier mir Informationen zum Besitzer schickt. Dann können wir direkt mit ihm reden. Ich will wissen, ob irgendjemand Tara gestern Abend mit diesem Typen zusammen gesehen hat.«

Will stößt einen Schwall Luft aus. »Muller, kommst du mit?«

Wren schaut Leroux fragend an.

»Wenn du dazu bereit bist«, sagt Leroux. In diesem Moment geht auf seinem Telefon eine Nachricht ein, und er wirft einen Blick auf die Adresse und Nummer im Display. »Auf geht's, statten wir Ray Singer einen Besuch ab.«

Sie verlassen das Krankenhaus auf demselben Weg, den sie gekommen sind. Draußen leuchtet die Sonne hell am Himmel, und vor dem Gebäude stehen mehrere Ü-Wagen. Der Angriff auf das letzte Opfer ist eine große Geschichte, und offensichtlich hat die Nachricht rasch die Runde gemacht. Wren betrachtet das Geschehen, bevor sie auf dem Beifahrersitz von Leroux' Wagen Platz nimmt. Jeremy ist immer noch dort draußen unterwegs und tut das, was er vor all den Jahren mit ihr gemacht hat. Aber diesmal wird sie ihm ein für alle Mal das Handwerk legen.

29

Jeremy erwacht aus einem unruhigen Schlaf. Es ist Sonntag, der Tag, an dem man normalerweise ausspannt. Doch er kommt einfach nicht zur Ruhe. Der gestrige Abend steckt ihm immer noch in den Knochen. Er ist verunsichert. Es ist lange her, dass er sich so gefühlt hat, aber in letzter Zeit ist das fast zum Dauerzustand geworden. Er schaltet den Fernseher ein, denn inzwischen sind die Nachrichten bestimmt voll mit Taras Geschichte. Eigentlich sollte er sich über seinen Erfolg freuen, aber die schlampige Durchführung schmälert seinen Stolz. Als ein Bericht zu dem Fall über den Bildschirm flimmert, bleibt ihm fast das Herz stehen.

»Das Opfer, die neunundzwanzig Jahre alte Tara Kelley, wurde sofort ins University Medical Center gebracht und ist nach wie vor in einem kritischen Zustand«, verliest der Nachrichtensprecher, als handele es sich um eine Nebensächlichkeit, als wäre dies nicht die schlimmste Niederlage, die Jeremy je einstecken musste.

»Haben wir es womöglich mit einem Serienmörder zu tun?«, fragt der Sprecher und lechzt förmlich danach, über ein weiteres Todesopfer berichten zu können.

Es ist ekelhaft, wie versessen diese Leute auf einen Mord sind. Sicher, es liegt in der menschlichen Natur, neugierig zu sein, Nachforschungen anzustellen und in die dunkleren Bereiche der Psyche vorzudringen. Und warum sollte ausgerechnet er sich ein Urteil erlauben? Dennoch geht es ihm gegen den Strich, dass diese Meldungen mit einem unterdrückten Lächeln verlesen werden. Auf dem Bildschirm erklärt eine Reporterin jetzt, dass das Opfer der Polizei ein paar sachdienliche Informationen geben konnte. Jeremy erstarrt und wartet auf weitere Einzelheiten, aber die Reporterin sagt lediglich, dass man die Zuschauer auf dem Laufenden halten werde, sobald es Neuigkeiten gebe.

Jeremy muss schwer schlucken. Ein weiterer Patzer.

Emma ist zwar gestorben, das Schierlingsgift hat dafür gesorgt, dass seine Geheimnisse gewahrt bleiben. Aber bei Tara sieht es anders aus. Er hat sie spontan ausgewählt, und das war leichtsinnig. In seinem überstürzten Bemühen, etwas zu spüren, hat er sie nicht in das sichere Umfeld seines Hauses gebracht oder die Gegend vorab ausgekundschaftet. Er war einfach davon ausgegangen, dass der Elmwood Park verlassen ist, weil das in seiner Kindheit bei den Jagdausflügen mit seinem Vater immer so gewesen war.

»Wie konnte sie überleben?«, fragt er sich laut.

Er weiß, dass er das Messer an der richtigen Stelle angesetzt hat. So etwas vermasselt er eigentlich nicht. Er kommt sich wegen seines neuerlichen Patzers wie ein

Versager vor. Die Tatsache, dass er eine Hauptschlagader verfehlt hat, erinnert ihn an den schweren Fehler, der vor all den Jahren zu Emilys Flucht geführt hat. Die beiden Frauen hätten in der Hitze unentdeckt verrotten sollen, bis es zu spät war.

»Scheiße!«, brüllt er und wirft seinen Löffel scheppernd in die Spüle. Er sieht keinen Ausweg, ein Gefühl, das er nicht kennt. Er könnte von hier verschwinden. Er könnte an einen anderen Ort ziehen, wo er weniger Aufmerksamkeit erregt. Eigentlich bleibt ihm keine andere Wahl. Aber erst will er Louisiana noch in die Knie zwingen.

Er geht die klapprige Treppe hinunter und lässt seine Fingerspitzen über die frei liegenden Steine der Wände gleiten. Zwar wurde der alte Keller aus praktischen Gründen mit einem Betonboden versehen, aber sonst blieb er unverändert. Sein Vater hatte ihn nie ausgebaut. Er diente ihnen als Vorratsraum, seine Arbeit verrichtete er immer im Freien. Nach dem Tod seiner Mutter hat Jeremy im Keller eine Werkstatt eingerichtet. Man hatte diesen nützlichen Raum zu lange vernachlässigt.

Dies ist vielleicht das letzte Mal, dass er diese Wände berührt, das letzte Mal, dass er das Quietschen und Ächzen der Treppe unter seinen Füßen hört. Er lässt sich Zeit. Mit jedem Blick nimmt er eine Erinnerung in sich auf. Er hat die Glühbirne in der Ecke nie ersetzt. Sie flackert seit Monaten. Zunächst hatte er immer wieder vergessen, sie auszutauschen, abgelenkt durch das

Vergnügen, das ihn hier unten erwartete. Schließlich fand er Gefallen am gespenstischen Schein der defekten Birne. Durch sie wirkte der Keller unheimlicher, wie das Labor eines verrückten Wissenschaftlers oder die Werkstatt von Leatherface. Doch für die düstere Atmosphäre hat er jetzt keine Verwendung mehr. Als er die unterste Stufe erreicht, nimmt er aus der Schachtel im Regal zu seiner Rechten eine neue Birne. Er greift nach oben, schraubt die flackernde Birne heraus und ersetzt sie durch die neue.

Schaden behoben.

Die gleichmäßige Beleuchtung verändert den Raum. Ohne das Flackern wirkt alles freundlicher. Er lässt seinen Blick umherwandern und wünschte, ihm bliebe mehr Zeit.

In Kürze werden die Cops hier eintreffen und den Keller auseinandernehmen. Bald wird all das hier Beweismitteltüten und Absperrband zum Opfer fallen. Und was alles noch schlimmer macht, ist der Umstand, dass es eine widerspenstige Frau war, die sein Kartenhaus zum Einsturz gebracht hat.

Aber er wird, soweit das möglich ist, den weiteren Verlauf der Ereignisse selbst bestimmen. Er entriegelt die tadellos erhaltene Tiefkühltruhe, die dicht an der Wand steht, indem er in das Tastenschloss den Code eintippt. Mit einem lauten Klicken, das das leise Brummen der Klimaanlage übertönt, öffnet sich die Verriegelung. Jeremy lässt seine Hand über den Deckel gleiten. Die

Truhe fühlt sich kalt an, als er mit den Fingern auf die glatte Oberfläche trommelt. Beim Öffnen gibt die Dichtung ein Zischen von sich. Das Geräusch erinnert ihn an eine Lunge, die zu lange keinen Sauerstoff mehr bekommen hat. Ein Schwall kalter Luft schlägt ihm entgegen, als er auf sie hinunterschaut. Sie zeigt Spuren von Gefrierbrand. Ihre Haut ist wie Eis, glatt und kalt. An ihrem Hals klebt immer noch Blut. Nach mehreren Wochen in der Truhe ist es getrocknet und hat auf ihrer Haut Flecken gebildet. Auf eine merkwürdige Weise wirkt es wunderschön, wie ein makabres Make-up.

Wenn er sie umdrehen würde, könnte er die sauber verbundene Wunde am Hals berühren. Damals hat er es richtig gemacht. Er hat bei seinem Experiment erfolgreich das Rückenmark am Halswirbel C6 durchtrennt. Unmittelbar darauf konnte seine Gefangene Arme, Beine und Rumpf nicht mehr bewegen. Eigentlich sollte das auch vor sieben Jahren geschehen. Aber er hat aus seinem stümperhaften Versuch gelernt und sein Vorgehen perfektioniert.

Zwar lässt sich ein gelähmtes Opfer leichter kontrollieren, aber es ist auch weniger herausfordernd; es ist besser geeignet, seine medizinischen Fähigkeiten zu erproben als seine sportliche Ausdauer. Schon seit den Bibliotheksbesuchen seiner Kindheit wollte er selbst eine Lobotomie durchführen. Sie blutete viel stärker als erwartet, nachdem er den Eispickel in ihre Augenhöhle gebohrt hatte. Sein erster Versuch, eine präfrontale Lobotomie durchzuführen, verlief nicht ganz wie geplant. Aber der Erfinder der Eispickel-Lobotomie war auch nicht immer erfolgreich. Jeremy hatte nicht damit gerechnet, wie schwierig es ist, den Eispickel an der richtigen Stelle anzusetzen. Obwohl er wusste, dass er einen Fehler gemacht hatte, ging er zum nächsten Schritt über und drehte ihn herum, und das gab ihr den Rest. Sie zitterte und verkrampfte. Ihre Augen traten hervor, und ihr Körper war so angespannt, dass er glaubte, sie würde gleich auseinanderbrechen. Der Schmerz stand ihr ins Gesicht geschrieben. Er sieht immer noch vor sich, wie sich die Muskeln an Hals und Kiefer reflexartig zusammenzogen. Wenn er sie nicht geknebelt hätte, hätte sie ihre Zähne zu Staub zerbröselt. Aus ihrer Nase lief Blut wie aus einer undichten Milchkanne und bildete unter ihrem Körper eine Lache.

Es sieht jetzt aus wie Lippenstift.

Er berührt mit den Fingern ihre vertrocknete Haut und genießt das Gefühl. Damals glänzte das helle Blut auf Lippen und Zähnen, leuchtend und verlockend. Mittlerweile erinnert es an den rissigen Boden einer ausgedörrten Wüste. Der Ball steckt immer noch zwischen ihren Zähnen und ist durch die Kälte hart geworden. Damals wollte er an ihr nur ein wenig üben, aber jetzt wird ihr Leiden einem höheren Ziel dienen.

Er stöpselt die Tiefkühltruhe aus und klappt den Deckel hoch, sodass er offen bleibt. Wenn die Cops hier eintreffen, werden sie als Erstes ihren Gestank bemerken.

Er öffnet den Schrank mit den schweren Werkzeugen und Waffen. Er hat seine Beute schon immer am liebsten aus nächster Nähe gejagt. Selbst als er noch jünger war, bereitete es ihm mehr Vergnügen, ein Schwein mit einem spitzen Messer abzustechen, als es aus der Distanz zu erschießen. Allerdings erfordern gewisse Situationen eine größere Distanz. Wenn er Jagd auf Großwild macht, ist es Zeit, die schweren Geschütze aufzufahren.

Er schnappt sich seine TenPoint-Armbrust und einen Köcher voller Titanpfeile mit Jagdspitze. Wenn man sie abfeuert, schießen an den Seiten zwei Klingen heraus, die der Beute fünf Zentimeter tiefe Wunden zufügen. Mit der Waffe kann man größtmöglichen Schaden anrichten, ohne dass man schwer zu schleppen hat. Auf diese Weise kann er sich ungehindert und schnell fortbewegen, was für seinen Plan von entscheidender Bedeutung ist. Denn zum ersten Mal wird seine Beute imstande sein, das Feuer zu erwidern.

30

Als Leroux vor Ray Singers Haus vorfährt, sieht er Will, der gegen seinen geparkten Wagen lehnt. Leroux hält dahinter und steigt aus.

»Ich bleibe noch kurz im Wagen«, sagt Wren durch das offene Fenster. »Ich brauche einen Moment für mich allein.«

Leroux nickt. »Okay, es wird nicht lange dauern. Und fass mein Radio nicht an.«

Er wirft ihr die Schlüssel zu, und sie schenkt ihm ein zaghaftes Lächeln, während sie den Motor anlässt.

»John, warum muss ich eigentlich immer auf dich warten?« Will fuchtelt theatralisch mit dem Arm, worauf Leroux die Augen verdreht.

»Mach jetzt kein Drama, Broussard.«

Leroux stopft sein Hemd in die Hose und läuft Richtung Eingangstür. Die beiden steigen die Stufen hinauf und klingeln. Ein zerzauster Mann mittleren Alters öffnet die Tür. Selbst aus der sicheren Entfernung des Wagens kann Wren jedes Wort deutlich hören.

»Kann ich Ihnen helfen?«, fragt der Mann, zieht die Tür weiter auf und lehnt sich heraus.

Will zeigt ihm seinen Ausweis. »Orleans Parish Police Department. Ich bin Detective Broussard, und das hier ist Detective Leroux. Sind Sie Ray Singer?«

Ray wirkt angespannt.

»Ja. Worum geht es?«

»Wir untersuchen einen Überfall mit beinahe tödlichem Ausgang, der sich gestern Nacht hier in der Gegend ereignet hat«, fährt Will fort. »Das Opfer wurde davor zum letzten Mal in Ihrer Bar gesehen.«

»Mein Gott. Ist das die Frau aus den Nachrichten?«, fragt Ray mit weit aufgerissenen Augen.

Leroux nickt. »Wir müssen mit den Barkeepern und den Bedienungen sprechen, die gestern Abend Schicht hatten. Können Sie uns ihre Namen und Kontaktinformationen geben?«

Ray lehnt sich gegen den Türrahmen und fährt sich mit der Hand durch sein struppiges braunes Haar.

»Moment mal, der Butcher war in meiner Bar? Wollen Sie das damit sagen? Heilige Scheiße.«

Leroux hebt eine Hand und unterbricht ihn. »Wir müssen von den Barkeepern und Bedienungen wissen, ob ihnen gestern Abend irgendetwas Ungewöhnliches aufgefallen ist.«

»Natürlich, sicher doch. Ich wollte sowieso gerade rüberfahren, um die Bar zu öffnen. Einige der Angestellten von gestern Abend werden auch da sein. Sie können mir gerne folgen.«

»Großartig, das werden wir tun.«

Will nickt Ray kurz zu, und die drei Männer gehen zu ihren Fahrzeugen.

In diesem Moment klingelt Leroux' Telefon.

»Leroux«, meldet er sich, bleibt kurz vor dem Wagen stehen und setzt sich dann hinters Lenkrad.

»Hey. Wir haben hier jemand, der glaubt, dass er vielleicht Informationen zum Opfer im Elmwood Park hat. Er war gestern Abend in der Bar.«

»Ich komme sofort vorbei.« Leroux legt auf und schaut zu Will hoch. »Auf dem Revier ist ein möglicher Zeuge. Ich muss dort vorbei. Kannst du dich inzwischen um diese Sache hier kümmern?«

»Roger«, erwidert Will scherzhaft.

»Ruf im Revier an. Sie können dir weitere Informationen geben.«

»Ja, fahr schon! Sag mir Bescheid, was dabei herauskommt.«

Leroux wendet sich Wren zu und blickt sie mitfühlend an, als wäre sie ein Stück Glas, das er nicht zerbrechen will.

»Fahr mich nach Hause, John«, sagt Wren leise und schaut aus dem Fenster, als sie plötzlich spürt, wie die Anspannung des Tages von ihr Besitz ergreift.

»Aber sicher.« Leroux nickt und fährt los, um sie nach Hause zu bringen.

Im Wagen herrscht eine bedrückende Atmosphäre. Keiner der beiden will über das reden, was sie heute in Erfahrung gebracht haben.

31

Jeremy hat seinen Beobachtungsposten bezogen.

Eingehüllt in die tiefe Dunkelheit, die die Bäume am Rand ihres Grundstücks umgibt, sieht er, wie sie sich hinter den Fenstern durch ihr Haus bewegt. Er kennt sie gut genug, um zu wissen, dass sie zu so später Stunde jede Lampe im Zimmer einschaltet. Emily hatte vor kaum etwas Angst, aber sie war stets auf der Hut vor dem, was in der Dunkelheit lauert. Obwohl es hier draußen stockfinster ist, steht er halb hinter einem riesigen Baum und achtet darauf, dass die Äste ihn verdecken. Inzwischen kennt er ihre Gewohnheiten. Er weiß, wo sie sich hinsetzt, um sich nach einem anstrengenden Tag zu entspannen. Er hat sie ausgiebig beobachtet.

Er wartet.

Und steht vollkommen reglos da, während er dem Chor der unsichtbaren Insekten lauscht, die die Luft ringsum mit ihrem Summen erfüllen.

Er findet es faszinierend, dass die Menschen in der Nacht biologisch darauf programmiert sind, inmitten des ohrenbetäubenden Lärms ihrer Umgebung jedes verdächtige Geräusch wahrzunehmen. Wenn er auch nur ein Husten von sich gäbe, würde das Aufmerksamkeit erregen. Der Wald hingegen kann die ganze Nacht einen Heidenlärm veranstalten, ohne dass etwas passiert.

Bis zum heutigen Abend hat er sie nur beobachtet und aus der Ferne kleine Hinweise hinterlassen.

Er sieht, wie sie sämtliche Schlösser an Fenstern und Türen ein weiteres Mal überprüft. Sie geht nie zu Bett, ohne sich vorher noch einmal zu vergewissern, dass über Nacht alles fest verriegelt ist.

Sie ist gründlich, und sie ist intelligent. Aber er hat festgestellt, dass es einen Zugang zu ihrer Festung gibt, den sie stets vergisst zu sichern. Ihr Keller ist nicht ausgebaut, weshalb sie ihm keine Beachtung schenkt. Emily und ihr Mann haben an der Luke, die vom Garten direkt in den Keller hinunterführt, zum Schutz ein riesiges Schloss angebracht, doch die Tür vom Keller ins Haus ist ungesichert. Denn solange niemand den Keller betreten kann, haben sie von dort unten nichts zu befürchten.

Jeremy hat insgesamt drei Kellerfenster ausmachen können. Durch zwei davon passt niemand hindurch, der größer als ein Kleinkind ist. Aber durch das dritte Fenster will er heute Nacht einbrechen. Es ist größer und lässt sich ganz normal öffnen. Es ist zwar mit einem Schloss versehen, aber das ist kaputt. Als er es bei einem seiner heimlichen nächtlichen Besuche entdeckt hat, kam ihm das sofort verdächtig vor. Es sah Emily überhaupt nicht ähnlich, ein Fenster nicht zu verriegeln. Es ist unglaublich leichtsinnig, ein kaputtes Schloss nicht zu reparieren. Die beiden können von Glück sagen, dass bisher niemand eingebrochen ist.

Als er versucht hatte, das Fenster zu öffnen, stellte sich heraus, dass es lediglich durch den Lack am Rahmen festgehalten wird. Wahrscheinlich ist ihr Mann für den Keller verantwortlich, und Emily vertraut darauf, dass er ihn ausreichend gesichert hat. Idiotischerweise dachte er wohl, dass man das kaputte Schloss nicht auswechseln müsse, weil das Fenster bereits lange vor ihrem Einzug mit Lack am Rahmen festgekleistert wurde.

Emily schaut jetzt aus dem Küchenfenster. Sie macht einen verwunderten Gesichtsausdruck und ist tief in Gedanken versunken. Bevor sie aus Jeremys Sichtfeld verschwindet, scheint es für einen Moment, als könnte sie ihn sehen. Als würde sie ihm direkt in die Augen blicken. Aber das hat sie natürlich nicht getan. Das ist mit dem Licht hinter ihr nicht möglich.

Er sieht, wie das Licht erlischt, trotzdem rührt er sich nicht von der Stelle. Er wird noch etwas länger in seinem Versteck ausharren, um sicherzugehen, dass Emily und ihr Mann tief und fest schlafen. Es macht ihm nichts aus zu warten. Eine seiner nützlichsten Eigenschaften ist seine unendliche Geduld, von der er in letzter Zeit – zu seinem eigenen Nachteil – kaum Gebrauch gemacht hat. Heute Abend wird er diesen Fehler nicht begehen. Er wird sich zusammenreißen und sich viel Zeit lassen, um sich nicht in Gefahr zu bringen. Zweieinhalb Stunden sind nicht mehr als ein Wimpernschlag. Ein Atemzug. Ein kurzer Moment, wenn er es will.

Schließlich begibt er sich durch die dichte Dunkelheit zu dem ungesicherten Kellerfenster. Die alte Lackschicht ist das Einzige, was ihn davon abhält, in Emilys Haus einzudringen. Um sich Zugang zu verschaffen, benötigt er ein Messer. Aber Jeremy ist vorbereitet. Er zieht ein Messer aus seinem Stiefel und säbelt damit vorsichtig am Fensterbrett entlang. Der vertrocknete gelbe Lack zerplatzt unter der frisch geschliffenen Klinge wie eine Eierschale. Jahrzehntealte giftige Bleipartikel schweben durch die Luft und rieseln in das Gras zu seinen Füßen. Er fragt sich, wann das Fenster zum letzten Mal geöffnet wurde und wer es lackiert hat. Die Person, die es am Rahmen festgekleistert hat, ist jemand, der an allen Ecken und Enden spart. Warum gibt sich jemand mit einem derartigen Pfusch zufrieden? Aber die Gesellschaft hat schon immer diese Art von Mittelmaß hervorgebracht.

Jeremy freut sich, dass die trügerische Sicherheit dieses Fensters jetzt ein Ende findet. Nachlässigkeit macht einen verletzlich, und niemand ist verletzlicher als jemand, der schlafend in seinem Bett liegt. Als er die Versiegelung aus Lack durchtrennt hat, nimmt er einen Schraubenzieher aus seiner Tasche und klemmt ihn zwischen Fensterrahmen und Fensterbrett. Mit dem Messergriff schlägt er so lange darauf, bis sich das Fenster knackend anhebt. Staub und Lack wirbeln in die

Dunkelheit, während durch das Fenster ein Windhauch ins Innere strömt. Er tritt durch die Öffnung auf eine schmutzige Werkbank, auf der ein Laubbläser und verschiedene Gartengeräte liegen. Nachdem er sich auf der wackligen Oberfläche abgestützt hat, gleitet er zu Boden und wartet, bis sich seine Augen an die Dunkelheit gewöhnt haben, die ihn aus allen Ecken bedrängt.

Die Stufen der alten Treppe ächzen leise, als Jeremy zum Erdgeschoss hinaufsteigt. Er öffnet die Tür zur Küche und bemerkt, dass eine der Lampen noch brennt. Sie erleuchtet die Ecke mit dem Mülleimer. Er fragt sich, ob jemand im Dunkeln schon jemals dringend nach einem Mülleimer gesucht hat.

Er bewegt sich langsam vorwärts, um zu verhindern, dass die quietschenden Bodendielen, wie es sie in jedem alten Haus gibt, ein Geräusch machen. Von der Küche geht er in das Zimmer, in dem Emily abends meistens sitzt. Er lässt seine behandschuhten Finger über die Kommode gleiten, die an der Wand rechts von ihm steht. Sie ist alt und sieht aus, als gehöre sie in dieses Haus. Darauf sind unzählige merkwürdige Gegenstände wie Trophäen zur Schau gestellt. Er zieht eine Schublade heraus, die mit verschiedenen Minzbonbons gefüllt ist. Der ungewöhnliche Inhalt nötigt ihm ein kurzes Kichern ab, und er schließt kopfschüttelnd die Schublade.

Er bemerkt, dass über sämtliche Oberflächen persönliche Gegenstände von ihr verstreut sind. Es ist offensichtlich, dass Emily, wo sie geht und steht, irgendwelche Gegenstände ablegt – auf diesem Tisch ein Ring, auf jener Arbeitsfläche ein Armband. Sie hinterlässt bei ihren abendlichen Aktivitäten eine Spur aus Brotkrumen. Keiner der Gegenstände, die er sieht, ist ungewöhnlich. Keiner ist der Gegenstand, den er braucht. Er geht weiter, denn das, wonach er sucht, wird ihm sofort ins Auge springen.

Am unteren Treppenabsatz bleibt er stehen, starrt in den dunklen Flur hinauf und wartet, bis sich seine Augen an die Dunkelheit gewöhnt haben. Dann betritt er die erste Stufe und steigt, die Schulter gegen die Wand gedrückt, nach oben. Diese Treppe wird auf keinen Fall leise bleiben. Wie in einer Choreografie setzt er vorsichtig einen Fuß vor den anderen. Holzstufen neigen dazu, sich bei Witterungsveränderungen auszudehnen oder zusammenzuziehen. Deshalb würden sie wahrscheinlich ein Geräusch von sich geben, wenn er seine Füße in der Mitte aufsetzt. Geschmeidig wie eine Katze hält er sich am Rand neben der Wand. Während er sich seinen Weg nach oben bahnt, kommt er an Fotos in bunt zusammengewürfelten Bilderrahmen vorbei und achtet darauf, nicht dagegenzustoßen. Als er schließlich die letzte Stufe erreicht, bleibt er stehen. Die Tür zu seiner Linken ist geschlossen, dahinter brummt leise ein Ventilator. Dort schläft Emily. Es hat ein paar Nächte gedauert, um das herauszufinden, aber seine Wachsamkeit zahlte sich aus, als sie eines Abends vergaß, das Rollo in ihrem Schlafzimmer herunterzuziehen. Er konnte sehen, dass sie etwa gegen drei Uhr nachts wach wurde und ins Badezimmer ging, das sich rechts von der Treppe befindet. Als sie wieder ins Schlafzimmer zurückkehrte, zog sie nach einem kurzen Blick aus dem Fenster das Rollo herunter.

Er holt jetzt tief Luft, geht langsam zu der Tür und drückt seine Hände gegen den Holzrahmen. Er lauscht dem leisen, rhythmischen Atem, der den Ventilator kaum übertönt, dreht sich um und geht in die Hocke. Er lehnt sich mit dem Rücken gegen die Tür und neigt den Kopf zur Seite, sodass sein rechtes Ohr flach anliegt. Er sitzt einfach nur da. Und lauscht.

Eine weitere Stunde verstreicht, während er draußen vor ihrem Schlafzimmer hockt. Er verspürt dabei ein Gefühl der Macht. Er stellt sich vor, dass Emily und ihr Mann kurz wach werden und sich umdrehen oder einen Blick auf die Uhr werfen, ohne zu ahnen, dass sich direkt hinter ihrer Schlafzimmertür eine andere Person aufhält. Es gefällt ihm, ihr Gefühl von Sicherheit zu verletzen. Es gefällt ihm, dass sie sich in ihrem wehrlosen Zustand in einem falschen Gefühl der Sicherheit wiegen. Dass er sie beide mit einer Bewegung seines Messers töten könnte. Allerdings hat er das nicht vor. Obwohl er das gerne würde. Aber das wird diesmal nicht passieren. Schluss mit den spontanen Versuchen, sich Erleichterung zu verschaffen.

Heute Nacht ist er auf etwas anderes aus als Blut. Langsam richtet er sich wieder auf und bleibt stehen, um seinen Atem zu beruhigen. Er ist keineswegs nervös. Es ist ein echtes Gefühl der Erregung, das ihn jetzt schneller atmen lässt. Er greift nach dem Türknauf und dreht ihn langsam herum. Geräuschlos öffnet sich die Tür. Emily und ihr Mann liegen reglos im Bett. Selbst als er das Zimmer betritt, rühren sie sich nicht. Leise setzt er einen Fuß vor den anderen, während seine Augen sich an die verschiedenen Abstufungen von Dunkelheit gewöhnen. Er begibt sich zur linken Seite des Bettes, geht neben Emily in die Hocke und betrachtet die Gegenstände auf ihrem Nachttisch.

Neben einem Taschenbuch mit Eselsohren liegt ein Ring. Es ist ein großer, teuer aussehender Ring, der mit Diamanten besetzt ist. Sie trägt ihn nie in der Öffentlichkeit. Er hat nie ein derartig protziges Schmuckstück an ihren zierlichen Fingern gesehen. Er ist sich sicher, dass es der Ring ist, den sie in einer flüchtigen Unterhaltung zwischen den Vorlesungen vor all den Jahren mal erwähnt hat. Er gehörte ihrer Großmutter. Er nimmt den Ring und bemerkt dort, wo er gelegen hat, einen schwachen Umriss aus Staub. Das Schmuckstück liegt als Teil des festen Inventars auf diesem Tisch. Es vermittelt ihr ein Gefühl von Sicherheit. Genau danach hat er gesucht. Er schiebt den Ring auf seinen kleinen Finger. Bevor er sich wieder aufrichtet, wirft er einen letzten Blick auf Emily. Sie hat das Gesicht von ihm abgewandt und einen Arm über die Decke gelegt, und ihr kastanienbraunes Haar hat sich von einem zerzausten Dutt über das Kissen ausgebreitet. Mit der rechten Hand umklammert sie die Decke. Er kann sie riechen. Sie riecht sauber. Nicht lieblich oder sonst wie besonders, sondern ausgesprochen sauber.

Er könnte das hier jetzt beenden. Er könnte die Hand ausstrecken und ihr das Genick brechen, bevor sie überhaupt merkt, dass jemand neben ihr hockt. Er könnte ihr den Schraubenzieher in die Schläfe rammen oder ihr mit dem Messer die Kehle aufschlitzen. Er könnte im Nu ihr Leben auslöschen. Für einen Moment wird er von diesem Gefühl überwältigt, und es droht seine Pläne vollständig über den Haufen zu werfen.

Aber so schnell, wie das Gefühl aufgekommen ist, so schnell verschwindet es auch wieder. Ihre Geschichte wird nicht auf diese Weise enden. Emily wird nicht ihr Leben aushauchen, ohne zu wissen, wer es ihr genommen hat. Er richtet sich wieder auf und geht leise zur Tür auf der anderen Seite des Schlafzimmers. Das Gesicht dem Zimmer zugewandt, dreht er den Knauf und hält ihn in dieser Position, während er lautlos die Tür schließt. Sobald er das Zimmer verlassen hat, lässt er den Knauf langsam in die ursprüngliche Position zurückgleiten und geht zum Treppenabsatz zurück, um langsam ins Erdgeschoss hinunterzusteigen.

Er verlässt das Haus auf demselben Weg, den er gekommen ist, und als er das quietschende Kellerfenster schließt, saugt er die Nachtluft in seine Lungen. Er befühlt den Ring an seinem kleinen Finger und läuft zu den Bäumen, bis er in der Dunkelheit verschwindet.

32

Wren starrt auf ihr Telefon. Das Display quillt über vor Mitteilungen und Benachrichtigungen. Sie hat einen verpassten Anruf von Leroux, und eine darauf folgende SMS ganz oben in der Flut aus Meldungen fordert sie auf, dringend zurückzurufen. Richard tätschelt ihr aufmunternd die Schulter. Er sitzt ihr gegenüber am Küchentisch und macht ein verständnisvolles Gesicht. Sie kann gut nachempfinden, wie er sich bei der ganzen Sache fühlt. Mit der Situation lässt sich nur schwer umgehen, und er macht das großartig.

»Du musst dich nicht an den Ermittlungen beteiligen, Wren«, sagt er nach einem kurzen Moment des gemeinsamen Schweigens.

Wren hebt den Kopf. Ihre Augen sind müde, und sie kann nicht klar denken. In den letzten Wochen folgte eine Hiobsbotschaft auf die nächste. Nachdem Leroux sie zu Hause abgesetzt hatte, versuchte sie fieberhaft, nicht an den Fall zu denken, aber vor ihrem geistigen Auge stiegen immer mehr Einzelheiten auf. Ihr ging der Anblick der Opfer nicht mehr aus dem Kopf, besonders der Anblick der armen Emma auf dem kalten, sterilen

Seziertisch. Und dann ging ihr plötzlich ein Licht auf. Der Schierling. Was für eine merkwürdige, ungewöhnliche Art, jemanden umzubringen. Das kommt so selten vor, dass sie in ihrer beruflichen Laufbahn nur einmal mit solch einem Fall zu tun hatte.

»Ich weiß. Danke für deine Anteilnahme, aber ich muss den anderen sagen, was ich weiß«, erwidert sie und spielt mit den Ringen an ihren Fingern. »Ich arbeite seit Wochen an diesem Fall. Und ich lebe seit Jahren im Schatten des Butchers. Ich muss ihnen helfen, egal was das bedeutet.«

Richard nickt und stützt sich mit den Ellbogen auf den Tisch.

»Ich vertraue dir. Aber mute dir nicht zu viel zu, okay? Ruf John erst zurück, wenn du dazu bereit bist.«

»Ich schätze, es gibt keinen besseren Zeitpunkt als jetzt«, sagt sie, steht auf und beginnt, mit dem tutenden Telefon am Ohr auf und ab zu gehen.

»Hey, Muller«, meldet sich Leroux nach dem zweiten Klingeln.

»Hey. Bevor du was sagst, muss ich dir was erzählen. Erinnerst du dich noch an den Fall, den ich vor ein paar Jahren bearbeitet habe? Eine ältere Frau, die von ihrem erwachsenen Sohn in die Notaufnahme gebracht wurde? Sie litt in der Vergangenheit unter Depressionen und hatte bereits mehrere Selbstmordversuche hinter sich, und ihr Sohn meinte, dass sie an diesem Abend bei einem weiteren Versuch womöglich irgendwas geschluckt hatte. Dem Bericht zufolge hatte sie starke Krämpfe und Atemprobleme.« Wren macht eine Pause, um zu hören, ob Leroux sich an die Einzelheiten des Falls erinnert. »Kurz nachdem man sie ins Krankenhaus gebracht hatte, landete sie bei mir auf dem Seziertisch, und wir fanden heraus, dass ihr abendliches Gläschen Rotwein mit Schierlingsgift vermischt war.«

»Schierling? So was benutzen die Leute?«, fragt Leroux. Wren kann förmlich sehen, wie er den Kopf schüttelt, während er angestrengt versucht, einen Zusammenhang zu ihrem Fall herzustellen.

»Die arme Frau wurde von ihren Muskelkrämpfen praktisch in Stücke gerissen. Nach knapp zehn Minuten in der Notfallaufnahme ist sie dann gestorben und wurde zu mir gebracht. Es war ein schrecklicher Tod, und aus diesem Grund konnte man nicht von einem Selbstmord ausgehen. Aber es gab keine Hinweise auf ein Verbrechen.«

»Ich erinnere mich daran. Wow. Wann war das? Vor zwei, drei Jahren? Wir hatten alle unsere Zweifel, aber wie du gesagt hast: ›Es gab keine konkreten Anhaltspunkte.‹«

»Mir ist in all den Jahren als Rechtsmedizinerin nur ein weiterer Todesfall durch Schierlingsgift untergekommen. Die Frau, die wir auf dem Friedhof gefunden haben.«

»Glaubst du, dass zwischen den beiden ein Zusammenhang besteht?«

»Er ist das gewesen, John. Ich weiß es.«

»Wie hieß die andere Frau, die durch das Gift gestorben ist?«

»Mona. Ich weiß noch, dass sie wie eine Mona aussah. Ich habe bereits im System nachgeschaut. Ihr voller Name lautet Mona Louise Rose. Und ihr nächster Verwandter ist Jeremy Calvin Rose.«

Leroux stößt einen Seufzer aus. Wren holt tief Luft und schließt die Augen, während sie weiter auf und ab geht.

»Nun, den Namen haben wir schon mal gehört. Wir haben mit Philip Trudeau gesprochen. Du hattest recht, er war tatsächlich sein Freund, und Jeremy Rose ist der Name, den er uns genannt hat.«

Wren wird plötzlich schwindelig. Das liegt fraglos an den Informationen, die ihr ohnehin schon überlastetes Gehirn überfluten. Dazu kommen der Schlafmangel und das Automatenessen, das sie in den letzten Tagen in sich hineingestopft hat.

Leroux durchbricht das Schweigen. »Eine der Personen, die gestern Abend in der Bar waren, hat sich bei mir gemeldet. Der Mann hat gesehen, wie ein Typ sie mit dem Opfer verlassen hat. Aber seine Beschreibung war nicht allzu hilfreich. Er hat nur erwähnt, dass der Verdächtige ihm zugelächelt hat, das sei ihm irgendwie im Gedächtnis geblieben.«

Es überrascht Wren nicht, dass ein Zeuge Cals Lächeln erwähnt hat. Er hatte tatsächlich ein auffälliges Lächeln, zumal es ein wenig schief war. Gleichzeitig war es charmant und verlieh ihm eine eigentümliche Lässigkeit.

»Ja, ich kann verstehen, dass sich jemand daran erinnert«, sagt sie leise und schielt zu Richard am Tisch, der besorgt zuhört.

»Ich werde seinem Hinweis nachgehen«, fährt Leroux fort, »und sehen, ob die Beschreibung auf Jeremy Rose zutrifft.«

Er räuspert sich, seine Stimme ist ganz heiser.

»Ich werde ihn eine eidesstattliche Erklärung abgeben lassen, um sie dem Richter vorzulegen, sobald wir eine Adresse für das Grundstück von diesem Rose haben. Wir müssen ihn möglichst schnell verhaften, denn er wird wahrscheinlich versuchen zu fliehen. Die Nachrichten sind voll von dem ganzen Scheiß, und inzwischen weiß er bestimmt, dass er geliefert ist.«

»Ich komme aufs Revier. Ich will dich begleiten, sobald du einen Haftbefehl hast.«

Leroux schnaubt abschätzig. »Nein, Wren. Das ist zu viel für dich. Du hast schon genug getan. Ohne dich hätte ich gegen diesen Widerling nicht so viel in der Hand. Du hast die Ermittlungen erst richtig vorangebracht. Du darfst jetzt kürzertreten.«

»Ich weiß das zu schätzen, John. Aber ich komme mit. Woher weißt du, dass sich auf seinem Grundstück nicht noch mehr Leichen befinden? Es gibt immer noch einige ungeklärte Vermisstenfälle, und es würde mich nicht wundern, wenn wir dort draußen im Sumpf einige verweste Leichen finden. Es sollte ein Rechtsmediziner vor Ort sein.«

»Wren …«

»Außerdem«, unterbricht sie ihn, »könnte ihn mein Anblick aus der Deckung locken. Schließlich hat er eine Menge Anstrengungen unternommen, um meine Aufmerksamkeit zu erregen. Warum sollte er sich jetzt vor mir verstecken?«

Leroux seufzt. »Ich werde dich nicht als Köder benutzen, Wren.«

»Ich weiß. Aber ich muss einfach mitkommen. Nimm mich mit.«

Am anderen Ende herrscht erneut Schweigen. Dann murmelt Leroux einen Fluch und erklärt sich schließlich einverstanden.

»Du bist ein erwachsenes Mädchen. Ich kann dich nicht davon abhalten mitzukommen, wenn du einen triftigen Grund dafür hast. Triff dich mit mir auf dem Revier. Broussard ist gerade eingetroffen, also werde ich jetzt den Haftbefehl besorgen.«

»Okay, bis gleich.«

Sie legt auf und schaut zu Richard. Sein freundliches Gesicht wirkt jetzt besorgt.

»Ich möchte nicht, dass du dort hinfährst«, sagt er bestimmt.

Sie weiß, dass seine Befürchtungen berechtigt sind. Im umgekehrten Fall würde sie auch nicht wollen, dass er sich in eine derartige Situation begibt.

»Richard, ich weiß, dass das beunruhigend ist«, sagt sie, durchquert die Küche und setzt sich neben ihn auf einen Stuhl.

»Das ist nicht beunruhigend, Wren. Es ist Furcht einflößend. Und unglaublich gefährlich! Dieser Typ hat versucht, dich umzubringen. Er hat versucht, dein Leben zu beenden, und ist nach all den Jahren wieder aufgetaucht, um dich zu sich zu locken«, stößt er atemlos hervor. »Und jetzt willst du direkt in sein Haus spazieren? Das ist Wahnsinn. Absoluter Wahnsinn. Ich kann das nicht zulassen!« Ihm versagt die Stimme, und er hält sich die Hand vor den Mund und schüttelt den Kopf. »Tut mir leid. Das werde ich nicht zulassen.«

»Ich weiß. Ich weiß. Aber ich werde in Begleitung von Polizeibeamten sein. John und Will und eine Reihe weiterer bewaffneter Beamter werden dort sein. Du kannst dich darauf verlassen, dass sie mich beschützen werden, und ich werde mich nicht selbst in Gefahr bringen.«

»In noch mehr Gefahr, meinst du.«

»Ich werde zu dir nach Hause zurückkehren. Versprochen. Ich muss nur … ich muss diese Sache zum Abschluss bringen. Ich muss sehen, wie er in Handschellen abgeführt wird, oder ich werde nie wieder ruhig schlafen. Versuch das doch bitte zu verstehen.«

Sie ist den Tränen nahe; die körperliche Erschöpfung und die emotionale Belastung durchbrechen den Schutzwall, den sie so verzweifelt aufrechtzuerhalten versucht. Richard senkt den Blick, sammelt sich einen

Moment und schaut dann wieder auf. Er muss heftig blinzeln, um seine Tränen zurückzuhalten. Seine rot unterlaufenen Augen wirken besorgt. Er nimmt ihre Hand.

»Komm zu mir nach Hause zurück«, sagt er.

Sie drückt seine Hand und beugt sich vor, sodass ihr Kopf seine Stirn berührt.

»Versprochen.«

33

Jeremy dreht den alten Ring zwischen seinen Fingern.

Er läuft durch seine Wohnung, während er langsam ein- und ausatmet, um zur Ruhe zu kommen. Dieses wunderschöne, heruntergekommene Bauernhaus ist sein ganzes Leben lang Teil seiner Persönlichkeit gewesen. Er ist hier aufgewachsen, hat hier seine Lektionen gelernt, und jetzt geht er hier auf die Jagd.

Er kichert in sich hinein und steckt den Ring in die Tasche, während er seine Hand über einen kunstvoll geschnitzten Türrahmen gleiten lässt. Für einen Moment kann er nicht glauben, dass sich nun alles ändern wird, dass er das sorgfältig geschaffene Umfeld, in dem sich sein Leben abspielt, hinter sich lassen muss. Plötzlich spürt er in seinem Innern etwas aufzucken. Wie ein Stromstoß. Unwillkürlich fängt er an, auf den Holzrahmen einzuschlagen, den er gerade gestreichelt hat. Dann sieht er etwas Rotes auf seinen aufgeplatzten Knöcheln. Sie beginnen zu pochen, als sich die verletzte Haut mit jeder Bewegung seiner Finger weiter auseinanderzieht. Teilnahmslos schmiert er das Blut auf den weißen Türrahmen und verteilt es mit den Fingern, während es auf den Boden tropft. Er blinzelt ein paarmal, aber das Blut ist immer noch da. Es ist überall. Sein größter Fehlschlag wird ihn aus seiner Zufluchtsstätte vertreiben. Er ist noch nie so wütend gewesen.

Dafür wird sie bezahlen.

Euphorisiert durch seine Wut, marschiert er ins Wohnzimmer im vorderen Bereich des Hauses, greift nach einer alten Kristallvase und dreht sie herum. Er hat das Gefühl, dass sie zu Staub zerfallen würde, wenn er sie nur fest genug zusammendrückt. Das Blut von seinen Knöcheln tropft auf das grüne Glas, und bevor sie ihm aus der Hand rutscht, schleudert er sie, begleitet von einem kehligen Knurrlaut, gegen die Wand. Die Vase explodiert in einem wunderschönen, bedrohlichen Schauer. Ein Mosaik aus Scherben prasselt rings um seine Füße zu Boden.

Jeremy betrachtet die Scherben, die sein Gefühlschaos widerspiegeln, während sich das Licht darin wie in einem Prisma bricht. Er steht keuchend da. Selten hat er eine derartig animalische Wut verspürt. Er holt tief Luft und streicht sich mit der unverletzten Hand behutsam eine blonde Haarsträhne aus der Stirn. Dann geht er in die Küche, dreht vorsichtig die Hand herum und begutachtet seine lädierten Knöchel. Stöhnend beugt er sich über die Spüle und beginnt, die Spuren seines Wutausbruchs abzuwaschen. Während sich in dem Stahlbecken das Blut mit dem Wasser vermischt und die Farbe von Rot zu Rosa wechselt, starrt er durch das Fenster auf das Sumpfgebiet hinaus, das sich bis zum anderen Ende der Welt zu erstrecken scheint. Nach einer Minute, vielleicht auch erst nach einer Stunde, trocknet er sich die Hände ab, umwickelt die drei verletzten Knöchel mit medizinischem Klebeband und krümmt die Finger, um es zurechtzuziehen.

Er beginnt erneut, durch die Zimmer seines Hauses zu laufen, und prägt sich alles ein. Mithilfe dieser Erinnerungen wird er die Verbindung zu seiner Identität wahren. Denn er hat nicht vor, heute zu sterben. Schließlich landet er wieder im Wohnzimmer, wo die Spuren seines Wutanfalls immer noch zu sehen sind. Statt sie zu beseitigen, lässt er sie als Botschaft und Drohung dort liegen. Er hofft, dass die Cops sich fragen – wenn auch nur für einen kurzen Moment –, wessen Blut das ist. Dass das Knirschen der Glasscherben ihre sorgfältig geplante Razzia behindert.

Er greift in seine Tasche und befingert erneut den Ring. Dann wandert sein Blick zum Couchtisch in der Mitte des Raums. Er legt den Ring auf die Platte, wo man ihn auf keinen Fall übersehen kann. Wie ein auf See verschollenes Schiff, liegt er verloren auf der Oberfläche. Lächelnd tritt er zurück, um das Ganze auf sich wirken zu lassen.

Willkommen zurück, Emily.

34

Wren sitzt im hinteren Bereich des Reviers. Um sie herum herrscht hektische Betriebsamkeit, überall werden Beamten Anweisungen zugerufen. Vor einer halben Stunde sind Leroux und Will mit einem Durchsuchungsbeschluss und Haftbefehl zurückgekehrt. Der Zeuge und die Barkeeperin, die Tara und Jeremy bedient hat, konnten den Tatverdächtigen identifizieren.

»Also gut, weiß jeder, was er zu tun hat und wo er sich aufhalten muss?«, übertönt die dröhnende Stimme des Lieutenants den Lärm.

Leroux sitzt auf dem Stuhl neben Wren und hat sich, die Arme auf die Oberschenkel gestützt, nach vorne gebeugt.

»Hast du deine Ausrüstung dabei?«, fragt er plötzlich.

Sie zuckt zusammen, als hätte man sie gerade aus dem Tiefschlaf gerissen.

»Ja, ja, meine Ausrüstung ist im Wagen. Warum?«

»Weil du bei mir mitfährst. Falls es Leichen gibt, die untersucht werden müssen, können wir die Forensiker mit ihren Transportern anfordern, aber ich will dich bei uns im Wagen haben.« Bevor Wren überhaupt protestieren kann, schüttelt er den Kopf. »Ich habe Richard versprochen, dass ich mich von dir zu nichts breitschlagen lasse. Darüber gibt es keine Diskussion.«

»Wenn du es sagst«, erwidert sie und hebt kapitulierend die Hände.

Leroux steht auf und streckt die Hand aus, um ihr hochzuhelfen.

»Diese Haltung wünsche ich mir auch, wenn das hier alles vorbei ist.«

Sie versetzt ihm mit der ihr noch verbliebenen Kraft einen Stoß, und er tut so, als würde er stolpern.

»Verlass dich nicht drauf, John.«

Wren sitzt nicht gerne auf der Rückbank eines Autos. Schon als Kind wurde ihr dort jedes Mal sofort schlecht. Heute ist es nicht anders.

»Ich weiß nicht, ob ich mich wegen deines Fahrstils übergeben muss oder weil wir gleich dem Kerl auflauern werden, der hinter seinem Haus Jagd auf mich gemacht hat«, sagt Wren und öffnet das Fenster. Sie verdreht die Augen, während der Wind ihren Magen ein wenig beruhigt. »Ihr dürft ruhig lachen. Na los, lacht schon.«

Leroux und Will beginnen beide zu kichern.

»Mein Gott, ich hätte nicht gedacht, dass mein Job mal so aussehen würde«, sagt Will und reibt sich ein Auge.

Leroux macht ein irritiertes Gesicht. »Nein? Du hättest nicht gedacht, dass du mal einen Serienmörder schnappst? Geht es nicht eigentlich darum?«

»Also … doch, natürlich. Aber bisher verliefen die Ermittlungen nie so dramatisch.«

»Du hast recht. Dieser ganze Fall erinnert verdammt an *True Detective*.«

Jetzt kichert Wren.

»Glaubt ihr etwa, ich verbringe meine Zeit mit den Toten, weil ich scharf auf dieses ganze Theater bin? Sicher, ich bin das Klischee einer Person, die ihr ganzes Leben lang den Opfern brutaler Mörder eine Stimme gegeben hat, nachdem sie beinahe selbst getötet worden wäre«, scherzt Wren und reibt sich das Gesicht. »Aber ich habe mich nicht ohne Grund für den Job in der Leichenhalle entschieden. Das ist ein ruhiges, kontrolliertes Umfeld.«

Es herrscht ein vertrautes Schweigen, während sie auf den abgelegenen Nebenstraßen des Jefferson Parish Richtung Montz fahren. Es war kein Problem für Leroux, die Adresse der Familie Rose herauszufinden, und jetzt sind sie auf dem Weg dorthin. Das Haus steht auf einem großen Grundstück abseits der ausgetretenen Wege, die das ganze Jahr über von Abenteurern benutzt werden. Als die Bäume dichter und die Straßen holpriger werden, weiß Wren, dass sie ihr Ziel fast erreicht haben. Sie spürt in ihrem Rachen erneut Übelkeit aufsteigen, während sie ihre Ausrüstungstasche fest umklammert und mit den Daumen ihre Ringe befingert.

Als sie auf die lange, gewundene Zufahrt zur 35 Evangeline Road biegen, wird die Luft stickiger. Schweigend betrachten die drei die verlassene Landschaft, während sie den beiden anderen Polizeiautos vor sich folgen. Plötzlich erscheint das Haus in ihrem Blickfeld. Wren verspürt in der Brust einen Adrenalinstoß. Ihr Herz schlägt jetzt schnell und heftig. Ihr Atem wird hektisch und flach, und ihr Gesicht fängt an zu brennen. Die Anzeichen einer bevorstehenden Panikattacke. Aber mithilfe der Atemübungen, die sie vor langer Zeit in ihren Therapiesitzungen gelernt hat, kann sie sich wieder beruhigen. Sie atmet durch die Nase ein und durch den Mund langsam wieder aus.

Das Haus wurde instand gehalten, so gut das in einem Sumpfgebiet möglich ist. Es ist zwar alt, aber der Garten ist gepflegt und ordentlich, und in der Auffahrt parkt ein neu aussehender Nissan Altima. Auf der Rückseite des Grundstücks erstreckt sich, so weit das Auge reicht, ein Sumpf mit Zypressen. Hier und da durchziehen einige wenige Planken und Holzstege die Landschaft, doch die meisten Bereiche sind unberührt und naturbelassen. Der Anblick ist wunderschön und furchterregend zugleich, das perfekte Jagdrevier für ein Monster.

Leroux dreht sich mit besorgter Miene zu Wren auf der Rückbank um.

»Wir müssen einen großen Bereich des Sumpfes absuchen. Alles okay bei dir, Muller?«

Sie nickt, obwohl sie weiß, dass sie alles andere als okay aussieht. »Mir geht's gut.«

Leroux sucht einen Moment nach einem Anzeichen für Zweifel in ihrem Gesicht.

»Okay, wir schicken zunächst ein Team rein, das das Haus überprüft. Falls er sich dort aufhält, wird es ihn verhaften. Das Team wird dafür sorgen, dass wir nicht in einen Hinterhalt geraten, schon gar nicht mit dir.« Leroux holt tief Luft. »Wir werden dich nicht aus den Augen lassen.«

»Verstanden. Ich vertraue dir«, sagt Wren dankbar.

Er nickt und dreht sich zu Will um, der beobachtet, wie das erste Team das Haus umstellt. Die Männer klopfen an die Vordertür und warten. Die gespannte Erwartung raubt Wren den Atem. Aber nichts tut sich. Nach zwei weiteren Versuchen treten die Beamten die Tür ein, und von allen Seiten stürmen die Männer ins Haus.

Wren schließt fest die Augen. Plötzlich hört sie alle Geräusche nur noch gedämpft und verzerrt, als hätte man ihr Ohrenschützer aufgesetzt. Sie wartet auf Schüsse oder eine Explosion. Darauf, dass etwas Schreckliches passiert. Doch nichts davon geschieht. Da sind nur die gedämpften Schritte und kontrollierten Rufe aus dem Innern, die verraten, dass die Räume leer sind.

Ein junger Beamter in Kampfmontur tritt auf die Veranda. Er winkt Leroux und Will zu und ruft: »Er ist nicht hier! Alles sauber!«

Die beiden nicken ihm zu, öffnen die Wagentüren und steigen aus. Leroux lässt Wren heraus, und sie tritt in die schwülwarme Luft.

»Hier riecht es nach Tod«, sagt sie, als ihr die Luft in die Nase steigt.

Unwillkürlich rümpft Leroux die Nase.

»Wem sagst du das? Hier stinkt es gewaltig.«

Wren schüttelt den Kopf. »Nein, hier riecht es tatsächlich nach Tod. Hier muss irgendwo eine Leiche sein.«

Sie sucht die Gegend ab. Dann laufen die drei hinüber und steigen zur Veranda empor, deren blätternde Farbe die Jahrzehnte im extremen Klima Louisianas kaum überdauert hat. Als sie den Eingangsbereich betreten, wird der Geruch stärker. Wren vermutet, dass Jeremy ihn nicht mehr so intensiv wahrnimmt, weil er so viel Zeit darin verbracht hat. Will und Leroux gehen mit Wren in der Mitte ins Wohnzimmer. Die altmodischen Möbel versetzen einen in die 1940er-Jahre zurück. Vor mehreren wunderschönen Fenstern steht eine Chaiselongue aus grünem Samt. Die kunstvollen Lampen tauchen den Raum in ein weiches Licht. An den Wänden hängen Bilder aus verschiedenen Epochen in unterschiedlichen Stilen. Der Raum wirkt wie eine Mischung aus Museum und Bordell. Wenn Wren nicht so viel Angst hätte, würde sie das hier alles beinahe charmant finden.

Und dann entdeckt sie ihn.

Auf einem Silbertablett in der Mitte des Couchtisches liegt der Ring ihrer Großmutter. Sie läuft hinüber und geht in die Hocke, um ihn sich aus nächster Nähe anzusehen. Sie trägt ihn nie, weil er zu klein ist, sie bewahrt ihn auf dem Nachttisch auf. Es ist beruhigend, daneben einzuschlafen. Da sie seit Tagen kaum im eigenen

Bett geschlafen hat – und wenn doch, dann war sie in Gedanken bei der Arbeit –, hat sie sein Fehlen nicht bemerkt.

»John.« Ihr versagt die Stimme, und sie hält sich an der Seite des Couchtisches fest. Leroux eilt zu ihr und legt ihr die Hand auf den Rücken.

»Was ist denn, Muller? Willst du gehen?« Er mustert eindringlich ihr Gesicht, und dann wandert sein Blick zu dem Ring vor ihr auf dem Tisch. »Was ist los?«

Plötzlich hat sie das Gefühl, dass ihr Gefahr droht. Sie schaut sich um, während sie nur darauf wartet, dass er von irgendwo hervorgestürzt kommt. Doch das tut er nicht.

»Der Ring. Er ist von meinem Nachttisch«, sagt sie mit ausdrucksloser Stimme, ohne den Blick davon abzuwenden.

Leroux ist fassungslos und winkt einen Polizeifotografen zu sich, damit er ein Foto davon macht.

»Willst du damit sagen, dass er damals immer auf deinem Nachttisch lag, als er dich entführt hat?«

Sie schüttelt langsam den Kopf und blickt ihm in die Augen. »Nein. Ich spreche von der Gegenwart. Er muss ihn irgendwann letzte Woche von meinem Nachttisch genommen haben.« Sie richtet sich rasch auf und braucht einen Moment, um das Gleichgewicht zu halten, während Leroux sich ebenfalls erhebt. »Er war in meinem Haus, John.«

Sie unterdrückt ein Schluchzen und spürt, wie sie

bei diesem Gedanken hin und her schwankt. Wie ihr schwindelig wird.

»Wren. Ich weiß nicht, was ich sagen soll. Ich weiß es wirklich nicht«, erklärt Leroux und beißt sich besorgt auf die Lippen.

»Ist schon okay. Wir kümmern uns später darum. Ich kann mich später damit beschäftigen. Lass uns weitermachen«, sagt sie mit unerbittlicher Entschlossenheit.

»Hier ist Blut.« Leroux deutet auf den Türrahmen, der mit frischem Blut beschmiert ist. Der Boden darunter ist voller Blutstropfen. Wrens Blick wandert zu den grünen Glasscherben zu ihrer Linken, und sie bemerkt, dass einige von ihnen ebenfalls mit frischem Blut beschmiert sind.

»Vielleicht hat sich jemand an den Scherben geschnitten«, sagt sie nüchtern.

»Nehmen Sie ein paar Proben«, weist Leroux einen anderen Beamten an und winkt Wren ins nächste Zimmer.

Die beiden betreten die Küche. Sie ist blitzsauber. Auf der Arbeitsfläche steht ein halb voller Kaffeebecher. Wren läuft ein Schauer über den Rücken. Als sie sich ins Esszimmer begeben, eine weitere Zeitkapsel im altmodischen Bordellstil, ruft ihnen ein Officer aus dem ersten Stock zu, dass sie eine Kiste mit Kleidung des mutmaßlichen Opfers gefunden haben.

»Würden Sie mal hochgehen?«, sagt Leroux zu dem Fotografen, worauf dieser die quietschende Treppe in den ersten Stock hinaufeilt.

»Da draußen liegt definitiv eine Leiche, aber so wie es hier drinnen stinkt, muss es hier auch noch eine geben.«

»Man hat uns mitgeteilt, dass unten im Keller irgendwas ist.« Will verlagert sein Gewicht von einem Fuß auf den anderen. »Die Kollegen dachten zunächst, dass der Geruch von draußen ins Haus gedrungen ist, aber dann haben sie eine offene Tiefkühltruhe entdeckt.«

»Eine Tiefkühltruhe?« Leroux runzelt die Stirn.

»Sollen wir runtergehen?« Will macht Platz, um ihnen den Vortritt zu überlassen.

Wren nickt und steigt hinter Leroux die Kellertreppe hinunter. Der Gestank raubt ihnen den Atem. Er unterscheidet sich von dem draußen. Er ist so intensiv, dass sie auf ihrem Weg nach unten das Gefühl haben, sich durch feuchten Sand zu bewegen.

Sie biegen um die Ecke am unteren Ende. Doch Wren kommt hier nichts bekannt vor. Sie ist nie in diesem Keller gewesen. Aber genau so hat sie ihn sich vorgestellt. Er ist sauber, steril und aufgeräumt.

Im hinteren Bereich, nahe der Wand, stehen mehrere stabile Stühle mit breiten Armlehnen. Sie erinnern Wren an die Möbel in Gerichtssälen. Als sie darauf zugeht, bemerkt sie, dass sie am Betonboden festgeschraubt sind. An den Armlehnen sind Lederriemen und massive Ketten angebracht. Die Ketten sind verrostet und mit einer dicken rotbraunen Blutschicht überzogen. Die Sitze sind mit Blut beschmiert, und von den Beinen ist etwas auf den hellgrauen Beton getropft.

»Ich schätze, darauf wurde kein Bibelkreis abgehalten«, scherzt Leroux, geht neben Wren in die Hocke und rüttelt mit seiner behandschuhten Hand an einem der Stuhlbeine. Es gibt keinen Millimeter nach. »Ich werde jemanden runterschicken und Proben nehmen lassen.«

Die Luft hier ist stickig. Um den stechenden Verwesungsgeruch abzuhalten, hält sich Leroux den Ärmel seines Hemds vors Gesicht, sodass er kaum noch atmen kann. Wren hat sich inzwischen der Tiefkühltruhe in der Ecke zugewandt. Der Deckel steht offen, und der Stecker liegt auf dem Boden. Der Geruch wird jetzt fleischiger. Mit jedem Schritt, den sie näher kommt, explodieren die verschiedenen Nuancen des Gestanks wie kleine Granaten. Sie beugt sich dicht über die Truhe und zwingt sich, einen Blick hineinzuwerfen. Sie hat keine Angst vor den Toten, sondern davor, was sie zu sagen haben.

»Muller, was ist da drin?«, fragt Leroux, der immer noch bei den Stühlen steht.

Wren kann sie jetzt sehen. Sie ist sehr jung, und ihr blondes Haar ist von dem Blut und anderen Körperflüssigkeiten, die in dieser gottlosen Ruhestätte entwichen sind, dunkel verfärbt. Ihre geröteten, leblosen Augen waren früher einmal grün oder blau. Jetzt sind sie milchig und blutunterlaufen. Ihre Wangen sind aufgedunsen, und Wren kann erkennen, dass infolge einer schweren Verletzung aus Augen, Nase und Mund Blut ausgetreten ist.

»Was hat er dir angetan?«, fragt sie laut. Sie streckt ihre behandschuhte Hand aus, um die Frau zu berühren, hält dann jedoch inne.

»Nun, zumindest wissen wir jetzt, wo der Geruch herkommt.« Leroux tritt neben sie und winkt einen weiteren Beamten herbei, damit er sich um die Leiche kümmert. »Lass uns nach oben gehen und etwas frische Luft schnappen.«

Aus ihrer Versunkenheit gerissen, dreht sich Wren zu ihm um. »Was? Nein. Genau deshalb bin ich mitgekommen. Ich bin die Rechtsmedizinerin. Es gibt hier Leichen, die untersucht werden müssen.«

»Natürlich, Muller, aber das ist ziemlich heftig. Es ist okay, wenn du erst einmal etwas frische Luft schnappen musst. Keiner würde dir einen Vorwurf machen«, sagt Leroux und stößt sie mit seiner Schulter leicht an, um sie aufzumuntern.

»Es geht mir gut. Das hier ist mein Job. Ich muss nur meine Ausrüstung holen. Ich habe sie oben gelassen«, erwidert sie ernst und geht zur Treppe, während sie einen verstohlenen Blick auf die Stühle wirft.

Das Herz in ihrer Brust rast, und der Geruch von verwesendem Fleisch vermischt sich mit dem Rasierwasser der Männer zu einem widerlichen Cocktail. Ihr wird schwindelig, doch sie vertreibt das Gefühl wieder. Sie kann hören, dass Leroux und Will ihr dicht folgen und sich flüsternd unterhalten, während sie zur Küche im Erdgeschoss hochgehen.

»Weich ihr nicht von der Seite, wenn ihr hier unten seid«, sagt Leroux so leise zu Will, dass Wren es kaum verstehen kann.

»Sicher doch«, antwortet Will barsch.

Wren holt ihre Ausrüstung vom Tisch und sammelt sich kurz. Als sie sich umdreht, um erneut die Treppe hinunterzugehen, erscheint ein älterer Beamter im Flur.

»Hört ihr auch die Musik?«, fragt er.

Umgeben vom hektischen Treiben im Haus, spitzt Wren angestrengt die Ohren. Will und Leroux lauschen ebenfalls. In der Ferne kann sie jetzt etwas hören. Nur ganz schwach, als käme es von draußen.

Leroux winkt die anderen zu sich. »Kommt. Das ist draußen. Dort sind mehrere Officers, die die Rückseite des Hauses überprüfen.«

Die drei gehen nach draußen, und die Musik wird lauter. Reglos erstreckt sich vor ihnen ein Meer aus Bäumen, aber es ist keineswegs still. Bei der gedämpften Musik handelt es sich eindeutig um »Black Magic« von Badwoods. Das beschwingte Stück, das die natürlichen Klänge des Sumpfes übertönt, wirkt auf gespenstische Weise deplatziert. Wren holt zitternd Luft, um die Angst zu vertreiben, die sie zu verzehren droht.

»Das kann nur Cal sein«, sagt sie, während sie sich daran erinnert, wie ihr als Emily die Musik in den schlimmsten Momenten der Panik die Luft abschnürte.

»Stand er als Kind auf Musicals?« Leroux wirft ihr über die Schulter ein schwaches Grinsen zu.

Wren ist dankbar, dass er die Stimmung ein wenig aufheitert. »Nein, aber ich schätze, dass er das jetzt nachholt.«

Sie steigen auf der Rückseite des Hauses die wackligen Stufen der Veranda hinunter und betreten die Holzplanken, die in ein dichtes Waldgebiet führen. Die ineinander verschlungenen Zypressen bilden ein Dach, durch das kein Sonnenlicht dringt. Hier hat er seine Opfer hingebracht. Hier haben sie sich bei ihren Fluchtversuchen die Haut an Beinen und Füßen aufgekratzt. Dieser Ort verbreitet eine düstere, unheilvolle Atmosphäre, die von der Bösartigkeit erfüllt ist, der er so lange ausgesetzt war.

Die drei laufen gemeinsam in den Wald – ein Officer hinter, einer vor ihnen. Leroux und Will haben ihre Waffen gezückt. Die Musik wird immer lauter und wetteifert mit dem ohrenbetäubenden Zirpen der Zikaden in den Bäumen. Während sie tiefer in sein Jagdrevier vordringen, wird der Verwesungsgeruch fast unerträglich, und als sie das Wasser erreichen, kann Wren die Quelle des Geruchs ausmachen.

»Da kommt der Gestank her«, flüstert sie und deutet auf den dunklen, verschrumpelten Körper am Ufer.

Die drei gehen weiter, und der Geruch nimmt unbeschreibliche Ausmaße an. Aufgrund der Witterung und der Insekten ist der Körper schnell verwest, aber Wren kann das Opfer als Mann identifizieren. Seitlich an der Schläfe klafft eine deutlich sichtbare Wunde, die offenbar von einem Gewehr stammt. Wren schießt mit ihrem Handy rasch ein Foto und holt dann aus ihrer Tasche eine Pinzette, um sich an die Arbeit zu machen. Sie entfernt die Kugel aus der Eintrittswunde und hebt sie an die Augen.

»Gut, dass du hier bist, Muller. Du hattest recht.« Leroux schüttelt den Kopf und bedeckt mit der Hand seinen Mund.

Grinsend steckt Wren die Kugel in eine Tüte und verstaut sie in ihrer Ausrüstungstasche. Als sie den Verschluss zuschnappen lässt, krümmt Leroux plötzlich den Rücken und jault wie ein verletztes Tier auf. Dann sackt er vornüber, fällt auf die Seite und hält sich das Bein. Wren starrt auf den Jagdpfeil, der aus seiner Wade ragt. Er ist aus Metall und sehr lang. Die Verletzung ist erstaunlich groß. Wren beugt sich hinunter, um ihn zu verarzten.

»Officer verletzt!«, brüllt Will.

Im selben Augenblick wird ein weiterer Schuss abgegeben. Er trifft einen Beamten in den Rücken. Er fällt vornüber, und Wren stößt einen Schrei aus. Leroux stöhnt schmerzerfüllt auf und sucht, während er sein Bein umklammert, fieberhaft die Bäume ab. Will hat sich inzwischen über Leroux und Wren gebeugt. In dem Durcheinander kann keiner erkennen, woher die Schüsse kamen, sie hocken hier wie auf dem Präsentierteller.

Ein Zweig knackt.

»Emily.«

Die Stimme ist ruhig und klingt vertraut. Wren hebt den Blick von Leroux' Wunde und kann ihn jetzt sehen. Mit einer Armbrust in der Hand tritt er hinter einem alten Baum hervor und richtet sie direkt auf Wren. Sein blondes Haar hängt ihm in die Stirn, genau wie beim letzten Mal, als sie ihn gesehen hat. Er trägt ein schwarzes T-Shirt, eine dunkle Jeans und schwarze Kampfstiefel. Er wirkt ruhig und zufrieden. Für einen Moment mustert er sie von Kopf bis Fuß. Sein Blick versetzt sie wieder in jene Nacht vor sieben Jahren zurück. Sie verspürt jetzt dieselbe Entschlossenheit und Wut wie damals. Seine Augen sind noch genauso ausdruckslos, nur dass sie im Laufe der Jahre dunkler geworden sind.

Für eine Sekunde schaut sie zu Cal, zu Jeremy, oder wie auch immer er sich jetzt nennt. Sie weiß, wozu er fähig ist. Sie zieht Leroux' Pistole aus dem Holster, steht auf und zielt damit auf ihn. Er hat die Armbrust weiter auf Wren gerichtet, während sich auf seinem Gesicht langsam ein schiefes Grinsen breitmacht. Dann lässt er die Armbrust sinken.

»Schieß!«, brüllt Leroux am Boden.

Wren zögert, sie steht wie angewurzelt da – außerstande, den Finger zu bewegen und den Abzug zu drücken. Doch plötzlich ertönt ein Knall, und sie sieht, wie Cal zurücktaumelt, die Armbrust fallen lässt und sich den Oberkörper hält. Er sinkt auf die Knie und rollt sich ins Unterholz, bis er im dichten Gestrüpp verschwindet. Die Sonne dringt kaum durch den Baldachin der

Bäume. Obwohl es helllichter Tag ist, herrscht ringsum Dunkelheit. Wren hat, immer noch starr vor Angst, die Pistole auf die Stelle gerichtet, an der Cal vor wenigen Momenten stand. Sie schaut nach rechts, wo Will, der ihr zu Hilfe geeilt ist, jetzt die Pistole herunternimmt, die er gerade abgefeuert hat. Sie stößt einen Schwall Luft aus.

Kurz darauf rennen mehrere Beamte, dicht gefolgt von Will, auf das Gestrüpp zu.

»Muller, bleib bei Leroux!«, brüllt er über die Schulter.

Wren kann bloß nicken, während sie immer noch auf die Stelle starrt, von der aus Cal sie mit seinem Blick in Schach gehalten hat. Sie hört knackende Zweige und durcheinandergerufene Befehle, aber sie hat das Gefühl, als wäre ihr Kopf unter Wasser. Sie zwingt sich, wachsam zu bleiben, als plötzlich ein Geräusch die Luft zerreißt. Ihr Herz beginnt zu rasen, und ihr bricht auf der Stirn kalter Schweiß aus. Im Abstand von etwa zehn Sekunden ertönen zwei Schüsse, und die Vögel über ihr flattern kreischend in alle Richtungen davon. Für einen Moment starrt sie mit weit aufgerissenen Augen in die Luft. Die Zikaden, Vögel, Kröten und Blätter holen sie mit ihrem ohrenbetäubenden Lärm in die Gegenwart zurück, und sie lauscht.

»Dr. Muller.«

Zwischen den Bäumen tritt ein junger Beamter hervor, worauf Wren zusammenschreckt und die Pistole in ihrer Hand noch fester umklammert. Als er merkt, dass sie Angst hat, hebt er die Hände und sagt leise: »Tut mir leid, wenn ich Sie erschreckt habe. Broussard ist bei dem Verdächtigen. Wir brauchen nur eine Bestätigung, dass er tot ist.«

Wren senkt die Pistole, atmet die heiße Luft ein und nickt. Dann schaut sie zu Leroux hinunter.

»Kann ich dich hierlassen?«

»Habe ich eine Wahl?«, scherzt er und zuckt zusammen, während er sich das Bein hält. »Sei vorsichtig, Muller.«

»Ich komm schon klar. Holen Sie bitte die Sanitäter«, sagt sie an den jungen Beamten gerichtet.

Er tritt näher, greift nach dem Funkgerät an seiner Schulter und fordert die Sanitäter an. Seufzend wischt Wren sich den Schweiß von der Stirn und läuft Richtung Bäume. Während sie über die dicken Wurzeln der alten Zypressen steigt, kann sie die Stimmen der Beamten in der Nähe hören. Stränge von Louisianamoos streichen über ihr Gesicht, und sie sieht umgeknickte Äste und tiefe Fußabdrücke. Alles bewegt sich und atmet. Der Tatort ist von hektischer Betriebsamkeit erfüllt.

»Muller.« Wren zuckt erneut zusammen, als Will auf sie zukommt. »Er hat sich in den Mund geschossen«, stellt er fest.

Wren muss kurz schlucken, um diese Information möglichst schnell zu verarbeiten.

»Ich werde das bestätigen«, antwortet sie. »Und danke.«

Will drückt ihr im Vorbeigehen die Hand. »Keine Ursache.«

Sie lässt seine Hand los und stapft auf Cals Leiche zu. Er liegt auf dem Rücken, Gesicht und Oberkörper sind mit Blut bespritzt. Er hat die Augen geöffnet und starrt von dem feuchten Boden zu ihr empor. Er wirkte stets so vorbildlich und beherrscht, aber jetzt sieht er aus wie das Monster, das er in Wirklichkeit war.

Wren streift sich einen Handschuh über und beugt sich hinunter, um seinen Puls zu fühlen. Nichts.

»Er ist tot«, sagt sie nüchtern.

Sie holt ihr Handy hervor und ruft das Büro an, um ihre Assistenten und die Forensiker herzubeordern. Doch als sie sich zu den Beamten hinter sich umdreht, erregt etwas ihre Aufmerksamkeit. Mit dem Gesicht, das zu ihr hinaufschaut, stimmt etwas nicht. Sie wischt mit ihrer behandschuhten Hand das Blut fort und dreht den Kopf des Mannes in ihre Richtung. Als sie ihm in die grünen Augen blickt, bleibt ihr das Herz stehen. Sie zieht das schwarze T-Shirt von seinem Bauch und sucht nach der Schusswunde, die Will ihm vorhin verpasst hat, doch die Haut ist glatt und unverletzt.

»Das ist er nicht«, sagt Wren ungläubig. Sie sinkt auf den Boden und rutscht rückwärts von dem Fremden fort. Zum ersten Mal in ihrem Leben hat sie Angst vor den Toten.

»Natürlich ist er das!« Will stürzt hervor und packt sie an den Schultern. »Was soll das heißen, Muller?«

Von Panik erfasst, schüttelt sie den Kopf. »Nein! Ist er nicht! Das ist er nicht, Will!«

»Du hast ihn da hinten doch wiedererkannt. Ich habe es selbst gesehen. Ihr habt euch beide wiedererkannt.«

»Das stimmt. Das da hinten war er. Aber das hier ist er nicht«, erklärt sie und holt tief Luft. »Dort, wo du ihn getroffen hast, ist keine Schusswunde.«

Will öffnet den Mund, um etwas zu sagen, doch er bringt keinen Ton heraus. Er betrachtet den leblosen Körper neben sich, während er nach einer logischen Erklärung sucht.

»Das kann nicht sein. Ich habe ihm in den Oberkörper geschossen.«

»Und wenn er sich die andere Schusswunde selbst zugefügt hat, wo ist dann die Waffe? Er hat sich nicht selbst erschossen. Er wurde von dem Mann erschossen, der ihn hier für uns drapiert hat.«

Wills Blick wandert zwischen ihren Augen und der Leiche hin und her. Schließlich hebt er den Kopf und deutet mit dem Finger auf einen Officer rechts von ihnen.

»Suchen Sie jeden Winkel dieses Bereichs ab. Finden Sie ihn. Und zwar sofort.«

Die Beamten stürzen in verschiedene Richtungen davon.

Will wendet sich wieder Wren zu und ruft nach einem Beamten, der daraufhin zu ihnen herübereilt. »Bringen Sie Dr. Muller zurück zu Leroux und sorgen Sie dafür, dass die beiden zusammen mit den Sanitätern wohlbehalten das Gelände verlassen.«

Wren öffnet den Mund, um zu protestieren, aber Will unterbricht sie.

»Dein Job ist erledigt. Fahr mit Leroux ins Krankenhaus.«

Wren bleibt einen Moment stehen und drückt seinen Arm, bevor sie sich umdreht und zusammen mit dem Beamten, der sie beschützen soll, durch die dichte grüne Vegetation zurückmarschiert. Als sie den Pfad zum Rettungswagen hinunterläuft, der auf der Wiese parkt, winkt sie dem Sanitäter zu.

»Ich komme«, sagt sie.

Der Sanitäter nickt und öffnet die Türen. Dahinter kommt eine Trage mit Leroux zum Vorschein. Er setzt sich auf und wirft Wren einen Blick der Erleichterung zu.

»Ist es vorbei?«, fragt er.

Sie schüttelt den Kopf und nimmt auf der kleinen Bank neben Leroux Platz. Mit einem Knall schließen sich die Türen, und der Motor heult auf.

»Nein«, sagt sie leise.

Leroux schaut ihr in die Augen, doch sie sieht ihn nicht an.

Schließlich hebt sie den Kopf und erwidert seinen Blick.

»Er ist entkommen, John.«

35

Jeremy tritt aus dem Sumpf hinter seinem Haus und bleibt stehen, um zu verschnaufen. Die kugelsichere Weste unter seinem T-Shirt scheuert auf seiner verschwitzten Haut. Er will nie wieder so ein Ding tragen. Sie drückt und schnürt ihm die Luft ab. Trotzdem ist er froh, dass sie im entscheidenden Moment ihren Zweck erfüllt hat. Während er die feuchte Luft einatmet, befühlt er die Strieme auf seiner Brust, die langsam anschwillt und rot wird.

Besser als eine Schusswunde.

Er läuft weiter durch das Sumpfgebiet, das sich vor ihm erstreckt. Das warme Wasser durchweicht seine Hosenbeine und überzieht sie mit Schlamm. Er spürt, wie der Matsch an seinen Stiefeln zerrt und sie ihm von den Füßen zu reißen droht. Er verscheucht mit der Hand eine Wolke Moskitos, und sie stieben auseinander, um ihn kurz darauf umso heftiger zu umschwärmen – bereit, ihn für sein unverschämtes Verhalten mit unzähligen juckenden Wunden zu übersäen.

Bald wird Wren bemerken, dass die Leiche, die er zurückgelassen hat, nicht er ist. Und dann wird es bestimmt nicht lange dauern, bis sie begreift, was passiert ist. Sie ist immer noch so intelligent, wie er sie in Erinnerung hatte, und ihre starke Wut treibt sie an. Sie blitzte in ihren Augen auf, als sich vorhin ihre Blicke trafen. Wie die Moskitos, die ihn erbarmungslos attackieren, gierte Wren vor ihrer Begegnung nach seinem Blut, und jetzt wird sie unersättlich sein. Aber diese Schlacht hat er gewonnen, und bald wird er auch den Krieg gewinnen.

Sie war nicht in der Lage, ihn zu erschießen. Er sah, wie ihr Finger über dem Abzug verharrte, ohne abzudrücken. Er fragt sich, ob das jetzt anders wäre. Ob sie wieder zögern würde, wenn sie eine zweite Chance bekäme. Dumm nur für Wren, dass sie diese Chance nicht bekommen wird. Bald wird er Hunderte von Meilen von diesem Ort entfernt sein. Während er den Rucksack über seiner Schulter zurechtrückt, marschiert er zwischen den Bäumen hindurch, die nach ihm greifen und ihn kratzen. Es gibt hier zwar keinen Weg, doch er weiß genau, wo er langgehen muss. Sein Vater ist mit ihm mal hier gewesen, um Jagd auf Alligatoren zu machen. Aber natürlich haben sie keinen gefangen.

Ihm ist die Gegenwart dieser Monster nur allzu bewusst. Ihre Augen leuchten in der Dunkelheit, wie man das aus Albträumen kennt. Sie bewegen sich geschmeidig durch den Schlamm, und mit ihren Schwänzen können sie schneller als jede Waffe einen Menschen außer Gefecht setzen. Sie sind die wahren Bayou Butcher, unbarmherzig und blutrünstig. Und heute Nacht wird er einer von ihnen sein.

Die Sonne versinkt jetzt hinter dem Horizont, und die Klänge der Nacht werden lauter, während er auf die Straße vor sich zumarschiert.

DANKSAGUNG

Mein Dank gilt zunächst dir, John, weil du mich jedes Mal unterstützt und ermutigt hast, als ich glaubte, dass das mit dem Schreiben nichts wird. Weil du auf die Kleinen aufgepasst hast, während ich draußen in die Tasten hämmerte und unzählige Kaffees in mich hineinschüttete, wenn mich plötzlich die Inspiration überkam. Danke dafür, dass du mir das Selbstvertrauen gegeben hast, dieses Buch mit dem ersten Satz zu beginnen. Ich liebe dich, du bedeutest mir alles. Und ich verspreche dir, dass ich im Louisiana Bayou nie Jagd auf dich machen werde.

Ich möchte mich auch bei Karen bedanken. Niemand kann sich vorstellen, dass eine Schwiegermutter wie du tatsächlich existiert. Du bist unglaublich selbstlos und stets bereit, mit den Kindern etwas zu unternehmen, während ich schreibe. Du bedeutest mir mehr, als du ahnst, und ich hätte dieses Buch ohne dich nicht zu Ende bringen können.

Mom und Dad, zwar habe ich euch schon dieses Buch gewidmet, aber da ihr mir das Leben geschenkt habt, kann ich es gar nicht oft genug wiederholen: Danke dafür, dass ihr mir das Rüstzeug, Selbstvertrauen und die Liebe gegeben habt, diesen Albtraum zu verfassen. Als Kind habt ihr mir stets die Hand gehalten, wenn ich aus unruhigen Träumen hochschreckte, und jetzt revanchiere ich mich mit diesem Albtraum dafür. Ich schwöre, das ist ein Kompliment und ein Zeichen meiner Liebe. Glaubt mir. Ich liebe euch über alles.

Ash, du bist meine beste Freundin, meine Schwester, meine Nichte und meine Geschäftspartnerin. Du kannst jeden Hut tragen, den ich dir aufschwatze, und ohne dich hätte ich dieses Buch nicht beendet. Danke dafür, dass du es mir stets laut vorgelesen hast, sodass ich es mit einer anderen Stimme hören konnte, und dafür, dass ich dir jeden Tag eine Heidenangst einjagen durfte.

Ein Dank geht an meine beiden Geschwister. An Amy, meine große Schwester und eine meiner besten Freundinnen. Du warst die Einzige, die mir als Kind die Haare waschen durfte, und obwohl das inzwischen nicht mehr der Fall ist (mittlerweile wasche ich sie mir selbst), denke ich bis zum heutigen Tag gerne daran zurück. Danke für deine Liebe, die mir die Kindheit versüßt hat.

Und an Jp, meinen großen Bruder und Zwilling in einer anderen Dimension. Wir sehen uns ähnlich und denken ähnlich. Wahrscheinlich würden wir uns auch dann noch begeistert abklatschen, wenn wir mit dem Rätselwürfel die Höllenbrut der Zenobiten auf die Welt losgelassen hätten. Danke, dass du mich ermutigt und meine Fantasie beflügelt hast.

Mein Dank gilt außerdem Dr. Stone. Sie haben mir Zugang zu jener Welt gewährt, die ich schon immer betreten wollte. Ich werde Ihnen auf ewig für das dankbar sein, was Sie mir beigebracht haben. Die Idee zu diesem Buch nahm ihren Anfang im Sektionssaal, und Sie haben mich mit dieser Welt vertraut gemacht.

Ein Dank geht auch an meine kleine Gang: Seth, Andy und Marissa, ihr seid so großartig, dass ich es nicht in Worte fassen kann. Und das will was heißen, denn um es mit dem unsterblichen Ausspruch von Josie »Grossy« Geller zu sagen: »Worte sind mein Leben!« Danke, dass ich mich stets auf euch verlassen kann und dass ihr mir das Selbstvertrauen gegeben habt, dieses Buch zu schreiben.

Ich möchte mich bei meiner Literaturagentin Sabrina bedanken. Sabrina, wir sind jetzt ein Team. Du hast mich für den Rest deines Lebens am Hals. Danke, dass du meine Verrücktheiten und Neurosen ertragen hast und mein ständiges Bedürfnis, alles zu kontrollieren und über jedes noch so winzige Detail informiert zu werden, das mit der Entstehung dieser Geschichte zusammenhing. Du hast aus mir eine bessere Autorin gemacht, und es freut mich, dass du während des Arbeitsprozesses zu meiner Freundin geworden bist.

Ein weiterer Dank geht an meine großartige Lektorin Sareena. Ich glaube, das Schicksal hat uns zusammengeführt. Du hast mich und meine Geschichte sofort verstanden und mich unterstützt, sie nach meinen Vorstellungen zu realisieren. Ich schätze dich wirklich sehr. Du hast dieses Buch möglich gemacht und geholfen, das Potenzial der Geschichte voll auszuschöpfen. Selbst Jeremy wäre von dir beeindruckt, was beachtlich und Furcht einflößend zugleich ist. Ich bin so froh, dass du dich auf diese seltsame kleine Welt, die ich erschaffen habe, eingelassen hast.

Danken möchte ich den Leuten von Zando dafür, dass ihr dieses Buch mit denselben Augen gesehen habt wie ich. Dass ihr meinen Traum, Schriftstellerin zu werden, wahr gemacht habt.

Außerdem gilt mein Dank Stephen King, Patricia Cornwell, R.L. Stine, Christopher Pike, Edward Gorey, Alvin Schwartz und Stephen Gammell. Ihr habt mir geholfen, die dunklen, unheimlichen, furchterregenden und merkwürdigen Seiten meiner Persönlichkeit zu akzeptieren, gegen die ich so lange angekämpft habe. Danke, dass ihr Freaks überall auf der Welt dazu ermutigt, ihre Andersartigkeit kreativ zu nutzen.

Schließlich muss ich mich noch bei der Stadt New Orleans bedanken. Ich hoffe, dass man die Atmosphäre dieser Metropole im Buch spüren kann. Es war wunderbar, in meiner Fantasie an diesem spannenden Ort etwas Zeit zu verbringen.